2020中国年度　精短散文

葛一敏　主编

漓江出版社
·桂林·

图书在版编目（CIP）数据

2020 中国年度精短散文 / 葛一敏主编 .-- 桂林：滴江出版社，2021.2

ISBN 978-7-5407-9013-4

Ⅰ. ① 2… Ⅱ. ①葛… Ⅲ. ①散文集－中国－当代 Ⅳ. ① I267

中国版本图书馆 CIP 数据核字（2020）第 270929 号

2020 ZHONGGUO NIANDU JINGDUAN SANWEN

2020 中国年度精短散文

葛一敏　主编

出版人：刘迪才
责任编辑：刘红果
书籍设计：石绍康
责任监印：张璐

出版发行：漓江出版社有限公司
社址：广西桂林市南环路 22 号　邮编：541002
发行电话：010-65699511　0773-2583322
传真：010-85891290　0773-2582200
邮购热线：0773-2582200
电子信箱：ljcbs@163.com
微信公众号：lijiangpress
印制：香河县闻泰印刷包装有限公司
　　［河北省廊坊市香河县安平镇二街　邮编：065402］
开本：690 mm × 1000 mm　1/16
印张：17.25　字数：242 千字
版次：2021 年 2 月第 1 版
印次：2021 年 2 月第 1 次印刷
书号：ISBN 978-7-5407-9013-4
定价：42.00 元

目 录

contents

示岁信札

书房一世界

看得几多满月

示岁信札

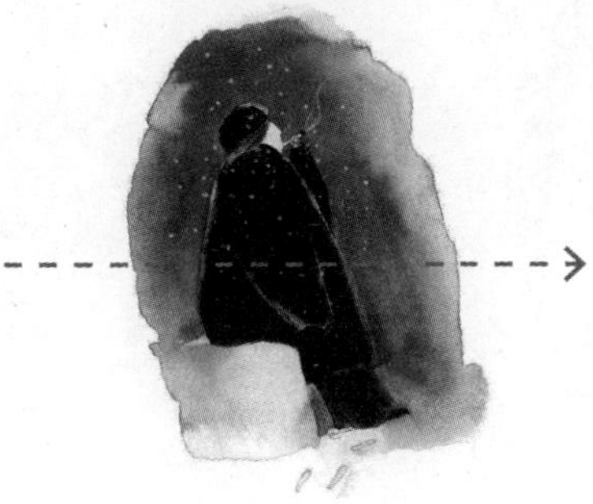

《暂坐》后记

贾平凹

在我七十岁前，《暂坐》可能是最后一部长篇小说。酷暑才过，书稿刚完。字数是二十一万吧，整整写了两年，这比以往的任何一部书都写得慢，以往的书稿多是写两遍，它写了四遍。年纪大了，爱弹嫌，弹嫌别人，更弹嫌自己，总觉得这样写着不行，那样写着欠妥，越是时间不够用，越是浪费时间。

《暂坐》写城里事，其中的城名和街巷名都是在西安。在西安已经生活了四十多年，对它的熟悉，如在我家里，从客厅到厨房，由这个房间到那个房间，无论多少拐角和门窗，黑夜中也出入自由。但似乎写它的小说不多，许多人认为，我是乡村题材的作家，其实现在的小说哪能非城即乡，新世纪以来，城乡都交织在一起，人不是两地人了，城乡也成了我们身份的一个分布的两面。

突然想写《暂坐》，缘于我楼的那个茶庄搬走了。茶庄在的那些年，我每日两次都在那里喝茶，一次是午饭前，一次是晚饭后。喝到了好茶就只能再好不能将就，我已经被培养成喝茶贵族了，茶庄却搬走了。人在身体好的时候并不觉得还有呼吸，一旦病了，才知道呼吸的重要，且一呼一吸是那样紧迫，一刻不停。

茶庄在卖着全城最好的茶，老板竟是一位女的，人长得漂亮，但从不施粉黛，装束和打扮也都很中性。我是从那时候，醒悟了雌雄同体性的人往往是人中之凤。她还有一大群的闺蜜，个个优游自尊，仪态高贵，我曾经纳闷：为什么男的没有，女的则有闺蜜呢，而且她的闺蜜还那么多？后来我也是醒悟了，女的比男的有更多的心事，无论多么了不起的女的，她们都需要倾诉，闺蜜就是来做倾诉的。那些闺蜜隔三岔五地来到茶庄聚会，那是非常热闹和华丽的场面。这如一个模特在街上走，或许有人回头看，而十多个模特列队在街上走，那就满街注目。我是在茶庄看见了她和她的闺蜜，她们的美艳带着火焰令你怯于走近，走近了，她们的笑声和连珠的妙语，又使你无法接应。她们充满活力，享受时尚，不愿羁绊，永远自我。简直是，你有多高的山，她们就有多深的沟，你有云，云中有多少鸟，她们就有水，水中就有多少鱼。她们是一个世界。

现在，茶庄搬走了，不知是因经济下滑，又强有力的反腐，作为奢侈品的高档茶已越来越难卖了，还是房租太贵，员工的工资一再上涨，经营再也无法为继？而留我的只是叹息，看茶碗在渴着，看蜡烛要烧死。

她们有太多的故事，但故事并不就是《暂坐》的文本。在《暂坐》里，以一个生病住院直到离世的夏自花为线索，铺设了十多个女子的关系，她们各自的关系，和他人的关系，相互间的关系，与社会的关系，在关系的脉络里寻找着自己的身份和位置。正如一段古文所写："墙东一隙地，可二亩许，诛茅夷险，缭以土垣。垣外杂种榆柳，夹桃花其中。"这是她们的生存状态，亦是精神状态。而菟丝女萝蔓延横生，日光漏叶莹如琉璃，叙述以气流布，凝聚为精则是结构之处。其中更有着陆以可的再生人父亲出现的奇异，有着冯迎幽灵萦绕的迷丽，使这人间的人确实有了两种：人类和非人类。也时空转换着，一切都有了起伏不定黑白无常的想象可能。

《暂坐》中仍是日子的泼烦琐碎，这是我一贯的小说作法，不同的是这次人物更多在说话。话有开会的，有报告的，有交代和叮咛，有诉说和争论，再就是说是非。众生说话即是俗世，就有了观世音菩萨。观世音菩萨观的是大千世界中一切内外所有的诸声，而我们，则如《妙法莲华经》所言：虽未得天耳，以父母所生常耳总也听得，起码无数种人声，闻悉所解。

《暂坐》里虽然没有"我"，我就在茶庄之上，如燕不离人又不在人中，巢筑屋梁，万象在下。听那众姊妹在说自己的事，说别人的事，说社会上的事，说别人在说她们的事，风雨冰雪，阴晴寒暑，吃喝拉撒，柴米油盐，生死离别，喜怒哀乐。明白了凡是生活，便是生死离别的周而复始地受苦，再随着时空流转过程的善恶行为来感受种种环境和生命的果报。也明白了有众生始有宇宙，众生之相即是文学，写出了这众生相，必然会产生对这个世界的“识”，“识”亦是文学中的意义、哲理和诗性。

在写这些说话的时候，你怎么说，我怎么说，你一句，我一句，平铺直叙地下来，确实是有些笨了，没有着那些刻意变异和荒诞，没有着那些华丽的装饰和渲染，可能会有人翻读上几页便背过身去。但我偏要这样叙述的。在这个年代，没有大的视野，没有现代主义的意识，小说已难以写下去。这道理每个作家都懂，并且在很长时间里，我们都在让自己由土变洋，变得更现实主义。可越是了解着现实主义就越了解着超现实主义，越是了解着超现实主义也越是了解着现实主义。现实主义是文学的长河，在这条长河上有上游中游下游，以及湾、滩、潭、峡谷和渡口。超现实主义是生活迷茫、怀疑、叛逆、挣脱的文学表现，这种迷茫、怀疑、叛逆、挣脱是身处时代的社会的环境的原因，更是生命的，生命青春阶段的原因。处理这些说话，一尽地平稳、笨着、憨着、涩着，拿捏得住，我觉得更显得肯定和有力量，也更能保持它长久的味道。尽力地去汲取一切超现实主义的元素，丰富自己，加强自己，来从事适合国情和自况的写作。视野决定着器量，器量大了怎么着都从容。

写过那么多的小说，总要一部和一部不同。风格不是重复，支撑的只有风骨。《暂坐》就试着来做撑竿跳，能跳高一厘米就一厘米。它的突破每每以失败为标志，俄国的那个巴捷耶娃（伊辛巴耶娃）似乎从没有见好就收。

齐白石在他晚年的绘画中，落款总是要写上八十几岁或九十几岁，这是一种释然，还是一种炫耀？而《暂坐》之所以敢纯写一群女的，实在是我不自信使然。写作中，常常不是我在写她们，是她们在写我，这种矛盾和分裂随处可见。写到了最后，困扰我的是，这些女人是最会恋爱的，为什么她们都是不结婚或离异后不再结婚？世上的事千变万化而情感是不会变的吗，还是如看到的那句话：别说我爱你，你爱我，咱们只是都饿了。我就这么疑惑着，犹如这个城市在整个冬季和春季所弥漫的雾霾，满天空都是个谜团。

选自《当代》2020 年第 3 期

一碗乡愁

赵　瑜

一、与故乡的关系

乡愁是一种什么样的心绪呢？很难准确地称量。乡愁是轻的，轻如流水的声音，或者是麦田里的几声欢笑。而乡愁又是重的，沉重到一粒麦子便可以压垮一家人的身体。那些忙碌不堪的夏天并无多少诗意，苦难累积出来的收获，仅仅够喂饱我们的半个童年。那另外半个呢？正饥饿地在田野里奔跑，寻找野果子。

然而，乡愁就诞生在这种有些酸涩的语境里。那些汗水湿透了的日子，那些收割、播种，以及在泥土里埋下的种种幻想，被时间晒干，成为一些扁平的名词，变成了父母亲口中的“收秋时”和“夏忙时”，成为一种食物煮熟时的味道。

这些乡愁的分类分别是：泥、锄头、打磨、收割、堆积、炊烟、盛开、捡拾、成群结队的吼叫、劳作、不堪、欢喜、尘埃、戏剧、冰棍儿、露天电影、河流洗去的争执……还可以再列举下去，几乎，每一项劳作都是一节又一节教育课。

食物是乡愁的来源。每一次看到手工做的馒头，便会想到母亲在厨房里忙碌的影子。不论我在城市生活多久，这些乡村记忆都不会减少。它们像是被压制好了的标本，就储存在我记忆的某个抽屉里。

这样的抽屉里一定还存着一碗手工面条、一碗玉米糊。

当然，还有冬天的月光和夏天的狗叫声，有慢的一切，包括时间，包括流水的速度、鱼的样子以及我们永远也走不出的乡音。

故乡分配给每一个人的东西都是相似的。食物塑造了我们，也拘囿了我们。食物温暖了我们，也占有了我们。

每一个从乡村走到城市的人，首先要战胜的是乡村塞给我们胃部的记忆，这些记忆便是乡愁，它们顽固，而且充满了我们记忆的角落。这些乡愁，通过我们和食物之间建立起来的关系，抵制着其他我们并不熟悉的食物，我们被这些乡愁捆绑着，我们依赖这样的乡愁，我们喜悦于这些熟悉的味道，就像依赖父母亲对我们的爱一样。

乡愁里有我的亲人，我的父亲、我的母亲，以及我的哥哥，也有我的乡邻。无论离我多远，他们都在塑造我。

一想到他们所关心的事情，我的世界便被平均。我是由我的现在和我的过去组成。同样的道理，他们也是由他们的现在和他们的过去组成，我的过去和他们的过去是在一起的，这无法回避。我的过去和他们的过去像一团泥泞一样。可以说，我最为无知的童年是叙述的一种侧面，也掌握在他们的叙述里。这种像数学逻辑一样清晰的关系，佐证了我和我的故乡的关系。

有时候也会庆幸我对故乡的摆脱。是的，离家乡的距离越远，越能看清楚那种束缚。我曾经在很多篇文章里赞美过我的家乡。中间有几年的时间，我真想给过去的自己写一封信，收回某些赞美。尽管我知道，在过去的某个时刻，我的赞美也是真诚的。

我为什么想要收回我的赞美呢？其实，家乡并没有大的变化，那些世俗的、庞大的乡情，以及并不让人愉悦的势利，都在我的记忆里盘踞着。只是，在很长一段时间，我并没有意识到它们的存在，又或者，即使我意识到了它们的存在，但是，我还是会说服自己，去适应甚至包容这样的不堪。

又过去了这些年。这些不堪尽管在我的眼里已经非常清晰、量化，甚至增长扩大了触角和范围，我却没有再过度地去渲染它们仇恨它们。不是我变得混浊了，而是，我理解了我个人的来源。我的正确里也包含着我对自己的来源的认识。我所要批判的事实，并不是一个又一个百分之百的独立的错误，它们和熟人社会的各种规则融化在一起，我要批判的，是人性中的部分混沌且暧昧的东西，而不是全部。

厘清这些如同细胞一样的认识和判断，耗去了我无数的时光。我开始本能地亲近一切和故乡接近的食物。这些食物是没有人情世故的自然风物，它们负责教育我，让我在遥远的城市居住时念起故土人情的温暖。我不再是那个不懂事的年轻人了。

只有在这样的语境下，我说出来的话才可信，我对故乡的想念才真挚。

二、我生命的组成部分

去年深秋，带一群友人回我的老家，去一个亲戚的红薯地里。已经下了霜，红薯的叶子被霜打过，像是一群失恋了的鸟儿，沉默低调。

我的老宅里住着邻居，可是邻居去地里干活了，我们进不去宅院，那院子里有我全部的童年，进不了我就没有办法打开来给友人们看。

在院门口站了一会儿，有邻居过来用我的家乡话说了几句，由此，我彻底回到了我的村庄，不仅仅是语言，还有身体和思想。

我需要和邻居们说话，这样我身体的磁场才能借由他们的问话彻底摆脱城市的逻辑。我进入他们的关心里，和他们聊起相熟悉的人最近几年的变化，以及住在我们院子里的邻居今年种了什么庄稼、为什么这个时候去地里干活。

带着几个城市的朋友回到我的村庄的时候，我感觉到，那些住在村子里一辈子也不离开的乡邻妇孺，其实都是一株一株的庄稼。他们是故乡的证物和药引。

只有在这些乡邻面前，我才能真正地取到记忆的密码，回到我的旧时年华。而我与故乡的关系，正是由旧年月具体的食物、月光和路上遇到的猪马牛羊所构成。

我没有办法向我的友人介绍这些乡邻，因为他们并不关心这些邻居在我成长过程中的细节。我也没有办法向我的友人介绍我们村子里的树和牛羊，因为，树大多已经不是我幼年生活时所看到的树了，牛羊更是。我能向他们介绍什么呢？

食物。

一碗面。一碗不同形状的面，不同食材的面。一碗面里装着我的过去，也装着这片土地上的审美。一碗面是法律，也是文明，是秩序，也是欢愉。

还有红薯，还有花生、大豆，还有呢，还有泥土里长出来的一切。这个世界用食物的形状告诉我们世界的真相。真相是什么呢？我们最终所看到所享用的东西，都是对世界的再次理解。

进入城市以后，我被各种各样的新闻、面孔、事故以及食物拓展，我成为我自己的陌生人，我变成了两倍的自己、三倍的自己、四倍的自己、五倍的自己、六倍的自己、七倍的自己、八倍的自己、九倍的自己……这些积累多和判断、见识有关。然而在食物的选择上，不论我多么标榜自己是一个喜欢吃各种食物的人，只要有馒头这个选项，我就会立即放弃米饭，只要有面条，我都想尝试一下。

我是在每一个馒头里找寻我自己，也是在每一根面条里找寻我自己。

三、无辜的故乡食物

如果我们离开故土，那么，许多恒定的东西都会被外在的世界要么印证，要么打破，要么扩充，要么就直接被否定。那些起源于故乡的价值判断，总会遇到陌生的事与人，让我们不知所措，该如何扩展自己呢？我们自然会想起在故乡时的做法。这就是一个人一生不断地回到故乡的原因。不是我们的身体，而是我们的思想、我们的认识。

故乡用食物绑架了我们的身体记忆。一直到多年以后，我们才会理解，为什么有些食物牢牢地占据着内心里对世间所有味道的判断。

相当长的时间里，我把这些食物归结为我们对母亲的依赖。

后来，我有了更多地域的行走，吃了更多类型的菜肴和汤水。我把这种对故土食物的依赖归结到生理的惯性，以及血液的根本。最开始，在我们的身体运行的生命本源时，吃到了什么，什么便是我们身体的密码。

再后来，我放弃了探究我与故乡的暧昧关系，我甚至觉得，每一个人的生命元素中，最初的那些记忆都是种子。我们注定与其他人不同，是因为我们对世界的理解在一开始便有了细微的区别。有了这样的妥协，我基本上不再纠结故乡食物对我们成长和认知的阻碍。是的，不论我们后来变成了什么样子，赋予我们生命最初形态的食物并没有错。

错的是什么呢？是故土的狭隘。食物不会强迫我们表态，食物不会主动要求我们必须要热爱故乡的食物，是故乡的人，是故乡的一种自卑的同理心在这样要求。

我见过无数个痛恨自己故乡的人，他逃离故乡，拒绝食用故乡的食物。事实上，他们痛恨的是一种单一的食物造成的侵害。故乡的食物有很多，他痛恨的是在他需要食用的时候，因为短缺而只能选择特定食物的情形。比如我的母亲，自从我记事以来，从未见她吃过红薯。在她成长的某段时间里只能吃红薯，这样的饮食记忆伤害了她。而在这样的语境下，食物其实是无辜的。

我也曾经痛恨过一些故乡的食物。比如，我曾经很反感红薯叶子，因为母亲在煮面条的时候经常用红薯的叶子代替青菜。那时候，我们家的猪羊和我们一样，也是吃红薯叶子。虽然当时并没有比较意识，但是在我的幼年记忆里，总觉得每天和猪羊吃一样的红薯叶子不是什么骄傲的事。

故乡还意味着疼痛与抚摸。那些浓稠的黑夜，那些重复的鸟叫，那些让人无法忘记的饥饿与寒冷，都是故乡刻在我们身体里的刀痕。

一度，故乡的主角是母亲，或者说，是母亲的食物。后来，随着父母亲离开家乡，故乡逐渐变得模糊，模糊成地图上的一个圆点，模糊成填写籍贯时的地名。

每一个成年人，在说起故乡时大多指向自己的记忆，只有在其他几个有共同记忆的人面前，对故乡的描述才足够可信。然而当向城市里的友人们描述故乡时，我常常觉得一片空茫。是的，参照丢失了。我的故乡那么庞大，它们储存在我的味觉里、听觉里以及我的内心里。该如何简化故乡？又该如何准确地将这些内容剥离、挑拣，最后成为几个光亮的词语？

我并不喜欢简化，我总觉得，准确，一定意味着驳杂。

我的故乡仿佛和我的现在没有关系。在我的意识里，十八岁出门远行，一个成年人的身体游走于各个地方。故乡只停在了早年的记忆里。

故乡只属于童年，成年以后，人只有精神的故乡，没有身体的故乡。因为成年以后，人的身体便有了多面性，可以接纳故乡以外的所有地域。

我的故乡其实就是幼年时的村庄，是村庄的万事万物，是村庄里的每一个人、每一条路。

我的故乡不只是节日和庄稼，还有一个又一个院落里冒出来的炊烟，以及炊烟里传出来的每家每户的饭菜的味道。

故乡总会从热闹的生活现场回到厨房，回到食物，回到一碗面条里。

有时候，我会用想象描绘我少年时的村庄。如果烧火做饭，那么全村的人都差不多同时进行。如果说在中午的时候吃面条，那么进入村里任何一家，都能看到母亲在案板上擀面条。

有一次在吃饭的时候，我跑到对门的赵四家里，赵四的妈妈水生嫂子正在下面条。我又去了西边的邻居桥子哥家，他的母亲菏泽大娘也在下面条。

而我的母亲自然也在厨房里下面条。

最重要的是，我们的父亲差不多同时从南地里锄草回来，甚至，他们回到家里所做的第一件事情也都差不多。

这样的人间烟火，既重复，又充满了确定性。这样的记忆一点一点地绘出了我的故乡的单调与丰富。故乡那么思路明晰，它们在每天的面条里，在每天的欢喜与悲伤里。

每一次在文字里写下“故乡”这两个字，接下来，我一定会写到面条。每一次在文字里写到面条，那么，接下来，我一定会写到母亲。

我无法改变这些，就像我无法改变我的出生地一样。

四、乡愁的简化过程

我想，我需要重新阐释一下乡愁如何从我的满腹心事简化成了一碗面食。

正如雷平阳在一首诗中这样写道：

我只爱我寄宿的云南，因为其他省
我都不爱；我只爱云南的昭通市
因为其他市我都不爱；我只爱昭通市的土城乡
因为其他乡我都不爱……

我的爱狭隘、偏执，像针尖上的蜂蜜
假如有一天我再不能继续下去
我会只爱我的亲人——这逐渐缩小的过程
耗尽了我的青春和悲悯

爱如果越来越狭窄，那么只能说明，我们的爱越来越深。

青春期的爱，泛滥，并不执着。那时的我们，热爱眼睛看到的一切，一切颜色、一切声音、一切热烈、一切陶醉。青春的热爱总像是虚拟的，这些欢喜也好，热爱也好，并不落地，停在纸上。词语可以透支，感情随着租住的地址而变化不定。有时候，一场大雪便将之前的愁情烦绪覆盖，诗稿被烟灰烧破，就此散场。

我更信任借助于食物表达的乡愁。所以，乡愁必然会停泊在一些事物上。鸟叫声是靠不住的，因为，在深夜的时候，我们只听流行音乐。

如果在一开始的时候，故乡是一个村庄的名字，那么后来，便成为一个乡镇的名字，再后来，是县城的名字，再后来，是城市的名字，再后来，我的故乡成了一个省份。

这种变化和我距离家乡的远近相关。在海南岛生活的几年里，我的身份一直是“大陆人”，连“河南”这样一个省份也被省略了。

相反的是，当我的故乡范围变得越来越大的时候，我想念的事物却越来越少。

当我在小镇上念高中的时候，我的故乡是一个村庄，是一本丰富的地理书，是我的大多数人生内容。到了海南，我的故乡变成母亲的一个电话号码，变成春节时的一张机票，甚至变成了春节后返回海南岛时体重的变化。

故乡的丢失和一个人内心的变化有关。如果一个人的精神成长速度过慢，那么，故乡便不会丢失。故乡会占据他的内心很久。一个长期依赖故土的信息对世界进行判断的人，说到底是一个精神的保守者。不好判断这样的保守对一个人来说究竟是好还是坏。

但是，世界是变化的。

每一个人都应该扩大自己的认知范围，如果非要用家乡的一切词语来表达千里之外的世事，那么，我们很容易就会发现语病。

不只是经纬度的变化，温度、海拔、自然风物以及民俗，还有历史的不同。故乡的历史是黄河流过那些土地后书写的历史；我所在的海南，又或者你所在的东北，再或者他所在的西部，这些地域的差异，差不多将故乡的词语全都否定。

那么，这个时候，我们该如何描述乡愁？

我们只能将自己的故乡和他者进行比较，进行梳理，进行交集分析。那些我们最为关切的内容最后剩下来，成为乡愁的重要内容。

首先被抛弃的乡愁是家乡的戏曲。

其次被抛弃的乡愁是对家乡方言的敏感。

再次被抛弃的乡愁部分是方向感。

随着时间的叠加，一个远离故乡的人，渐渐丢掉的乡愁内容分别是衣物的色泽、庄稼的生长细节、嫁出去的亲戚的音讯、晚生的孩子的名字、乡村新修的道路的样子以及有了机器以后的食物味道的变化。

乡愁里剩余的东西越来越少了，还剩下母亲用缝纫机匝的花纹好看的鞋垫，鞋垫破了以后呢，便只剩下母亲做的手工面条的味道。

母亲的那碗面条，从我们记忆深处出发，一岁一岁地长大，永远不会改变。那一碗面，不只是麦子的成长、面粉和水的混合，而是爱的全部，是我们身体最初的记忆，也是最后的记忆。

每一次在文字里写下“故乡”这两个字，接下来，我一定会写到面条。每一次在文字里写到面条，那么，接下来，我一定会写到母亲。

我无法改变这些，就像我无法改变我的出生地一样。

这不是我的重复叙述，而是说，作为一个北方人，关于面食的记忆，它一定来源于母亲，它只能来源于慈悲，来源于我们内心深处的寻找和停泊。

选自《散文》2020 年第 6 期

黑夜的火车

李朝德

挂上电话，我立刻就后悔了。

车窗外，落日失去了最后一抹余晖，远山只剩下黛色的模糊轮廓。

火车大概还有一个多小时才经过村里，那时天应该早黑透了吧，那么晚打电话告诉母亲站在路口做什么呢？

列车在黑夜中呼啸着，载着心事重重的乘客飞驰向前。

望着车窗外的阑珊灯火和飞速后退的景物，一路忐忑。

那天，我从昆明乘火车去一个叫宣威的小城参加会议，这趟城际列车要穿过村里。我家离铁路并不远，直线距离也就五六百米。

火车黑夜穿过家乡，最熟悉的景致与最亲近的人就在窗外忽闪而过，兴奋激动转眼间成远离失落，那种感觉难于描述。

十多分钟前，我打电话告诉母亲我要去宣威。母亲知道我要路过村里，很是高兴："去宣威做什么？大概几点钟到？"我一一回答，我有些遗憾："可惜村里没有站，不然可以回家看看。"母亲说："你忙你的，我身体好好的，不用管。"说完这句，电话里一阵沉默。

我理解这时的沉默。

我与母亲之间，如很多农村母子一样，不善于表达感情，大多数时候都沉默如石，诸如爱与想念之类的话语，一句也说不出。

父亲在世时，彼此都习惯这种沉默。即便一句话不说，沉默亦坦然，像阳光洒满树叶，温暖实在。

但现在的沉默却让我内心紧缩。父亲过世后，母亲常说，时间过得慢，太阳总不落山，天黑后，天总也不亮。父亲在时，她夜晚回家很远就能看见灯光，现在再没了灯光，也没有人等她回家。有次从外面回来，她说她在黑暗中顺着墙壁摸索开关，却总也摸不到。想起如果父亲还在，哪会出现这样的事情，不由得放声大哭。母亲打电话给我，我在电话这头也跟着默默流泪。

想着被黑暗笼罩着的母亲，老家的黑夜跋山涉水而来。

父亲去世后，我隔两三天总要打个电话问问，很多时候不为别的就为听听母亲的声音。

即便电话里经常联系，但如果不是假期或者有特殊事情我却很少回家，原因在于没个理由就跑回家去，母亲总是责备我瞎跑，进而自责。总说哥哥姐姐就在村里，自己身体好好的不用挂念，打个电话就行。那么远，跑来跑去浪费时间和车费。

我理解母亲阻止的本意，儿子好不容易在城里立足，她希望我小心翼翼走好每一步，不管是生活还是工作不能有点滴闪失和马虎。经过世间的风雨，她早已把生活过成如履薄冰，如果无事请假跑回老家总让她提心吊胆。

想念是不能成为回家理由的，即便它重如泰山却在母亲的生活逻辑里不值一提。

因为她怀揣比泰山更重的东西。所以，那天电话里我也不提回家的事，提也无用。

车过村里，母子相距不过几百米却不能相见。

母亲沉默，我也沉默。

我打破沉默：“妈，要不火车快到村里时我打电话给你，你去村里铁路口等我，我在 7 号车厢的门口，向你摇手，你就可以看见我，我也可以看见你。”

这个突然的提议，自己也觉得有些意外和为难，黑夜中叫母亲在路口等着见我，算怎么一回事？但母亲却是高兴。

我们当然知道那个路口，那个叫小米田的路口是连接村庄与田地的一个主要路口，在那路口，我走大了走出来了，母亲却走老了。近些年火车多次提速，由单线变成复线后，铁路沿线早在10多年前就全线封闭。小米田路口虽然还在，但早被栅栏完全隔断，要过铁路只能翻越天桥，现在只剩下三四米宽的道口。我坐的这趟火车时速大概120公里。这样的速度通过那个道口多长时间呢？可能半秒都不到吧！相互能看见？

火车一过沾益县城，我就给母亲打电话让她去道口等着。母亲很高兴，沾益县城离老家松林村不到20公里，估计不要十分钟我就可以看见母亲。

窗外早已经黑透，一明一暗，车里车外仿佛两个世界，我把脸贴在7号车门的车窗上，努力寻找熟悉的山川轮廓。

窗外一片模糊，无边的黑暗包裹着车厢，我计算着时间与路程，却总不能看见熟悉的样子。

焦躁中，却看见远远的公路上有车流的灯光，流光溢彩。

正纳闷这是哪条路呢？放着白色光芒的“施家屯收费站”这几个字出现了。我一阵悲凉，施家屯已是隔壁村庄，火车应该在一分钟前就驶过松林村了，我竟然没有看见我熟悉的村庄和站在路口的母亲。

我颓然打电话告诉母亲：“妈，天太黑了，我没有看见你，火车已经到了施家屯。”

母亲也说：“刚才有趟火车经过，太快了，没有看见你。我想应该就这趟火车，知道你坐在上面就行。”

我为自己的粗心愧疚不已，说不出话来。年迈的母亲在黑夜的冷风中站着，我在明亮温暖的车厢里坐着。本想让她看见我，我也看见她，却害得她在路边白白等待和空欢喜一场。

松林村的一草一木，再熟悉不过，怎么会看不出来呢？

我不甘心地说：“妈，要不明晚我返回时在最近的曲靖站下？站上有到村里的汽车，半小时就到村里，住一晚再回昆明，方便得很。”母亲慌忙阻止，固执而又坚定，仿佛我这样做是她的错。我没有办法，自己赌气也是跟母亲赌气，那就明晚还在这路口，到时候我会站在最后一个车厢的车门旁招手，一定可以看见。

坚决要求母亲又去站在铁路口，固执得有些残忍。

我坚定认为是我的疏忽才会没有看见站在车窗外的母亲，那么近的距离怎么能看不见？

那晚返程时，我早早走到最后一节车厢的车门旁。黑夜的火车如一条光带在铁轨上漂移，伏在玻璃上我把眼睛尽量睁大，可还是很难看清车窗外的任何景物。我想起了顾城那句伟大的诗：黑夜给了我黑色眼睛，我却用它寻找光明。

我的光明在哪里呢？

返程时，我又看见了“施家屯收费站”，心如撞鹿。

内外温差大，车窗内起了一层薄薄的雾，我慌忙用手掌再次擦亮玻璃，双手罩住眼眶遮挡车内亮光，把自己也陷入与外面一样的黑夜中，在微弱的光线下仔细搜索一景一物。我终于能看见被车灯照出几米远的模糊的路面轮廓，看见了如萤火样村庄里的昏黄灯光。

就在一个路口，我突然看见有束电筒光在黑暗中照着火车！我刚要寻找并摇手呼喊，火车却过了！

我忙掏出电话，颤抖着告诉母亲：妈，我看见你在路口啦。

母亲说：我也看见了。

两句话说完，车外再没有了村庄，母亲越来越远了。

我在黑夜火车的人群里不过是一晃而过的黑点，那个叫小米田的道口，不过三四米宽，而站在道口的母亲，她还没有一米六高啊……

选自《人民日报》2019 年 11 月 6 日

人形兔与野兔的相遇

霍俊明

1999 年 8 月底，冲破重重阻碍的我终于坐上了从唐山开往石家庄的绿皮火车，那时的车速极慢，每一站都停靠很长时间，而车厢内更是人挤人——有的人甚至趴到座椅下面去躺着，到处都是腋臭和脚丫子味。那时河北师范大学文学院正准备东西校区合并，我最初是住在东校区，跟随大三的学生一起上课，当时的主课是当代文学史、古典文学和外国文学。第一天开始上当代文学史课之前，在教室我和另一个同学打赌上课的是男老师还是女老师，我认为应该是女老师。结果上课铃声一响，一个穿着白裤子、红色 T 恤的高大健硕的中年男人噌噌噌几步就登上了讲台。他头发较长，先是低着头，然后抬起头微笑着用极富磁性和穿透力的男中音自我介绍："我是陈超，这学期的当代文学史由我给大家上。"接下来竟然是学生回应的狂风骤雨般的掌声，甚至很多人尤其是女生都在欢呼尖叫。从那一刻起我知道了陈超，知道了他是最受学生（尤其是女生）爱戴的老师（几乎没有"之一"），也领略了他在课堂上作为"男神"的风采。从那时开始我有意识地找来陈超的一些著作学习，当然那时候很多内容都读不太懂，越是读不懂就越是想亲近陈超。从第一堂课开始，我就决定了，一定要考陈超的研究生，别无选择。

如果说我在河北乡下中学想考研离开是因为我对命运和现实不甘的话，遇到陈超之后可以说是他让我深深地迷恋上了诗歌，也是他改变了我后来的人生走向。从那时起我开始疯狂地学习英语准备研究生考试，那一年石家庄的雪下得特别频繁，几乎是一场雪接着一场雪。我几乎成了当时整个河北师大每天早上最早起床抢占教室座位的人，那时我们没有专属的教室，甚至经常被赶着从一个教室到另一个教室。在极其寒冷的冬天，我的命运也一切未为可知。当时我的情况有专门的规定，要回原籍所在地报考研究生。

我在1999年冬天回到了冀东平原的大刘庄村，准备即将开始的考试。冰天雪地中迈进院子的时候我感觉一切都很陌生了。一进屋，我的儿子正坐在炕上吃东西——他刚刚学会摇摇晃晃地走路（因为走路不稳磕碰了一下导致脸颊还有伤疤未好），还流着鼻涕，小手漆黑。他已经有几个月没看到我了，他还不会说话，他看着我愣了两三秒的时间，好像是认出了我是他爸爸，赶忙把他手里攥着的黑乎乎的东西往我嘴巴递过来。当时的情形你能形容吗？更多是对家人的羞愧，百无一用是书生啊！后天一大早，我的妈妈抱着我儿子出来送我，路上结着厚厚的冰，光可鉴人。我回头看着风雪中的母亲和儿子是一种完全说不出的滋味，确实有些悲壮。而我已经没有退路了，如果考不上，正应了那位校长和同事们的话，我如何再回原单位上班……在那一刻，我不知道自己的命运何去何从。因为路面冰雪太滑，我从村子北面开始穿越积雪覆盖的麦地深一脚浅一脚地走，当时我要到沙流河镇去坐公交车。走着走着，突然从西边跑过来一只草黄色的野兔，蹦蹦跳跳地转眼就不见了踪影。我是1975年春天出生的，属相是兔子，在看到那只真实兔子闪过的一刻，我只是想这可能是一个重要的人生时刻的暗示。后来我才读到了张曙光翻译的米沃什的那首名诗《偶遇》：

黎明时我们驾着马车穿过冰封的原野。
一只红色的翅膀自黑暗中升起。

突然一只野兔从道路上跑过。
我们中的一个用手指着它。

已经很久了今天他们已不在人世，
那只野兔，那个做手势的人。

哦，我的爱人，它们在哪里，它们将去哪里。
那挥动的手，一连串动作，砂石的沙沙声。
我询问，不是由于悲伤，而是感到惶惑。

多年后我对这只兔子仍然难以释怀，就写了一首诗《人形兔与一只野兔的相遇》作为个人往事的特殊怀念——多年后回想起来那时经历的一切都仿佛是预先安排，不可见的手同样不可见地旋开黄昏的按钮。

走出家门的时候已是大雪封路
母亲说百年都未一遇
冷亮的乡村雪路闪亮
空旷的白瓷杯盏
我穿过厚雪积满的麦田

一只野兔的草色身影在眼前一闪
多年后我仍然感激那只野兔
在冬天的旷野
我与它偶然相遇

它就像我的前世或来生
我出生在 1975 年
一只化身人形的兔
那时我还未来得及多想

它蹦跳的身影已经不见
杨树上随风抖落的积雪
恍惚是时间的睫毛微闭

辗转到唐山后也是大雪扑面，住在极其简陋的小旅馆里。因为等另一个同事去考场，结果还迟到了，而第一场就是我最担心的英语，完全是在迷蒙的状态下答完的，而政治和专业课感觉还可以——都是把试卷写得满满的之后提前交卷的。之后又回到原来的中学上班，当时我是顶着巨大的心理压力的，成败在此一举。一天早上上班，打开办公室的门我突然发现桌子上放着一封薄薄的信，落款是河北师范大学研究生招生办公室。当时的心情无法用"忐忑"来形容了，感觉整个人手足无措、如芒在背，当时没敢打开看成绩，而是走出来在操场上溜达了三四圈。然后一咬牙，反正成绩也已经注定了，好坏就那样了，于是赶快回到办公室撕开那封信。打开那张纸，本能地看成绩最少的那科——英语是 65 分，其他的成绩都比这个高很多。按照每年研究生英语入学成绩一般是在 50 分左右，我当时还想是不是今年的题太简单了。过了一段时间之后，我去河北师大东校区参加复试和面试以及同等学力考生的加试。在复试时一个女生（王鹏）问我："你就是考第一那个啊！"我当时还不清楚自己的初试成绩排名情况。回原单位后，又等了好长的时间，我的通知书也没下来，按照常理怎么也下来了。

后来才知道我的入学通知书被县教育局以及学校扣下了，我也是在接到河北师大招生办电话的时候才知道了此事——电话里那个老师说如果明天你的档案不来就取消入学资格了。我当时心急如焚又火冒三丈。第二天一大早坐着三轮车满身尘土地赶到丰润县（今河北唐山市丰润区）教育局，一进办公室我就说如果你们因为档案而耽误了我研究生入学，所有人都要为此担负责任。当时年轻，后来回忆我当时是满面通红嚷出了那句话。他们最终拿出了我的调档函并给了我档案，档案上是封条和印章。当时邮寄材料已经来不及了（按那时的邮寄速度最快也得一周时间），整个河北师大录取研究生就差我一个人的档案了。找到公用电话亭和招生办老师联系，经过沟通同意我亲自去送档案，于是买了当天由唐山开往石家庄的火车票。坐了整整一夜的火车，早上才赶到招生办。

在早晨的阳光中我有些恍惚地走在河北师大校园里，怀里紧紧抱着那份档案——更像是抱着一个婴儿。现在回想起来，从丰润到唐山再到石家庄我一路上都抱着这份档案。那是我青春时代极其脆弱的命运。那个高个子女老师说："你是河北师大研究生招生录取历史中唯一一个自己带着档案来的。"那是一次破例，而我的人生也险些因为档案而发生不可想象的逆转。所以，当我 2000 年夏天站在陈超老师面前的时候，我已经经过了很多的挫折。尽管我那时也才刚刚知道我的统考成绩、复试成绩和面试成绩都是所有考生中最高的。

选自《广西文学》2019 年第 10 期

上山下山

程　鹏

雾

雾封锁了我们的村庄和田野，从河流过来的雾，像上涨的河水。我们住在山脚下，除了那条狭长的公路，一切都仿佛就生如谷底。

苍天之下，在大地上再也找不到这么狭窄的地块了，无法想象我出生在这里，而我的童年因此而悲哀起来。

雾浓得化不开，一天都不会退去，村里的人打着手电，迎面遇到的人，一团白团，走过去了，因为寒冷，都懒得寒暄。

母亲将我裹得严严的，棉袄、棉裤、帽子、厚得笨拙的棉鞋，看起来没有生趣。特别是那条毛巾，缠在脖子上，了无情趣，可是还是寒冷，因为小小的躯体里，雾减退了血液。

盼望着，盼望着，太阳出来了。

从来也没有想过，雾消失后，大山之外还有另外一个地方，那里一年四季太阳高悬，树木葱茏，花团锦簇，而我们暴烈无声的青春也在这个地方出现了。我们适应了南方的气候，也享受着街头的流浪。

从来没有真正地体会过生活的意义，也没有去谈论过童年的美好。我们在蹉跎着岁月，只是在年关时，回家去和村庄的父母团圆一下。故乡就像旅馆，随时随地地在我们的诗篇中被反复地歌咏，说是精神还乡，也就只在纸上写写罢了。

因为一场瘟疫，我们把肩头上的旅馆卸下来太久，以致心都发芽了。我们决定爬山，当我们爬上山顶时，野菊花绚丽如此，伤害了人一样，让人微微想掉下眼泪。

光秃秃的山野，原来都是种小麦和高粱的，养育着这一山的人，和这一山的胃。如今，森林密布，杂草丛生，因而才有了野菊花。

行走在森林和杂草丛中，我忍不住说："如果不是这二十多年外出打工，村里人绝对不会让这树木成林。"那时，山野之内，连荆棘、茅草、丝麻秆都是村人的燃料，灶台之物罢了。如今，就算有碗口粗的松树倒在地上，也无人去拾回家去。

村里人靠山吃山。

森林占据了我们的土地。

看着星罗棋布的村庄在悬崖峭壁上挂着，松涛阵阵，山那边的说话声传到山这边的耳朵里来，我忍不住叫了出来："如果不出去打工，这里的人将一生见不到世面。"

唏嘘感慨人至中年，看山是山，对抗寒流比对抗内心的荒芜来得更容易。我们迫切地想走出去，把故乡扛在肩上，我们知道走出大垭口，一切就都不一样了。

今晨起来，我走出院子，欣喜地看到雾在大垭口盘绕着，大垭口的轮廓像什么，我一时脱口不出。

我唤着村里的伙伴，他没有显得欣喜。他淡淡地说，此时的大垭口，像地里的田坎。

这么笨拙的比喻，我竟也接受了。

刺

注意那棵刺多少次了。它像新生的物种，有着油油然的生机，它生长在我家茅厕旁，就像我的生长，如此地不选择它的出身和环境。

我心里一直思索着，我要写写它吗？它有什么好写的？写成散文还是诗歌？我又要表达什么呢？看着它顽强的生命，我又想要写了，每次去茅厕，都看到它孤独地，充满力量地，对着太阳和风雨，甚至倒春寒的侵袭。

它是什么时候生长出来的？我又是什么时候开始注意到它的？回乡过年，母亲让我挥动锄头，斩尽了屋周边的野草。因为坐车的劳顿或我的懒惰，这棵刺得以幸免了吗？我来不及思索太多，要面对一日三餐和锅碗瓢盆，我就匆匆地走了。

过了两日，它开花了，细小的花，都引不起别人的注意。

我对母亲说："刺开花了，很小很小的。"

母亲说："哪里的刺？"

我喃喃地说："茅厕旁边，长得挺好看的。"

母亲望了望我，从我还小的时候起，她就知道，我是她孩子中不算聪明的一个，她说："刺有啥好看，你不去把它拔了。"

因为我的心心念念，那棵刺才越长越油油然。我希望，我的母亲也不要去拔它，我知道母亲早晚会去拔的。

我说："它太孤独了，就长出一棵。"

母亲说："它会越长越多，你还不去把它拔了。"我从小就是一个不太听话的孩子，我不按别人的思维来生活。

我转过身去，扛着锄头到田里锄草去了。我知道，我的母亲，我违背了她的意愿，她一定会跟我唠叨个没完。

果真到了晚上，我在灯下看书，她进来了，她唠叨我没将那棵刺拔了。她唠叨完刺后，又讲起了她年轻时的失败和成功、爱与哀愁、梦与幻想来。

母亲的很多故事，都是可以拿来写成小说的，然而，这一文体是我最拿不准的。她是一个穷人，但她不是一个失败的人，就算命运如此。

母亲讲到心酸处，我就说："你生了我啊。"我虽然没给母亲带来物质上的骄傲，但我会写文章啊，只是才华有限罢了。

我的骄傲又来自哪里呢？母亲没听明白我说的是什么，在她眼里，我也不算值得她骄傲的孩子。

我就推说，我要看书。母亲才走出我的房间，去看她的电视去了。

一天劳动，我只能珍惜灯下的时刻。

自从那杆封村的树木被人掀翻，路上的行人就多了起来，我也开始认真地考虑，我是该出去打工了，滞留在村里，不是被当成傻子就是会被当成身体有病的人来怀疑。我去镇上买长途大巴票，看着长途汽车上拉着横幅——农民工返岗专车。

“农民工”这个词，令人哑然。不管你在外面发展如何，即便衣着体面，吟诗作词，回到乡村来，你就是农民，走出去，就是农民工。无外乎是戴着不同的面具在行走而已。我想，关键时刻，国家还是想到我们了，心里窃喜。一问票价，要七百二十元。我问窗内的人，怎么比春运还贵？窗内人回，走不走吗？

拉拉扯扯上了车，故乡远了。回到深圳，盆栽的花草死了很多，我想起那棵刺，我到底要写它什么？它顽强地长出来，不顾出身和环境，也不顾嘲讽和辱骂。

我低头又想了想。

我找到了答案，原来它象征了出发。这样比喻如此贴切，无外乎是因为，它是生活的本体罢了。

丑　树

我家门前有棵树，它既没有桉树的修长，也没有槐树的魁梧。它长得奇形怪状的，样子很丑，不知什么时候就长在我们家门前，非常显眼。

我的两个姐姐都是爱美的人，她们那时正是少女情怀，打扮得干干净净的，走起路来一摇一摆，风过似的。特别是我的大姐，在我们中间有很高的权威，她常常从山里挖回来野百合花、猫眼草、指甲花……种在我家门前的小溪两旁。

二姐要务实些，但在大姐的带动之下，开始跟在她后面种野百合花、猫眼草、指甲花，还把另外一种像耳环的花挂在耳朵上，在村里一摇一摆，风过似的……

很快，我们家小溪旁开满了花，香香碎碎的，就算忙碌务实的乡下人路过，都要停下来看上一眼，不识字的乡下人，看了我们种的花都知道美是怎么写的。

然而，丑树压倒一切势力，迅速地成长，把花儿们都盖过了。

大姐召集我们商量，要把丑树铲除掉，趁妈妈不在家时，我们找来锄头，把丑树连根带须地挖出来了，并把它抛尸般抛在水塘，又栽下一棵栀子花。

妈妈回来，见丑树不见了，自然是打骂我们。我们一家姐弟仨一起挨打是村里第一遭，引来了村里人的围观。

我们不知道妈妈为什么那么大发雷霆，怒不可遏地为了一棵不知名字的丑树责打我们。

不就是一棵树吗？村里人都来劝解，在妈妈的怒气下，他们也就只能站得远远地劝。还栽了一棵栀子花呢，至于发那么大的脾气吗？

妈妈不听任何人劝解，直到我们集体招供丑树的去向，妈妈才放过我们，跑到水塘边，找回丑树，再次把它栽回去。

得到妈妈这次打骂，我和姐姐们都轮流给丑树浇水，丑树很快地活了回来。

我们再也没嫌丑树丑，在它的衬托下，才显出那些花的美来。

我们慢慢长大，丑树也长得比我们家的房子都高了。夏天，它长出一片片浓荫，覆盖了整个小溪，花儿们，草儿们，虫儿们，还有鸟儿们，在它的浓郁覆盖下，自由地开放，自由地吟唱。

这时，村人们走出自己的房子，摇一把篾扇，坐在丑树下乘凉，我们家门前甚是热闹，小溪里的水流得更是欢畅，小鸟们也欢唱。

偶尔，村里人忘记了丑树的好，在树下嘀咕，这丑树有什么用呢？奇形怪状的，既不开花，也不结果，砍作柴烧还可以。

我妈妈总是听着，和颜悦色地对着村里人，只是笑笑。她从丑树上摘下一串又一串项链似的东西，挂在小孩子们的脖子上。小孩子们得到了馈赠，撒欢儿地跑走了，一边跑，还一边唱：我家门前有棵树，长得又丑又没有用……

因为扩建公路，要放倒丑树，组织上的人来和我妈妈说了很久，妈妈才难过地答应了。

丑树终于被放倒了。它已经长到需要两个人围抱才可以。他们剥开它的肌肤，锯成一片一片。母亲小心地又把它们捆在一起，它们又完整得像一棵树一样站立在我家院子里了。

我们谁也不在意它。由于公路建成，我们家的房子也改建了，村里的房子都改建了，交通便利了，房子的大门都朝着公路。

门前的小溪不见了，那些花儿、那些草儿、那些虫儿、那些鸟儿，都不见了……

我们都长大了，两个姐姐都出嫁了，二姐远嫁，大姐经历了一次又一次的婚变，而我也经历了婚变。

我的妈妈老了。我打工回来，妈妈不再关心我挣上钱没有，只是用狐疑的眼光责问，为什么还是单身？

我说，我恐婚。

妈妈不知道什么是恐婚，也无法了解我为什么恐婚。我说，不想吵架。

妈妈望着我说，老了得找个伴，我去了，你就没趣了。

我正在读书，我扬着书说，你看我一天像没趣的样子吗？我坐在沙发上，扬起的书由于激动，飞了出去。

我一眼看见了妈妈置放在屋角的丑树，我站起来，好像有很多往事在脑海里涌了上来。

丑树还是被妈妈用篾条捆得扎扎实实的，像它生前一样，我抚摸着它，已经有虫子来啃食它了。我已经有情怀足以和妈妈谈了，我说起因为丑树妈妈破天荒地一起打骂了我们姐弟仨的事。

妈妈说，哪有那么回事呢。显然，她是忘记了这事。

她说，我得跟你说点事，这棵树是你哥哥栽的。

我以为妈妈说到她的伤心事了，自从哥哥去世，我们从来不在妈妈面前提起哥哥，除非是她自己提起，我们也是噤声不往下说。

她说，这棵树，是你哥哥和他的女朋友一起种下的。那时，我们家穷，哥哥到了十五六岁，在乡村是该说媳妇的年龄了，然而，总没有媒人来提亲。

村里的秀娃看上了哥哥，自己来提亲，秀娃长得清秀可人，哥哥长得魁梧高大。妈妈说，我没想到，秀娃看上了你哥哥，秀娃自己有意，跑来我跟前说，我还不知道她的意思呢。

秀娃说，婶娘，我跟你说的事，你想明白了没有。

妈妈蒙了，问什么事。

秀娃挑明说了。妈妈说，你那么好的条件，怎么都得找到一个好婆家。

秀娃说，我就看上了你们家。

妈妈说，你看，我们家又没有房子，我们这里又是山坡坡。

秀娃说，婶娘，人生一辈子，修一栋房子算什么。我不嫌弃云哥哥，他就算是做了乞丐，我也去跟他背背篓。

妈妈见秀娃说得恳切，犹豫了一下，说，只怕你家大人不同意。

秀娃说，婚姻大事，是我的事，只要我和云哥哥好好的就是了。

秀娃和我哥哥的事经过七经过八就说定了，找了一个本家的做媒。秀娃就和哥哥谋划起未来的家，到处开荒种树。

哥哥去世二十多年了，家门前这棵丑树就是他的爱情见证。

选自《散文》2020 年第 9 期

念想巴丹吉林

杨献平

它名叫巴丹吉林，是一片阔大的沙漠，蒙语的意思是“绿色深渊”。在它的西部边缘地区，有一座军营。向南的祁连山隐隐约约，冠盖的白雪好像一面晶莹的镜子。向北则是巴丹吉林沙漠的主体部分，以及阿拉善高原及其连接的贺兰山。从高空看，我们的军营就如一片人造的绿洲，沉浸在赤黄焦枯的大漠之中。

礼堂是一个古旧的建筑，留着那个时代的印记。换成新办公楼之后，我还在其中上过几年的班。更早时候，位于内场区中心部位的礼堂是各种集会的唯一场所，其中还有广播室和文体活动室。每年的五月初，路过礼堂时，总是不期然地被一阵蜜香灌醉。礼堂拐角，长着几棵枝干扭曲的沙枣树，已经很老了，细密的枝条相互贯穿，仿佛几个老人在相互搀扶。每年五月初，它们枝叶茂密，所开的花犹如米粒，黄色的，一簇簇地聚在一起，喷薄着浓稠的香味。沙枣花盛开时，没事我就往礼堂那边跑，围着那几棵花团锦簇、蜜香蓬勃的沙枣树转来转去。不一会儿，整个身心就像是灌满了蜂蜜，沉甸甸的美好。

那时候，我在一个技术室工作，周边都是搞技术的军官。很多时候，我随着他们去指挥控制中心工作，主要负责中央空调的日常维护。有些时候，我也去参与某些演练任务。看各种战机从空阔的戈壁机场腾空而起，带着剧烈的轰鸣声。厉兵秣马，居安思危，向来是一支军队的使命。我在其中，时常感到自己作为一名军人的热血，犹如暗夜的箭矢，时常发出尖锐的啸声。在那期间，我读到了关于巴丹吉林沙漠的诸多历史往事。如沿着弱水河出塞，寻击匈奴主力的李陵及其五千“荆楚勇士”，以及从此被押往贝加尔湖的苏武。前往劳军的王维也在此写下了“大漠孤烟直，长河落日圆”的不朽诗句。再后来，趁着休假，我去拜谒了散落在弱水河畔的烽燧、黑城（哈拉浩特）、肩水金关等两汉遗迹。在著名的居延海边，看着那些簇拥的芦苇、突然飞起的天鹅和野鸭，感受到了一种诗意的美。

那些胡杨，残留的杨柳科树种，据说在中世纪之前，从地中海沿岸一直绵延到河西走廊局部地区。每年十月，胡杨叶子变黄，大地一片灿烂。人在其中，犹如走在黄金大帐中，也令人想起曾经的月氏和匈奴汗王早些年在额济纳的游牧生活。

再过了些年，我从机关到一个位于巴丹吉林沙漠西部的基层单位任职。一个人面对的自然风沙更直接和猛烈了。每天早上，被子上会落着一层细沙，总觉得牙齿不断地与生硬的沙子发生摩擦。但夏季很好，无风的夜里，面对旷古的圆月，坐在热浪逐渐消散的戈壁上，天空幽深如井，星群在高阔的天幕上排兵布阵，月亮的清辉照着戈壁和远处的沙漠，呈现出一种原始的、静若处子的美感。那些静默的沙丘，一座座，纵横相连，无限延展。让我想到大地的仁慈与人类之所以绵延不休的根本理由，那就是母性的大地总是在为我们提供不竭的生存所需，而刚健的天空则无时无刻不在用它的雄浑与强韧，为大地所有的生物带来精神与梦想的滋养。

我还记得，有一次我在床上看书，忽然看到地上有一个白色的东西在跳跃，我惊奇而又兴奋。哦，原来是小跳鼠，它们和其他的鼠类不同，前肢较短，浑身白毛，面目看起来不是贼兮兮的，反倒有些可爱。我不吭声，任由它在我房间的地面上蹦来蹦去。有好多次，我还故意把饼干放在某个墙角，然后等待它悄然来到，然后蹲在那里咯吱吱地吃。它很警觉，吃一口就会抬头四处看看，确认没有危险，再低头吃。它的可爱感染了我，让我感到，在这苍凉之地，植被虽然稀疏，沙尘暴频繁，但也有一些可爱的动物，它们隐匿于人类之间，用自己的谨慎与机警，进行着另一种样式的现实生活。

面对这样的动物伙伴，再强大的内心也会忽然变得柔软。在沙漠，动物当然是稀少的，只有狼、野驴、黄羊、沙鸡、蜥蜴、四脚蛇、红狐、白狐等少数几种，它们大都躲在适合自己的角落，本能地在干旱之地生存。骆驼当然是沙漠当中的最强者，它们看起来古怪，也有个性。在这浩瀚之地，双峰驼与人的亲近，仿佛是对人在苦厄中的引渡。在我看来，这些动物在沙漠戈壁的生存姿态，本身就是一首诗。

在巴丹吉林，我所能做的只是按部就班地工作，以及在自己内心和脑海里展开各种奇思妙想。越是与世隔绝之地，人的精神越是丰富。人在枯寂之处，总是能够不断地简化自己在俗世中的种种欲望。我的身边也还有诸多的战友，他们和我一样，青春在寂寞中绚烂着，构成了人在沙漠当中最为复杂和纷纭的风景。

当我调到成都之后，最初几年，对自己曾经工作生活过的巴丹吉林沙漠并没有太多的印象，哪怕是记忆深刻的往事，也淡了很多。我知道，这肯定是短暂的。果不其然，离开将近十年后，那浩瀚无垠的沙漠、平展无际的戈壁，尤其是那奇幻的落日与远望的雪山，水渠边的杂草和野花，队列之中的铿锵歌声，以及一个人在其中体验过的种种细节，又一次纷至沓来。我知道，对沙漠的念想，将会持续我的一生，如同黄钟大吕般的诗歌，必将在我的内心和灵魂中久久回响。

选自《解放军报》2020 年 9 月 7 日

清明，回到故乡

胥得意

清明，想要回到故乡。这是比春节归乡还要急切的心情。要带上儿子，在这个时节。男人的精神世界里要有一个根的，在外出生的男人都要寻找到生命根源。中国的文化其实就是寻根文化。这是我的固执己见。

我的故乡在辽西朝阳，三燕古都。提起它有的人就会惊叹“那里挺落后”，别人怎么看她我管不到，我知道她在我心里的位置与分量。正如我的一位风水大师朋友到过朝阳之后所讲，这里没有险山恶水，故这里的人一定会平和与淡然。这话在我这儿极为受用。我在北京从来都讲是朝阳人，而不用“辽宁”来代替。朝阳可以代表辽宁，不见得辽宁可以代替朝阳。“世界上第一只鸟飞起的地方，世界上第一朵花盛开的地方”，这就是世界给朝阳的评价语。在古生物学界，朝阳代表的不仅仅是中国，它可以代表世界。我说的朝阳，懂历史的人，有文化的人应该懂的。“西有敦煌，东有朝阳”，这是中国史界的一句佳话。所以，说起故乡我会带着别人无法体味的自豪。我觉得我的乡党们都是朝着太阳而生的人，虽然人之间会有一点小计较、小摩擦，但总体上人的心灵上都是铺陈着阳光的，而每个人对新生活的追求又都如追求阳光一样。居水之北，迎阳而存。

十八岁的年纪，还来不及细细端详与品尝故乡，我从戎去了北方。于是，故乡成了一个符号。那时，觉得父母是故乡。随着漂泊越久，故乡却变得越为清晰，故乡与父母易了位，故乡成了父母。刚刚入伍，部队所在地黑龙江异常寒冷，但所处的城市却很富庶，当很多战友都选择在那里娶妻生子，我却还是固执地认为自己的根应该扎在朝阳。尤其是北京令我故乡人“不可思议的房价”

更不可能给我在这里扎根的遐想。记得有一年探亲回家，在朝阳一家餐馆吃饭，服务员报主食时讲到了“有高粱米水饭”。我突然觉得自己是一个外乡人，在外十几年了，一直再也没有接触到这种食品，突然听起来竟然是如此陌生。但转瞬间又变成心生涌动的亲切。这就是曾经养我长大的食物呀。原来在我的内心，我一直在等待着这种食物的召唤呀。城市的电饭煲太过于先进，它把很多带着乡村气息的食物拒绝出了狭小的厨房，乡村屋顶升起的如诗如画的袅袅炊烟只能成为我们闭目思忆里的情境，城市的厨房永远不了解一种食物对于一个异乡人的慰藉，还有与故乡丝丝缕缕的牵连，它甚至让我们痛苦地找不到家的味道。再后来，我到北京供职。我更加发现，随着年龄的增长，故乡已经与生命不可分割。早年的努力不是让身体带着足迹离故乡更远，而是让我在更远的一个位置渴望与故乡拥抱。这么多年了，我依然不习惯城市人的语言，我不知道我和我的家乡人亲切地叫了几十年的狼尾巴花，在城里人的嘴里怎么就成了文绉绉的“紫花地丁”，我们的“山朵花”怎么就成了小说中常常相遇的“野百合”。这绝对不是地域差异，这是文化差异。城里人的文化是要把自己变得高雅，而故乡人却是要把文雅变成亲切。一个是挺起身向上够，够得没有了故乡；一个是俯下身往下看，看得再贫瘠的土地里也有芬芳。

我的目光总在各种新闻中窜来窜去，媒体的发达给人的错觉是这个世界离每个人都很近，但是人人都知道事实上人与人之间的距离变得越来越远。在外，没有人知道我掩藏着的孤独。世界再大，与我有什么关联，无论哪里再好，我这片落叶也不会飘至它的脚下。这么多年来，让我最为兴奋的一条新闻莫过于京沈高铁的修建。我时常到网上去浏览关于它的消息已然成为习惯。每一次阅读，我觉得故乡就在眼前，只是时间上的问题。北京到朝阳，一个多小时的车程！这是先前根本无法想象的一个时间距离。车程很短，等待却久。通车的2020年成了我近乎日思夜想的渴望。哪怕几年之后我的生命会更加苍老，但也盼望着那一天早点到来，我渴望着每一个周末往来于京城与故乡之间的生活。看车窗外飞速而过的故乡的一草一木，一山一水，一片可以触摸的土地，一缕可以想象出味道的炊烟，一片山杏花盛开出万分妩媚的山腰，还有那一个个曾经在睡梦中被我如诗般朗读的熟悉得不能再熟悉的地名。

时光在逝，我终将老去，但是我还是抑住一种过快的心跳等待高铁通车的汽笛鸣响。那是我向故乡出发的声音，更是对故乡款款歉意的表达。那里，给了我生命及成长，动力与回忆，而我，又给她带去什么呢。像是一颗种子，在外面飘啊飘，找寻生长的土壤与拥抱天空的努力。我是故乡的山水养育的孩子，只有回望，回归，回报，内心才会有一种宁静与安抚。

高铁还没通，但是在清明时节，我还是要回到我的故乡去。没有诗里的纷纷细雨，但内心还是潮湿着。山上的坟茔在递增着，望着那一片亲人聚会的另一个家园，才蓦然感到，真的离家已太久太久，二十几年的光阴怎就一瞬而过。石碑上所有的名字对儿子来说都是陌生，唯有姓氏是他熟悉的。孩子的问话让我的心能痛出血——“爸爸，我们这个姓在外面我一个也没有遇见过，为什么在这里每块石头上都有？”

春风掠过山野的声音巨大，它们撕扯着树枝更撕痛着我的心。漫漫的尘土卷起，天地一片灰蒙，而心却从没有如此清澈过。也许是泪水正在一遍遍冲洗内心的尘埃。在故乡，我没有权利要求孩子坚强，因为我的泪水正恣意流淌。我就是流落他乡多年，终于找到了家的孩子。

选自《中国应急管理报》2020年4月6日

爹出过远门

石泽丰

爹有没有出过远门？母亲回想起来，在爹的一生当中，还真有过一回。

那是一个特殊的年代，市场经济的气味被风略略地吹进了山沟，一股打工潮开始感染着山里每一个纯朴的中年人。不知是从哪里得来的消息，说哈尔滨建设需要大批的瓦工，同屋场的金艳伯做了二十多年的瓦匠，他被三十里开外的一个包工头看上了，据说包工头要带金艳伯去打工。消息传开后，金艳伯就成了村里的红人，为此，娘特意拎着两瓶梨罐头和一斤白砂糖送给金艳伯，想请金艳伯也带上我爹。

爹心里很矛盾，在我的印象中，他也想出门挣点钱，但自己没有手艺，去只能干粗活，这并不是爹不愿意，而是怕给金艳伯添麻烦。金艳伯来到我家，劝我爹说："反正他们也要粗工，如果他们不要你，那我也不给他们干了！"这话说得没有退路，爹感激地答应了。

头一天晚上，爹翻来覆去。我睡在他脚头，也许爹怕影响我，他腿伸了一下，又缩回去不动了。我没有问爹，想问，又不知说些啥，最后，爹在那头，我在这头，那一夜，我们都没有睡好。

第二天，娘是起得最早的人，她把爹要用的衣被全部装好，然后开始烧锅，炒了两海碗鸡蛋饭，还做了一个青菜汤让爹吃。爹吃了一半就放下了，然后背起背包，和金艳伯一道坐学元叔的拖拉机走了。在上拖拉机的时候，我和娘还有金艳伯的妻子桃婶为他们送行，我泣不成声，我舍不得我爹，他老实、忠厚，像一头牛。

看到别人能主动找活干发家致富，而爹却像一个磨子，推一下就动一下，这是娘与爹关系不好的原因之一，但是这是没办法的事。娘似乎是输在了命运上，她从小就做了童养媳，更改不了。娘好几次有过离家出走的念头，村里人劝她："好在你的儿子这么灵巧可爱……"一提到这个，娘的心就软了。

我爱娘更爱爹。记得他一到哈尔滨的时候，就托人给家里写了一封信，信尽管是写小爷收，但是小爷没拆就递给了我，那时，我念初中。信中写道：

"叔，我出远门了，家中的事还麻烦你照应一下，有些重活还得劳累堂弟们，叫冲香（我娘的名字）在家把娃们带好，让他们吃饱穿暖，我在这里很好，不用担心……"读到此处，我的泪水早已模糊一片，我哽咽着说不出一句话来。这是我不识字的爹叫人代写的信！

爹回来的时候是冬季，爹说那边太冷，在外面干活人受不了。在回来之前，他们逛了一次大商场。爹惜钱，咬咬牙还是给我买了一双100多元的保暖皮鞋，其他的就连一粒糖果都没买。爹把剩余的600多元钱放在内裤的口袋里，然后又用针缝好。

爹回来了！娘也有些高兴，爹把600多元钱一分不少地交给娘，娘看爹喜好白酒，第二天便亲自上街为爹买回一壶散装的白酒。

爹去世的时候，娘哭得很伤心。在祭文里写爹的生平事迹时，娘说："泽丰，你爹为了你还出过远门呢，这一点一定要写进去。"我含着泪点点头。原来，娘也深爱着爹。

选自《散文选刊》2019年第11期

迷茫的远方

宇文正

我在医院等候区神游了《金阁寺》。

上一次读这本小说，年代久远了……我大一那一年。在图书馆借的书，非常老旧，老得像是民国遗物，却是精装，也许那厚壳是图书馆自己加上去的。至今对那模糊略粗的印刷字犹有印象。那一年，我在东海图书馆里胡乱借来不少这种书页泛黄的“老书”，《金阁寺》《罗生门》《雪国》《半下流社会》《向日葵》……

有些书后来自己买了新版本重读了，比如川端的书，我四处收集，《金阁寺》却一直没有。今日在医院里，进入这二次大战结束前后的京都，穿着医院病人服的中老年人不时从我身边拂过，医院的气味，战败的氛围，窗外天色微暗，苍苍茫茫地……

我进入了三岛细笔描绘的“金阁”，看见金阁的倒影，手可以触摸，眼可以映现的美，以及观念的美……我想起当年读它，那老旧的译文显得力不从心，读来处处是卡顿。但我仍记得故事的轮廓，以及繁复的工笔。少女时的我，有很好的记忆力……

直到读到这个段落，我惊呆了！主角回忆自己十三岁那年某夜，发现母亲与人不伦，那一刻，父亲巨大而温暖的手，遮住了他的双眼……

我记得这个情节，那时我从床上坐起来，我经常躺床上读小说的，每读到刺激的情节或句子，会坐起来，有时会颤抖，也有时哭，有时笑。而那个夜晚，安静的寝室只有我在，室友们都还没回来。我感到战栗，被深深的黑夜围拢。但我一直记得……这是赵滋蕃先生《半下流社会》里的情节！我那年在差不多同一个月份里读了这两本小说，以后都不曾再读，也不曾与人讨论过这两本书。我的记忆，只为《金阁寺》保留了绝美的描述，却把这极不堪、令我惊心的情节置入“半下流社会”这样的书名里了！

我该如何看待自己的记忆？我一遍一遍书写的童年，少女，父亲，母亲，逝去的朋友，失去的恋情，那些鲜明的图像，会不会都像《金阁寺》与《半下流社会》，其实是被自己的潜意识重新安放、错置了，甚至有些画面是自己想象出来的？

大一那年还读过一本书对我影响深远，是胡兰成的《今生今世》。这本书倒不是从图书馆里发现的，因为当时那是禁书。那是一位姓刘的学长借给我的。他是哲学系的学长，被学校的“大学长制”分配来照顾我，我转系后就不太联络了。某日在校园里遇见学长，他陪我走回宿舍，路上聊了一下。他问起，你班上的同学卞某某，她现在好吗？学长说：“她好像转中文系了。”我正要告诉学长，不是的，她没有转，是我转了中文系。学长接下来开始赞美她：“她是个很有才华的女孩子。前阵子东海文学奖，还看到她上台领奖两次！个子小小的，好可爱。”我惊愕得说不出话来，因为那个上台两次的人是我啊！那届只有我同时得了小说和散文奖啊。可是学长正认真赞美着，我怎能说那是我呢？我瞠目结舌听这位好久不见的学长，描述着远方的我，错置在另一位同学的名字里，极度尴尬。宿舍快到了，学长随口问起某位教授的哲学课，修了吗？我说：“学长，我转中文系了。”

“噢，你也转中文系啦？”

我忍耐着不让自己下巴掉下来，忍耐着不跺脚，眼睛不冒出有杀意的星星，慢慢地说，卞某某还在哲学系喔。

至今我仍记得学长困惑如吸入尘埃眉眼全皱缩起来的迷茫表情。我确定他不是故意的。人的记忆……唉，我说人的记忆啊！

选自《南方周末》2019 年 12 月 5 日

南门外体育场

朱立新

“解放”大卡车一声刺耳的刹车后，仓促地停靠在马路边上。“尕娃，到了。你下去端端往前面那个巷道走，就会看见体育场大门。”司机手指着右前方对我说。

我懵懂地跳下车，扛着帆布大包，朝那条狭窄的巷道走去。

其时天色将暗，许多人从我身边走过，互不搭理，行色匆匆，仿佛黑暗来临之前，须完成一个不容迟到的约会。我被裹挟其中，身不由己，我不敢多看周围这些人的眼睛，不敢让身上的任何部件发出响动，甚至不敢大声呼气，我只管低头往那条通往南门外体育场的巷道深处疾行。偶尔我也昂首挺胸，假装自己是这个城市的一员，甚至家就在不远处。我把这个天生的拙劣生存技能移植进城里，给自己壮胆，无非是想把肩上背包里的馍馍安全无恙地送到哥哥手里。尽管我不知道什么时候才能走出这条坑洼不平的小巷，也不确定小巷尽头是否真有我期待中的那个大门，以及大门内的哥哥，但我的意念里只有一个声音：快些走，快些走，走出去，走出去。

很多年以后，当我走在西宁宽阔笔直的大道上，重新回味这次经历时，我逐渐明白，其实生活中的诸多不确定性，一边在消解我们的判断力和意志力，一边又在催发增强我们的判断力和意志力，使得我们毅然坚定地走下去。因而，我们的脚步里往往多了几分豪迈或悲壮。何况，对于当时只有十五岁的我而言，怀揣父母的嘱托，第一次独自踏上省城的柏油路面，去看望离家的哥哥，本身就是一件意义非凡的事情，我的脚步里也一定被赋予了豪迈，只是我没有意识到罢了。

终于走出小巷，见到哥哥了。一阵寒暄后，我把母亲的叮咛转告给了哥哥。他若有所思地点点头，喃喃自语：我不怕吃苦，我会勤学苦练的。

哥哥没有食言。在接下来的几天里，我不但看见了南门外体育场，也就是当时的省体工队院里偌大的比我们村里的打麦场还要大几倍的足球场，几个人在尘土飞扬的场地中央踢球；看见了杨树叶子覆盖的土路上，几个身穿印有毛体“青海”两字运动服的青年吹着口哨走过去；我还目睹了哥哥夹杂在十几个虎背熊腰的运动员中间，迟缓地走进低矮陈旧的、类似大厂车间般的摔跤训练馆，光着膀子站上垫子。眨眼工夫，被教练一个大背掀翻在地，没等哥哥爬起站稳，又“啪”的一声，像摔倒一捆稻草一样被重重摔在垫子上……

那些天，十五岁的我像大人一样天天暗自神伤和叹气，甚至有了一丝担忧，但我又不想让哥哥发现。我隐约知道，如此日复一日单调机械而残酷的训练，使得哥哥和与哥哥一样的“临时运动员”们坚信，疼痛和汗水终究会换来一纸转正的批文，会换来走出大山成为城里人的体面生活，甚至金牌光芒照亮的无上荣耀。

然而，哥哥终究没有成为城里人，一年后，他怀着复杂的心情回到了村里。

无疑，哥哥的境遇加深了少年的我对于理想和前途的茫然和怀疑，更重要的是，使第一次离开父母走进省城的我从南门外体育场这个特定地方，感悟到西宁大都会或包容或排斥、或温情或冷漠的多重特质。那些简陋的训练馆，那些平房宿舍，那些土路，那些铺着细炭渣的跑道，那稀疏的一两栋灰色楼房，那预制板搭建的操场看台……它们幻化为一个人生竞技场，不但考验每个走进它的人的坚韧、勇气、心智、才能，也测探或预定每个人的命运。

三十多年后，我把家安在了距离南门外体育场不足一公里的地方。闲暇时，我和妻子常常去那里散步。偌大的足球场依然还在，不过已经铺上了翠绿的仿草塑料垫，有许多人带着孩子在上面或踢球慢跑，或打拳跳舞，或追逐嬉戏，还有一些老人坐在操场旁边的木凳上，聊天、张望、想心事。再稍远处，几栋高楼拔地而起，巨大的阴影投在操场和人们身上。这是被冠名为“天街佳苑”的商品住宅楼，仰头望去，透过每个窗户都可见花卉萌生，也有晾晒的衣服床单之类的在阳台处随风飘动。靠西处一栋楼门旁，挂着七八块牌，分别镂刻了“青海省体育科学研究所”“青海省登山运动管理中心”“青海省全民健身中心”“青海省乒乓球运动协会”等，就在这栋楼面上，还赫然挂了一幅很大的黑色牌子，上面的黄字格外醒目：“国家级青少年体育俱乐部。”

每每穿行其间，我都有恍如隔世之感，根本无法把眼前这个城中区体育巷7号的“南门大世界”与三十年前的南门外体育场联系起来。我几次想着把乡下的哥哥接到这里来，让他走走看看，但终究没有付诸行动。

选自《海南文学》2019年秋季卷

示岁信札

缪一帆

第一封信　雪

F：

昨天坐到后半夜，忽然感到出奇的安静。原本在黑暗中总能听到不远处的水流声，虽然很轻，时常会被各种窸窸窣窣（即使在深夜里也还是一直会有杂音哪）盖过去，但是河水的韵律老是绵延不止。可是，那个时刻，一切都听不见了，只有自己的呼吸。我看向窗外，原来不知道什么时候下起了大雪，树枝和地面都已经积了厚厚一层。

你还记得上一次大雪吗？是的，我能够记起两年前有过数天可怕的风雪，踩在雪中如同即将被掩埋。但似乎只能回想到这里，彼时的体验几乎已经完全混同于昨晚的情景了，这让我很难辨别到底哪种才是过去独有的。气候每天都在变化，季节一个个地结束，而我总是会迅速地忘记它们带给人的所有感觉。那么多用诸季候的名词和形容词只能提醒我有这种感官反应的存在，却无法唤起任何感受。你能重现那些过去的，哪怕是昨晚刚刚过去的体验吗？它们像是凭空消失了，无影无踪，仿佛并不存在。所有的陌生感和亲切感都需要等到自然循环的再度出现，在那时，我会惊奇于每一种崭新的气味，每一个雨滴、每一片雪花都像是突如其来的创造。

白天，我走出房门的时候，很吃惊地发现整个世界都变了颜色。不，不，我不是在说大雪覆盖了所有，是那些平常一直见到的事物，在强烈的白的比较下，显现出了本来的色彩。我竟然从来都没有看出来，房屋的外墙是一层浅浅的黄色（我一直都觉得那是单调得令人生厌的灰白），而枝上仍然有零星飘摇的绿叶（是错觉吗？）。所有的地方都新得不可思议，像是蜕去了过往的皮肤。

最近看到马麟的《芳春雨霁图》，扭曲古怪的枯树和初绽的梅花、叶子并置在一起，雨虽然停了，雾气却似乎还没消尽，整幅画处在预示了的明朗和不可避免的晦暗之间，让我感到微微的战栗。但我无法很好地把握住这样的中间状态，总觉得那是不确定的事，就像是，即使我知道了昨晚会下起大雪，我仍然不会知晓今天的感觉。在一片朦胧中，温柔的月光也会发散开来，像一出没头没尾的讽刺剧……

我是不是联想得太过分了？可能是因为今天看见了开阔的原野，又在上面蹦跳过的缘故吧，连思想也变得跳跃起来了。现在，我要离开台灯，出去透透气，去把目光投向尚不可见的远方。

愿你总是拥有甜蜜的梦境！

第二封信　愿望

F：

去年我立下了好多愿望，检查一番，发现有相当一部分都没有实现。有时候我真感觉自己是一个愿望粉碎机。但是在我回看过去的时候，这些碎裂的愿望就好像组成了万花筒中的景象，乍看起来混乱且炫目，实际上却总是在稳定地流动着。

我的意思是，我们可能并不需要大声吼叫着去实现什么，因为会有许多内心的声音，新的声音，在暗中生长。

你总是说："我不愿……"

亲爱的F，我想要提出一点抗议。我们老是不停地否定什么，把这种行为当作是推动生活前进的伟力。我们否定过那么多的人和事，最终我们一次次地否定了自己，因为我们要有新的目标和新的信念……可是，为了源源不断的新想法，为了总是会到来的未来，我们就需要不停地杀死部分的自己吗？可自己只有那么独独一个，越是要去抹消它，只能越来越接近于消失，承载愿望的力量也会变得十分脆弱。

我们都不是过于轻信的人，但有时会使自己陷入没有出路的境地。瞧那些流浪艺人，那些小丑和魔术师，他们是那么艰难而无畏，对于他们而言，一次扮演、一个魔术、一段音乐就已经呈现出完整的意义。如果我们能够锻造出独属于自己的声音，那么，当我们随口将它哼唱出来的时候，那会不会就是一出精彩的好戏？会不会就能赢得陌生人的喝彩？

无论如何，这声音的雏形就埋藏在过往的许多愿望之中，完成了也好，破碎了也罢。愿望之所以成为愿望，并非是由于它的难以企及，而是在每一次许愿之中，我们都能更清楚地看见一种肯定的力量。因为，如果我们想要开口歌唱，首先就需要确定音符，不是吗？

我在想，假如你现在就在面前的话，一定会思索一阵，然后奋力地反驳。请允许我动用书写信件的小小特权，施展一下狡诈的小把戏，让我继续再往下说一会儿吧。

我只是突然想起，还在读书的时候，某次生了重感冒，没有什么大碍，只是昏昏沉沉，做什么都不方便。整天躺在床上，一不小心就会睡过去，梦见自己在寒潮中吃力地攀登山崖，天空中星辰一颗颗地坠落，远处似乎有潮汐涌涨的声音，但能听到的更多是山谷里回荡的呜咽。在梦里我时不时会感到从胸口到眼角的疼痛，类似于心酸的感觉（很有可能只是咳得太厉害了）。但有一次，我忽然醒过来，看见窗口飞舞着三四只灰喜鹊，它们浅蓝色的长尾一闪而过，把它们热闹的鸣叫一起带到天边去。之后我就一直在想，梦中听见的声音，该不会就是它们的叫声吧？如果我翻到了山的另一边，呜咽其实就是被各种声音屏障处理过的鸟鸣吧？为了听见这一切，我要下定决心，让自己醒来……

愿你我还能继续许下各自的愿望！

第三封信　岁除

F：

新——年——好——

请原谅我响亮的嗓音，F。我向你呼喊如同在对整个空间呼喊，是因为我找不到一个合适的方向。你在哪里？而我又在哪里呢？

我正处在历法的终点和起点，按照传说，古老的年兽将要乘兴而来，被爆破的声音吓一大跳，再败兴而归。同时会被吓到的，可能还有人们自己，人们都希望巨响能吓跑各自积攒了整年的失落和恐惧。夜空中已经好几天都没有出现过星星了，但今天会出现许多烟花的形象。在那些光彩的注视下，人们祝酒而歌的脸色将会绚烂地变幻。

我还处在雪融的时刻。几天前的雪已经化得差不多了，一下子冷了不少，好在握笔的手还不至于僵硬得写不下去。傍晚的时候，看着一摊一摊的白色冻块，大家在其间忙碌着准备，真觉得一年中最后的一天其实早在白天就已经被忽略了，这些最后的雪堆差不多已经成了世界的尽头。但是这样我就能说，我正是站在尽头与你通信。

好了，今年的尽头就是这样的，你已经看见了它的剪影：一个人笨拙地踩在湿滑的雪块上，看起来显得有点尴尬，随时会有跌倒的危险。到了明天，他脚下的事物将会消失，但他仍然无法保证，能够避免昨日面临的那种危险。岁月是无法除尽的，难以改变的事还有很多，比如我仍然保持着旺盛的好奇心，我又许下了好几个愿望（先不告诉你），而在这里，我仍然要向你祝福。

真无法想象，你现在到底身处一个怎样的世界，在那里，你有没有解决一些我们以前难以回答的问题？你是不是保留了一切我已经很难想起的细节？或者，你已经成了一个全新的人，能说出让我耳目一新的言语？

不管怎样，我的祝福都不会改变。祝你永远自由而快乐，永远充满力量；愿我始终都能被你认出！

现在，我要继续亮出我的嗓音，向你说：“晚安——明天见！”

选自《文艺报》2020 年 1 月 15 日

有朋自远方来

王继怀

几天前从湘西南的一座城市来了位老朋友。我们是老交情，但我与他已十余年未见了。他的到来使我想起了在湘西南那座城市工作生活的难忘岁月，使我想起了很多故事，记起了很多人。

因为租房，我与这位大叔一家人认识了。那时我大学毕业刚参加工作，在这座陌生的城市没有房子，也买不起房子，于是我选择了租房。

在反复比较几经周折之后，我找到了这套位于城郊、带厨卫和阳台的两居室。房子虽然有些旧，面积也就五十来平方，但收拾得很干净，让人一看就很舒服。房东夫妇都是附近一家工厂的工人，女儿在省城读大学，觉得房子空着也是空着，于是决定用来出租，还可收点租金供孩子上学。

记得第一次见房东时，是八月的一个上午，天气像秋天河里的水一样明朗。房东夫妇穿戴简朴，但干净整齐，脸上带着微笑，说话细声慢语，很友善，让人感觉很舒服。那天我们很快就签了协议，当我拿到房子钥匙那一刻，想到自己终于在这座城市有了一个家，心里像开满了朵朵春花。

德不孤，必有邻。我很快就与这家人熟了。因为我工作的地方在市中心，房东夫妇时不时托我从市中心给他们带点东西回来；他们对我也很照顾，因为我一个人住，有时下班晚了没来得及做饭，他们做好了就直接拉我过去吃；有时周末，男房东还会在小院里和我下盘棋，或约我去房子周边的空地里打打羽毛球；偶尔房东夫妇俩也会去那块我开垦的菜地里捉捉虫，给菜打打枝、施施肥什么的；有时我从老家回来，也会带点家乡的特产让他们尝尝……

有一件事我印象特别深，那年的冬天来得特别早，持续的时间也很长，我穿着皮鞋的脚经常冻得像要裂开似的疼。有一天女房东见了我，微笑着对我说：“寒气从根生，你一个小后生，一个人在外要学会照顾好自己，冬天要穿棉鞋，明天我给你带双棉鞋回来。”第二天下班时，她真给我带回了一双棉布鞋，我要给她钱却始终不肯收。那年冬天很寒冷，因为穿上了棉布鞋，脚暖和了，感觉那年冬天温暖如春。

后来，我在市中心买了自己的房子，记得搬家的那天我与这家人都很舍不得，房东夫妇还特意为我做了一顿饭，说是庆祝我住进新房。尽管我们不再住在一起，但却成了很好的朋友，节假日常有走动。记得我调离湘西南那座城市来广东工作时，这家人还特意去火车站为我送行。

来羊城工作后，由于工作忙，我很少回湘西南的那座城市，但这么多年来我每年都会给这家人寄点广东的特产，他们也常会寄点自己做的东西给我，比如猪血丸子、卤豆腐等。节假日我们也常打电话互相问候，甚至还会在电话里聊聊天。这次老朋友来到羊城，我请他吃了广东的特色小吃，与他聊到深夜，看到他快乐时，我心里像灌了蜜似的，倒是让他女儿听后有点小“嫉妒”。

见到这位多年未见的老朋友，又使我想起了湘西南那座城市的一位乡村教师。认识这位乡村教师，是在一次出差途中，在聊天中当地的朋友给我推介了他。爱好新闻的我利用周末乘坐每天一趟去那个乡里的班车，在凹凸不平的泥巴路上颠簸了几个小时，然后又走了十多里的崎岖山路，来到这位教师任教的山村小学。我含着泪采访了这位乡村教师，听学生和学生家长讲述他一个个感人的故事。采访完后，我熬夜写成了通讯稿发给当地的日报编辑，没想到一天之后稿件在头版的位置刊了出来，社会反响很好，紧接着关于这位教师先进事迹的稿件又在多家省级以上媒体的显要位置刊发出来，那年教师节这位乡村教师被评为省级优秀教师，再后来这位教师被评为了全国模范教师。

我清晰记得有一天我正在忙着，这位乡村教师来到我办公室，他说特意从乡里赶过来，为的就是能当面真诚地向我说一声“谢谢”，当我听到这些时，我感动了，眼里噙着泪花。那天我请这位乡村教师吃了午餐，然后给他买了回程的车票，去车站把他送上了回乡下的班车。此后，我们成了很好的朋友，他常打来电话和我聊村里及学校的发展情况，感觉每次都很开心，每次都会有新的变化，比如村里通了水泥路，学校新修了教学楼，添置了电脑……特别是每年春节他都会从乡下给我寄来自制的贺年卡，每次接到电话，收到贺卡，看到他亲笔书写的新年祝语，都让我很感动，幸福的暖流会一股股涌上心头。

有人说世间最美的是你的爱心和有人爱你。人们对幸福的诠释因各自对幸福的感受和体验而存在差异，有人因获得了财富而幸福，有人因获得了知识而幸福，有人因获得了情爱而幸福，而我却因别人快乐而幸福，那就是快乐别人幸福自己。

子夜清时，家人已睡，我在电脑上快速敲下这些文字，推开窗，醇美清甜的微风一阵阵吹来，拂到脸上，让人格外舒服……

选自《羊城晚报》2019 年 11 月 25 日

父亲的瓜田

武夫安

父亲最拿手的农活之一就是种瓜，在农村曾经的岁月里，种瓜是一种对日子的接济，春种之后的第一次收获就是夏天的瓜熟了。

那些年，父亲每年春天就早早在家里育瓜苗，到地里搭拱棚，为栽瓜苗早做准备，早一天准备，瓜就早一天成熟，就早一天到市场上卖。

每年种西瓜也种甜瓜，父亲总是挑选颗粒饱满的种子用温水泡上一天一夜，将泡涨了的瓜种子一粒粒地放到装了半杯土的营养杯里，用细沙土覆盖一层，依次摆放到用塑料布搭起的大拱棚里进行育苗。经过一些漫长日子的等待，瓜苗开始破土而出，先是冒出一个尖尖，接着分开两个瓣，嫩叶从两瓣之间慢慢冒出小小的叶片，一天天小苗开始茁壮成长。等着秧苗长到了一定的程度，天气也就渐渐地变暖，地温在一天天地升高，待到室外适合栽种时，父亲就在规划好的瓜地开始栽种。

一棵棵的瓜苗，按行距数据的一定的比例，栽种到地里。

每当这个时候，父亲看着这些瓜苗无助地生长在地里，面对着干渴的土地，像第一次把自己的孩子送进陌生环境一样，不熟悉环境，不熟悉气候，是那么无助。父亲就开始担心，秧苗能不能活，究竟能活几棵，成了父亲心底的牵挂。时间一天天在延长，瓜苗一天天在成长。慢慢地瓜苗长出了新的叶芽，伸出了枝条。那个时候父亲脸上露出了笑容。

父亲盼望着的一个夏天的甜蜜就要开始了。

那时候家里的粮食总是不够吃，在这青黄不接的时候，瓜成熟了，卖了瓜，买粮，买油盐酱醋，成了生活的来源和日得接济。

瓜苗进入管理期，是父亲比较忙碌的时候，瓜苗长得好赖直接影响到瓜结得大小结了多少，与管理有着很密切的关系。每年的这个时间，父亲总是天刚刚亮就到了瓜地，耐心地将一根儿的秧蔓捋直后用土坷垃压住秧蔓，以免被风刮乱，或者疯狂地乱长。

瓜叶子慢慢张开、长大，继而黝黑，叶下的一朵朵小花蕾相继睁开了眼睛。这些花分为公花和母花，公花屁股是尖的，母花屁股后面是个圆圆小瓜。当所有的公花和母花都相继打开花瓣敞开花蕊的时候，嘤嘤嗡嗡的蜜蜂来了，它们扇动着翅膀在公花和母花的花蕊里往返交错游弋，当公花的花粉在母花的花蕊里授粉成功后，瓜就一天天变大了。

随着瓜一天天地长大，接下来的日子里，就是要在瓜地边上搭建瓜棚了。从河边的荒地上砍来杨树枝干，在沟边滩涂割来芦苇。杨树枝干作为瓜棚的框架用铁丝固定成人字形，然后在人字形中间再捆上粗细一致的枝干，将这些杨树枝干摆齐，摊平，固定结实，于是内部便有了大约宽一米五长两米的一张床。瓜棚待到瓜成熟的时候用来看瓜。那些年月，人们的生活都相对困难，瓜熟了的时候，有些不守规矩的人偷偷地摘了去也是正常的，于是，种瓜的人家，都要搭一个瓜棚，晚上用来看瓜，白天用来休息。

等待瓜长大、成熟是一个漫长的过程，年少的我比父亲更加期盼。因为瓜成熟了，第一个品尝到瓜的人是我，于是从春天到夏天，我的梦都在这个漫长而又甜蜜的过程里。

瓜接近成熟的时候，父亲每天晚上都要住在瓜棚里，更多的时候，他常常是坐在瓜棚外的一个小凳子上，抽着烟，望着远方的夜空，烟头一明一暗，隐隐约约，闪闪烁烁，身旁的凳子上放一杯茶，时不时地饮上一口。其实我不知道父亲在想什么，也许他也是盼着瓜快点长大，产量高一些，早点多换一些钱回来。

当第一个西瓜摘下来的时候，我最激动、最开心的时刻到来了。父亲用水洗干净瓜表皮上的泥巴，放在一个较大的案子上，然后用长长的瓜刀从中间切开，一刀下去，红红的汁液就从绿绿的瓜皮红色的瓜瓤中间流出来，看着这个过程的感觉都是一种甜蜜。

于是一个夏天的甜蜜开始了，这个甜蜜的过程，从夏天持续到秋天。

选自《绿洲》2020 年第 1 期

海边的小店

路文彬

在威海的环海路，不均匀地分布着一些小店，有酒吧，有民宿，也有书店和咖啡屋，还有花店和糕饼屋。生意看上去并不景气，却是令我羡慕的存在。它们安静地待在那里，与世无争，似乎只是为了等待，等待它们所爱的人。即便始终并无人来，仅仅就是等待着等待，这超脱的神秘气质也足以让我心生几分肃然。

尤其是到了冬天，北风呼啸，白浪汹涌，依旧欢喜这里的只剩下了海鸥，盛夏的人流早已散尽，仿佛劲风横扫过的沙滩，不留一丝往事熙攘的痕迹。当然，并不仅是海鸥制止了这里的无情，还有岸上的这些小店，真正的往事都固守在了它们那里。别看它们寂寞，寂寞的心灵最有故事。它们呆呆地望着大海，这本身便是一个漫长的故事。它们讲述着时光，时光倾听着它们。

暮色淹没了大海，小店里的灯火次第亮起，那些灯火同样开始讲述起故事，一个有关温暖的故事。望着眼前这灯火，踽踽漫步的我忽然意识到，其实，寂寞从不曾寒冷，就像海上那孑然独立的灯塔，时刻抚慰着疲惫的航船。尽管我尚不疲惫，但温暖总是一种召唤，情不自禁便朝着一家酒吧的灯火走去。不过，我并未把自己当作一名它所等待的顾客，而是将自己理解成了一个闯入者，我的到来或许会导致它正在讲述的故事戛然而止。

可是，就在我推开店门的一刹那，因歉意产生的不安便随即消失；首先映入我眼帘的是身旁墙上一幅萨特坐在巴黎某个酒吧里的个人肖像，下方印着萨冈写给萨特的情书中的一句话：这个世纪疯狂，没人性，腐败。您却一直清醒，温柔，一尘不染。

这顿时使我想起自己刚刚读过的一本书《存在主义咖啡馆》，特别是想起其中萨特、波伏娃以及阿隆于 1933 年坐在蒙帕纳斯大道上的煤气灯酒吧里痛饮杏子鸡尾酒，畅谈存在主义哲学的美好情景。那时的他们都还年轻，而我却已不再年轻。这个充满存在主义味道的酒吧一见面就给了我无与伦比的亲切感，以至于我不能不相信它真是在等待我的到来。

我的眼睛湿润了，一脸殷勤笑容的中年男店主注意到了我的眼睛，问我：是不是外面太冷啦？

不，我说，是屋里太温暖啦。

酒吧里只我一个客人，我在靠窗的一处位置坐下，那里矗立着一个书柜，瞟过一眼，看到的是卡夫卡、杜拉斯、村上春树等人的小说。

店主向我推荐了一款新到的比利时精酿，介绍完酒水的品质，他便走到前方的舞台上，抱起吉他哼唱了一首香颂。我不识法语，但《玫瑰人生》是我相当熟悉的曲调。我为他浑厚略带沙哑的嗓音鼓掌。

这一定是个有故事的男人，我想。等他唱完，我起身邀请他同饮。

几杯酒下肚，他真就讲起了自己的故事：早年在法国留学学习绘画，后在北京做了多年的经纪人，有一天，忽然就厌倦了那座人山人海的城市，于是携着妻儿寻到了这里……

这里赚钱怎样？我问。

他笑了，笑得有点尴尬。在这里不能为赚钱。他说。

那为什么？

所谓的情怀吧。

可情怀怎能当饭吃？

所以……我还同时做些别的。他没有说别的具体是些什么。

事实上，我也不清楚他所说的情怀究竟指的是什么。每天看海发呆吗，抑或是饮酒作画？莫名其妙的是，他的这种人生状态却着实惹得我艳羡不已。一时间，我领悟到，是忙碌和人群将我驱赶到了这里。同这位酒吧主人的相遇，不恰是同我自己的相遇吗？

不知不觉，已是午夜，我感到了深深的醉意；在这迷醉中，我渐渐发现了清醒的自己。乐音弥漫的空间里，仍然只有我们两个人，我和他，或者说我和我。与其说我是在听他的故事，倒不如是我在讲自己的故事，讲给这酒听，讲给窗外的海风听。昏黄的灯光下，桌上花瓶里的那束鲜花正释放着勃勃生机。

告辞时，他说：谢谢你今晚的陪伴。

我要付账，他坚决不允。

我没再坚持，因为我强烈地感受到了他的情怀。我相信，以后我定是这里的常客。我愿意支持这海边的每一个小店，仅仅为了它们的等待。

环海路上的狂风毫无收敛，但愈发的寒意对于我浑身的热度俨然已丧失了攻击力。我没有回家，径直向月光下的大海走去。我想要确认一下它和这些小店的关系，到底是谁陪伴着谁，又是谁等待着谁？

回过头去，所有小店的灯火都已熄灭，却又有一家小店的灯火格外耀眼地亮起。我知道，那就是我的小店，霓虹灯闪烁着招牌上的四个大字：等待戈多。

选自《中华读书报》2019年12月4日

刘诚龙，你娘喊你回家种辣椒

刘诚龙

处处无家处处家，这是我的矫情；处处有家一处家，这是我娘的专情。

我娘只认铁炉冲为家。

我娘有一个家的，在水竹村，离铁炉冲十多里，我娘在那里生，在那里长。二十多年前，外婆在，我娘每年要去水竹村三两次；几年前，我舅在，一年也要去一次；现在不去了，那里发生天大的事情，我娘都不回水竹村了。

我这里想来算我娘一个家。我怕我娘与我们住着不方便，恰好我搬了家，空出旧房来，旧房在我老婆学校，也离我办公室不远，我娘替我煮中午饭，我下班如当年放中午学，吃完中饭再去上班。

我娘住了几年，不住了，说是五楼，脚打崴，爬不了楼梯；不下楼梯呢，铁窗铁门铁桌子，像在坐牢一样。那到我新房来住。不来，一个说话的人都没有。工作做不通，我娘脚不点地，回了铁炉冲。

我娘在我老弟家住过，老弟自己家房子租给了人，他现在是租人房住，我娘去，老说不方便；我姐房宽，三倍于我家还不止，方便，我娘去一阵，不去了；我妹家没那么大，却也是两三层，多塞几个人都没事，塞我老娘那干瘪瘪的身躯，绰绰有余。老娘这里转，那里溜，转啊溜的，打个背影，打个野眼，不见人了，跑铁炉冲去了。气得我姐我妹跳脚：人好了，就跑了。跑，跑，跑，病了，看谁管你！

去年，我娘满了大寿，放出话，哪个也莫逼我，我要回铁炉冲住去。铁炉冲有间老房子，土砖屋，早倒了，后来翻新成红砖房，一层，临时住棚，给我爹我娘住一阵，我们没打算回家去住。风过雨过，月过日过，我爹过后，房子就空起，日晒雨淋，没怎么检修，碗筷锅盆倒还在，桌椅板凳摇啊摇，底下垫块瓦片，也还坐得稳，但多年来，只有我爹相片住神龛上。

拗不过老娘，我姐与我妹嘟嘟囔囔，相约回铁炉冲，冲啊刷啊，水啊浆啊，搞了两天卫生，总算达到住人标准。老娘灶上架炉，炉上架锅，锅里放菜，嘁嘁喳喳，过上了铁炉冲独居的日子。

田，老娘是做不动了，田里出不了谷了。土呢？土要出菜。我娘住铁炉冲，去年是一边自己买肉啊鱼啊，一边是乡亲们送：你送一把豆角，我送一把腌菜，隔壁芸妹子送一个脸盆大的南瓜，我娘得吃半月；对面小英嫂，送几个洋芋，也当两餐饭。早餐不兴吃，老娘中餐煮新鲜的，晚上要么不吃，要么炒剩饭。

一轮阳光，一轮春雨，今年春雨，淋得土地都透了。老娘在那里喊：诚龙，回来挖土。大家都要下种茄子秧，要栽辣椒苗了。

我家是有蛮多土的。每条垄，我家都有田；每座山，我家都有土，对面园子、背对山里、田谷坳上，都有土。我娘曾把庄稼都给分派了，哪块红薯，哪块洋芋，哪块小麦，哪块冬瓜南瓜线瓜丝瓜，好像是给我姐我弟，都分派活计似的。最近的是屋对面，种菜，一抬眼看得见菜园子；菜园子一张眼，看得见我家老房子。多年前，对面菜园子没了。父亲过世，不住套间，父亲在山头住单间，旁边原是楚木叔的，我们用对面羽毛球场大的菜园，兑了楚木叔堂屋大的荒地，日晒雨淋，草长灌生，父亲抛了我娘，独自得黑，在那儿长住了。

对面菜园子，我家经营三十年，父亲没了，园子也没了；屋背后，有块大土，半个篮球场大，种红薯、种洋芋，也间种，种过蔬菜，现在什么都种不了了。前些日子，我回家看，三月泡树蓬生其间；金樱子横过来又横过去；马鞭草织锦，织得草青青，不见一点土色。我娘叫我挖这块土，那还要喊我妹妹来，成兄妹开荒。

斜背对的那块土，周围长了梧桐树，一棵手指头粗的树，三五年顶多七八年，便五大三粗，亭亭如盖。这么多年过去了，那块土已被其占尽风光向小园了吧，还可垦来种菜蔬吗？挖土，我是一把好手，半天能挖个大操坪的。人家挖土，一锄一菜碗大，一锄头挖过来，一锄把反抡过去，将土坷垃敲碎；我是一锄头挖一脸盆大，挖一脸盆盖一脸盆，挖好几脸盆才回锄头把土来敲。懒人懒福，这般挖土，种红薯最合适的：红薯土挖深了，红薯只生根不长薯；挖得浅，根钻不进土，便长薯。菜呢？土没挖松、没挖深，怕是长不好的。种茄子辣椒，种豆角黄豆，土要深深挖——深，是要一处挖两锄；土要碎碎挖——碎，标准是捏起来成粉。土深，根深；根深，叶茂；叶茂，果壮。

根深叶茂，叶茂果壮，让我羡慕流涎。有七八年，与老家一年才一连，清明节回家一趟，其他日子都生活在别处。去年，娘住铁炉冲，春上、夏里，秋风庭院，多回了几次，出辣椒出茄子了，出豆角出土豆了，各种瓜次第挂果了。回老院，看到乡亲们家辣椒青青翠翠，茄子褐褐光光，一个老南瓜篮球大，一个青皮冬瓜半人高，眼睛都放绿光。从来都是我老婆上菜市场的，我对蔬菜本无感，到铁炉冲吃了老家的蔬菜，鲜度、甜度、脆度，度数都高，如醇酒醉人。一样菜蔬，何以有天壤之别呢？别说味道，单是绿色安全，叫人爱死了家乡蔬菜。

我娘在那头喊：春阳艳艳的，来，来，来挖土。我娘其实没喊我，喊的是我姐和我妹。我娘早就不喊我做什么事了。我挖的是什么鬼土啊，挖一锄，盖一锄，莫把我娘菜园子搞坏就算好了，搞得不好没法种蔬菜了。我本不晓得。春夏之交，我娘喊我姐与我妹去挖土。我老弟打电话来，说我娘又住院了。我一听就火起。我娘不来城里我这里，也不去镇上我老弟那里，动不动感冒发烧，把人熬死去。我娘住过好几次院，腰椎骨断了一回，住了十天半月。医生反复交代，不要自己干活，她一个人回铁炉冲，又跑到山上捡柴，柴捡了小半捆，踩了小石头，摔了一跤，又把愈合的腰椎弄断。一把柴，值两块钱吧，去了医院，弄得没一两万下不来。

春节，兄弟姐妹聚一处，商量让我娘去我姐或我妹家，一处两个月，随我娘性子，爱去哪儿住去哪儿住，爱住多久住多久，兄弟出钱，姐妹出力。我有点小性，每月给姐或妹五六百元。我老婆说少了，可以多一两百。我娘也是应口了的。想来，这养老是蛮好的，我娘去她女儿家，吃的是儿子的饭，心安些；女儿照顾，全心全意，尽心尽力，我们也放心些。多好的事！我娘答应了。没几天，我姐打电话来，又气又急，满腹委屈。我娘打电话给我妹说：林蛮样，你哥给咯多钱给你姐，我哪吃得咯多。

我姐气晕了头。不来，就不来。我娘就不去，继续待在铁炉冲。

春寒料峭，寒暑易节，体质甚亏。我娘老了，抵不住岁月侵袭，春节未几，烧成肺部感染，去镇医院住了个把星期。钱，放一边，关键要人去服侍，害死人。清明节，我们继续聚，继续商议，还是照原来协商好的。我娘见我在，她不作声，她晓得我爱发脾气，她就嗯嗯嗯，也没言语，只是点头。

我娘又耍赖，不去我姐家。她说她一个人能住。柴，说再不去捡了；田，不去种了，还会出么事？

活计不会让人出状况，但岁月会让所有人出事。

这不，我娘出头疼脑热事了，许是感冒了拖，又拖到肺部感染。前几天，我娘打电话给我姐与我妹：来，来，来，大家都下辣椒秧了，你们俩给我挖土。我姐我妹老实，丢下自己孙子外甥，从家里掮来锄头，挖了半天土。我不晓得，是哪山上哪块土。

我姐我妹，她们也做奶奶也做外婆了，家也有一帮子事。挖完土后就回。没两天，村里荷侄媳妇打电话给我弟：你娘几天没起床了。我弟骑着摩托往家赶，我娘烧得天昏地暗、天旋地转。老弟打电话给我，我就起火，若是在姐姐或妹妹家，发烧是可能的，烧到肺炎是不可能的。

见我在电话里喉咙天大，我娘也发气：我要常住院，才不去你姐你妹家。

懂吗？懂了。老娘年纪大了，莫说感冒啥的，就是因怕出天大事，她要待在铁炉冲。

我娘不再来我这里，我又指定不能去住铁炉冲。可以去我姐家去我妹家，当天去当天回，我娘愿去她女儿家。多歇几天，她说不，更莫说长住。

我娘一个人待在铁炉冲，谁放心？

这是一个解不了的困局。

再过些年，我，或我老婆，还有你，也会进入这个局吧。

想想人生，有点哀凉。

田园将芜，无法归。我能做的，兄弟姐妹能做的，怕是随时听我娘喊：回来，回来挖土，种辣椒种茄子苗子；回来，回来挑肥，下南瓜下冬瓜秧子。

选自《四川文学》2020 年第 8 期

母亲离开之后

赵文辉

那些年，单位的人经常开着车来我家喝酒。母亲喜滋滋卷起袖子给我们张罗酒菜，父亲会端着他的大茶壶到街上照看客人的车辆，唯恐有小孩子在上面划下印痕。父亲常常等我们到深夜，大口大口地抽他的“彩蝶”牌香烟。后来我在城里安了家，星期天一家三口都要回老家团聚。每次返城的时候，母亲会拾掇一些干豆角干萝卜丝，还有她腌制的芥菜疙瘩，用食品袋装了挂在摩托车把上。妻子抱着我们的儿子跳上后座，母亲会追出胡同口冲我们喊：“用呢子大衣包住孩子的脚，路上风大。”

有一天，母亲坐在门槛上，膝盖上放着一只簸箕，老花镜耷拉在鼻尖上，簸箕里面是父亲开小片荒收获的黄豆。母亲起身后突然一阵头蒙，一下子栽倒在地。送到县医院CT后，是脑干出血。母亲从此丧失了行动和语言功能，把自己的余生交给了轮椅和父亲。我和爱人上班，只有星期天才有时间。父亲倒是满不在乎，他腰杆挺拔，脸色红润，六十多岁的人了找不见几根白发，身子结实得像一截老树墩子。他抱着母亲，就像抱了一口袋麦子似的，噔噔噔，从里间一口气抱到院子里的柳圈椅里，让母亲晒太阳。母亲坐在那里，垂着头，瞪着岁月在小饭桌上留下的道道划痕。小饭桌上经常晾着一碗加热过的羊奶，鲜羊奶。他热好羊奶，从小铁锅倒进花瓷碗里，用调羹刮掉上面的奶皮，一口一口喂母亲，不时用毛巾擦去顺着母亲下巴淌下来的奶水。几只母鸡蹲在墙头上，一眼不眨地盯着两位老人。院墙根那棵上了年纪的老榆树下，功勋满满的老母猪独自哼哼，几只满嘴乳汁的小猪崽，竖直耳朵谛听风刮树叶的沙沙声。父亲一年出售两窝猪崽，我们给他零花钱他坚决不要，硬给了也会趁我们不注意塞进他孙子的书包里。

母亲又一次复发，再没有醒来。母亲安详地躺在床上，看起来很瘦小，她手上的青筋几乎要撑破皮肤。虽然没有挽留住母亲，但在母亲卧床的这几年，父亲尽心尽责，呈现了一生中从未呈现的温柔，一个豫北乡下农民的温柔，一路上有很多相随的美。我们担心父亲过分悲伤，见他在母亲的丧事上忙前忙后，饭也没少吃。我们放心了。但是我们很快发现我们错了。有一天，父亲醒来在床边独坐了很久，叫了他两次吃饭也不见出来，忽然双手啪啪拍着床沿哭起来，声音不大却很揪心。这是一个乡下老人的哭泣：安静、孤单、筋疲力尽。我被父亲的哀恸震惊了：年近七十，满头白发仿佛一夜丛生，有生以来第一次如此心碎。

厕所墙角里堆满了输液瓶，还有针头没来得及拔出来的输液管，上面粘着胶布。屋里屋外到处都有母亲生前的气息，我想给父亲换一个环境，把他接到了县城。

还不到半年，我发现父亲苍老得可怕，脸上的皱纹像是刀刻出来一样，头发灰蓬蓬一片，用手一抓，一把碎头发。我晚上回到家，经常是这样一副样子：父亲瘫坐在沙发里，电视频道还是我离开时给他换好的中央十一套，茶几上几块饼干完好无损，一杯热水早已变凉。前些年，只要电视里播放《梨园春》，那他说什么都不会出门，可现在，他只会在电视机前打盹。躺下后又总是睡不着觉，吃安眠药也不管用，枕头和沙发上到处都是父亲的白发。我提议让他去体育场找老头们打打麻将，父亲半天不说话，最后摇摇头：“你妈一走，我的魂儿也叫她带走了。”

父亲开始变得痴呆，老是找不到回家的路。迷路的时候，好心人问他儿子的名字，他想半天竟然想不起来，最后呜呜哭了。遗忘是一个巨大的海洋，上面只有一条船在扬帆破浪，那就是记忆。对于绝大部分人来说，这条船最后都归结为一条可怜的破船，随时都有可能进水。父亲的这只船破裂得太严重了，水几乎淹没了船只。

父亲的状况越来越不好，接连住了两次院。医生发现他有严重的早搏，还有骨质疏松引发的脊柱疼痛，走路摇摇晃晃，出院后我们给他配备了一根多足拐杖。父亲很少活动，只有去卫生间时才拿起拐杖，哆哆嗦嗦着，老是滴到马桶外面。后来，他连小便也不知道了。每次给父亲脱了衣裳让他躺下，我都会在他身下垫一块成人尿不湿。我半夜里起来去看父亲，把父亲的被子往上拉拉，盖住他的半个肩膀。这时父亲会睁开眼，用浑浊的眼睛看着我，嘟囔一句:“有仨人在房顶打麻将，你妈等八万。”我知道他在说癔症话，他经常梦见母亲。

最后一次住院，父亲已经离不开轮椅了。在院里时常狂躁，手足乱舞，把送到脸前的水杯和药片打掉。有一天，爱人打来电话，说父亲的情况不太对头。等我从单位赶到医院时，父亲的床前站满了医生，我大声呼叫父亲，他的头歪在一边，没有回答我。父亲的胸膛上下起伏，床头监视器里弹跳的绿线条记录下那机械的跳动越来越弱。无论医生护士如何尽力，最后，那根绿线条变成了一根直线，静止在那里。

……我们将父亲葬在母亲身边，她才走了仅仅一年。那天，我最后看了一眼父亲的遗像，把他面朝下扣在了里间的三斗柜上。这是豫北乡下的规矩，三周年后才能拿出来与母亲挂在一起。照片虽然扣着，但我相信：他们的婚姻没有消失，那段相随的美，令人不舍的时光，会留存于儿孙，留存于街坊邻居，留存于记忆中。

选自《牡丹》2020年第4期

手写的信

文 彦

三月初，我在“朋友圈”看到好友发了一条信息，好友因腰疼去医院就诊，确诊为腰椎间盘突出症，医生开了一个月的病假单。非常时期，不合适去探望，我挑了两本适合养病期间阅读的新书，附上一封手写的信，给好友发了快递。

两天后，我收到好友发来的微信：“今天开始阅读你寄来的书，翻开才发现有你手写的信，瞬间感受到一份温暖和情谊，你太有心了！”好友说她许久没有收到手写的信了，更别说我寄给她的这封“字写得漂亮”的书信。好友说这一天感觉到意外的欢喜，“越是浮躁的社会，传统的东西就越珍贵”。我没想到一封内容平常手写的信给她带来这般惊喜。信里我对两本书的内容做了简介，还写了希望她注意休息祝她早日康复等很寻常的话。

我写信写得最勤的时候，是读大学时期。1989 年我考入苏州大学中文系，那时和父母以及在上海读大学的男友联系的主要方式，就是写信。每当我收到父亲从家乡江苏扬州寄来的信，就立即给他写回信，告诉他我在大学的学习和生活情况。有一年寒假回家，妹妹告诉我，我寄回家的每一封信，母亲都会好好收藏。收到我写的信的那一天，父亲和母亲就显得格外高兴。尤其是母亲，收信当日将我的信读了一遍又一遍，隔上几天，又将已读过的信拿出来再读，直到收到我新的来信……

大学时期，与男友通信最密，基本上一星期写一封信。记得那时，我所在的学校晚上九点半教室就熄灯了，为了写信，我会点上蜡烛，在摇曳的烛光下继续写未写完的信。夏日，身边时常有蚊子环绕，有时写信时被蚊虫叮咬竟浑然不觉……时至今日，我仍保存着大学时期男友寄给我的两百多封信。

写信、寄信、等待回信、读信、继续写下一封信……这是我大学生活的重要内容。如今，智能手机让人们的距离似乎越来越近，随时能找到关系亲近的人，随时可以对话，这种近到几乎没有距离感的联系，却可能让人们的心灵没有了对话的空间。写信，恰恰是需要一定的距离感的，思考，等待，不是即时对话，而是隔着时空，这种距离感能让人超越不假思索的浅层对白而进入内心深处，经过仔细推敲，长长的话慢慢地写。所谓“字如其人”，不论是自己写信，还是读亲友的来信，都有许多美好的体验。写信时，我一笔一画工整地写，认真遣词造句寻找最合适的表达；收到回信时，我细细品味信中的每一个语句，揣测对方写信时的心情，还有等待回信时那带着紧张的美妙心情，是今天依赖即时通信的年轻人很难了解和体会的……

我在上海大学硕士研究生毕业后不久，结婚生子，儿子小时候乖巧可爱，小学五年学习优秀，然而，孩子升入中学进入青春期后，却较为叛逆，我和他沟通交流还是靠写信。有一段时间，孩子下午放学回家，不及时做功课，而是长时间玩手机游戏，我心里非常焦急。那个时期，劝说往往无效，我就手写一封信，趁他去上学，将信放在他房间的书桌上。此后，儿子的行为有所改变——我想正是我写的信，让孩子了解了母亲的良苦用心。现在，儿子读大学二年级，令人欣慰的是，孩子积极向上，已经在为一年半以后报考硕士研究生做准备。

这个春节前，我原本买好了回家乡的火车票。年迈的父母得知我将从上海回家乡，欢欢喜喜备着年货。可是因为新冠肺炎疫情，为了安全，我取消了行程。妹妹给我打来电话，告诉我母亲非常失望……现在，我想我应该给父亲母亲手写一封信，也许这封信会给他们带去一些安慰………

选自《文汇报》2020 年 4 月 18 日

文泉之城总涌情

邵建国

说起来已是好多年了，那是我在老家上小学的时候，好像是秋末冬初，天高气爽，父亲要到省城济南办事，当时我对大城市很好奇，希望父亲能带我去一趟，我料到自己提出来父亲很可能不会答应，便央求母亲帮我“讲情”，果然有效，母亲一做工作，父亲居然答应了。

这是我有生以来第一次出远门，而且是到济南这样的大地方，高兴的心情可想而知，留下的印象，可以说是非常深刻了。我印象最深的是以大观园为中心的几个“点”，使我很开眼，终生难忘。

大观园在经七路和纬七路之间，在当时给我的感觉是中心的中心，我从它的南门进去，那“碰头彩”竟是堆成小山似的橘子。橘子本来产在南方，但在北方堆了这么多的金灿灿的“洋货”，在傍晚明晃晃的电灯照射下，煞是好看。

商家按货品的种类用标牌亮出：这边是浙江黄岩蜜橘，那边是四川小红柑。我看得出神，半天也没见有人来买，但我心想，是不是主要是为了展示？在迎门处一下子就给外来客一个好心情。

父亲带我在靠西边的电影院看了一场电影，是外国片，连他也没记准是阿尔巴尼亚还是南斯拉夫的，但我还是看得挺入迷，起码这是我第一次看外国片啊，在老家时，我只是反复看过《地道战》和《地雷战》。看完电影出来，应该说是不早了，可父亲并不着急，他一定要带我到一家饺子馆吃韭黄饺子。

这家饺子馆就在电影院后身西北角上，门脸很小，里面空间也不大，只有四五个桌子，但非常干净，我印象最深的是桌面，可能是因为擦拭得太勤，都露出一条条的白木茬，也许是因为太晚了，这时只有一位顾客在吃饭，父亲告诉我说他来省城就必来这里吃韭黄饺子。一位小伙子迎上来，不冷不热，自自然然地问："要多少？"父亲寻思了一下才说："来半斤韭黄吧！"我理解他是要尽量省一点钱。

"半斤韭黄！"小伙子朝里面操作间喊了一声，还习惯地将肩头上的白毛巾又搭了一下。这时父亲小声对我说："这是一家三口，里面是小伙子的爹娘在做饺子，外面忙的时候他爹也出来收拾，对顾客特厚道。"

及至饺子端上来，我一尝果然好味道。这么说吧，在这以前我从没吃过这么好吃的韭黄饺子，在这以后也再没有吃过，这家饺子馆不知有啥妙招，弄得这么可口。其实我心里明白，我们父子俩吃半斤饺子肯定是不够的，但也只能带着"遗憾"离去。

临出门时，这家掌柜（小伙子的父亲）还送我们爷俩到店门口，说声"常过来"。我心里也觉得恋恋不舍，回头看那瘦高的身影，好像还站在稀落的灯影里，这情景，都使我觉得超出了店家与食客之间惯常的感觉，直到过了许多年仍然挥之不去。

父亲显然是为了我，次日他又带我来到大观园，在东南一侧的大众剧场买了两张《三打祝家庄》的京剧票。我知道父亲平时省吃俭用，可他却尽量使我得到满足。入座后，我愣愣地瞅着尚未拉开的幕布，心里想着父亲对我的一片苦心，不由自主地沁出了眼泪，没想到被父亲在一旁看到了，他一声不吭地用手帕为我擦去了眼泪……

我在老家时也看过一次"小戏"，但这一次看"大戏"感觉真是大不一样：不单说这里的演出还有布景，角儿一个一个的功夫都相当了得，尤其是"探庄"的武生石秀，可以说是身手不凡，看起来真是眼花缭乱；还有钟离老人，虽然算不上主角，但据说也是一位著名老生演员担当，可惜过了这么多年，我记不得这些演员的名字了。

祝小三虽是反面人物丑角，但演得也非常到位，只要他一出场，满台也都活了起来。我以前看《三打祝家庄》顾大嫂一角是近乎彩旦演的，而这回我看的京剧顾大嫂的形象俏爽而又老到，口齿脆亮、腰身灵健、刚柔兼具。也怪了，若干年后看新版《水浒传》，其中顾大嫂一角的形象酷似我记忆中看京剧那位顾大嫂，相距多年，也许是一种巧合吧。

散戏后，我们出了剧场，还看到了“狗不理包子铺”，不过父亲没带我进去，而是在稍北通道上进了一家面馆，我们没吃面条，而是各吃了一碗“湖南米粉”。这大观园怎么啥品种吃食都有，真使我好奇极了。

在后门处，还有一家按钟点付钱的曲艺杂技小剧院。父亲坐在台阶上小憩，我朝剧场门里探头探脑，一位中年收费员阿姨和气地对我说：“没钱没关系，进去小看一会儿吧。”我一脚门里一脚门外往里看去，一位说大鼓的演员模仿电视连续剧《四世同堂》片头骆玉笙演唱的那段，随后我就出来了，父亲说了一句：“你要看，我给你钱。”我不好意思地说：“不看了……”

一晃好些年过去了，我考取了省城的大学，又去了大观园一次，首先就去找那家饺子馆，可没有找到，连那个小门脸儿都不见了。问了两个人，都是一脸茫然，“不清楚”“不知道”，因为没找到韭黄饺子馆，我也没进大观园，可能是为了保持当初的完整印象吧。

我随父亲进省城那次，也去了大明湖和趵突泉，却不知为什么，都没有大观园留下的印象深刻。可能是作为一个孩子，当时在大观园感受得太综合太丰富：戏曲、电影、餐饮、商铺……包罗万象、应有尽有，使我这个从小地方来的少年太“开眼”了。

又过了许多年，对“文化”这个概念的内涵有了更深的理解。我觉得当年在大观园所经受的文化洗礼，不仅是表面上看电影、看京戏、听曲艺，就连那口味绝佳的韭黄饺子中也有文化，包括那店主父子的态度，给人留下难忘的记忆。

济南作为泉城，不仅拥有趵突泉、珍珠泉、黑虎泉等澄珠玉液之泉，也是内涵更为广阔丰厚的文化泉城。我有幸在少年时期即领略到这文化泉城的诸般况味，就个人感觉而言，大观园是一个入门的开端。

时过多年，每每想起这些，让我怎能不相忆！

选自《中国财经报》2020 年 6 月 6 日

樱桃树下的思念

单小花

樱桃树有红的，也有白的。我家的是棵红樱桃树，听母亲说是她从亲戚家移植的，当时樱桃树只有一炷香长，是母亲用铲子小心翼翼挖出来，在一个闲瓶子里灌了多半瓶子凉水，将樱桃树苗连根部的一撮土装在瓶子里带到我家的。母亲说带上娘家土的树苗肯活。

樱桃树移来时的白天没有栽，母亲说白天太阳光太强，影响树苗的成活，晚上栽树苗才肯活。太阳刚下山，母亲便忙乎起来，扛着铁锹到我家房后，低头弯腰，认真地挖了一个小圆坑，将樱桃树苗慢慢地从瓶子抽出来，放到坑里栽端正，将瓶子里的泥水全倒在树坑里，也把挖出来的土用手轻轻抛进坑，用脚绕着树苗，把土踏瓷实，又提来一壶水浇在坑里，还在光秃秃的樱桃树干上均匀地洒了水。当时，我看着母亲专注的样子像是给樱桃树洗澡，看到樱桃树弱不禁风的样子，我对它的期望不大，失口说："这么瘦小的树苗，等吃上它的樱桃，到猴年马月了。"母亲抬头看了一眼，冲我笑笑说："快着呢！桃三年，杏四年，核桃枣儿十八年。三年后，樱桃树就开始结樱桃了，这是定数，老年人说啥有啥，灵验得很。"

就这样，樱桃树就像刚出世的婴儿，弱不禁风地杵在土坑里。母亲每天看一回，隔几天舀一桶水，放到房台子上晒，然后提上一壶去饮它，有时在早晨，有时在晚上。记得那时，水很紧缺，全村人吃一口泉。逢上下雨天，母亲就将厨房里的盆盆罐罐搬到房台子上接房檐水。母亲说，雨水比缸里的水有营养，给树苗饮上，如撒了把肥料，飞着长。母亲时常用接来的水饮樱桃树。樱桃树在母亲呵护下，一天一个样儿。

母亲怕牛羊和孩子们损害樱桃树，就给樱桃树做了保护，在樱桃树的周围插上刺，将樱桃树围护在中间，还在路口垒上了干树梢。慢慢地，在阳光的照耀下，在雨水的滋润下，在母亲悉心地照料下，樱桃树的枝干渐渐地长高长粗，分出了许许多多的枝杈，叶子一天天繁密起来，叶片逐渐变得嫩绿、肥大而舒展。

三年后，樱桃树不负母亲的期望，开花了。粉嘟嘟的桃花缀满枝头，母亲的脸上流露出掩饰不住的喜悦，逢人就夸樱桃树，说我家的樱桃树开了一树的花。那粉红色的花香招引来了许多蜜蜂和蝴蝶，它们围着樱桃树嘤嘤嗡嗡地叫着，舞动着，让人心情甚是愉悦。

我时常跑到樱桃树旁，阳光温柔地扑洒在樱桃树上，光芒四射。黄色的花蕊上有许多花粉，微风一吹，散发出阵阵浓郁的清香，让人心旷神怡。

樱桃成熟的时候，母亲总爱给二爸三爸家送，还给邻居家送，剩下的樱桃才给我们姊妹几个分。后来我们都成家了，母亲就把剩下的樱桃给大哥家一碗，二哥家一碗，三哥家一碗，给我和姐姐捎话，让我们带上娃娃来吃樱桃。要是我们顾不上去，母亲就打发侄子给我们每人送来一碗。母亲说樱桃全身是宝，樱桃的果肉可以吃，将核敲碎，取出内仁，糠熟，碾碎，早上用温开水冲着喝上一小勺子，可以开胃。

冬天的时候，一群麻雀聚在光秃秃的樱桃树上，叽叽喳喳，蹦跳不止，商量着从牛槽、鸡食盆等处觅食。母亲看到，自言自语，道："麻雀没粮吃了，跑来寻食来了。"随后转身回屋，从袋子里抓上把黄灿灿的糜子或红彤彤的谷子，随手撒在樱桃树下。麻雀看到，如雨点簌簌地落下来，低头啄食，边吃边抬头看着母亲，啾啾地叫几声，好像向母亲致谢。母亲看到麻雀欢快的样子，仰头大笑，笑得脸上的皱纹挤成了团。吃惯的野狐比狼利，那些麻雀吃上瘾了，每天成群搭伙地就飞来先落在樱桃树上，从这个枝头跳到那个枝头，不见母亲给食，就飞到房顶上，再到院子半空盘旋，叽叽喳喳地叫个不停。母亲听到那有时长有时短的饥饿的叫声，就忍不住双手捧些粮食从门里出来，撒向樱桃树旁，麻雀就呼啦啦地从四处扑下来，抢食吃。

后来母亲去世了，樱桃树成了父亲的念想，更成了我们的念想，每每看见它，眼前满是母亲的音容笑貌。

春天的时候，哥嫂起早贪黑地在地里忙乎，父亲帮哥看家看娃娃。有一天，我去看父亲，小侄子哭闹起来，父亲笑呵呵地说，甭哭，爷爷带你看花走。小侄子一听，便止了哭声。父亲一手拄着拐杖，胳肢窝里夹着一块油布和一个小板凳，步履蹒跚地来到樱桃树旁，将油布铺在樱桃树旁，让小侄子坐在油布上玩，将板凳放在油布旁摆正。父亲坐在板凳上面，看着小侄子玩。不安分是孩子们的天性，小侄子调皮，从油布上爬起，跌跌撞撞地走到樱桃树下，拽住低处的树枝，将枝上的樱桃花一把一把捋下来扔在了地上，还将树枝拽折了。父亲看到，急得喊道，不敢再祸害樱桃树，这是你奶奶的面面（念想），我们要珍惜。然后便将小侄子抱进怀里，给他讲母亲照顾樱桃树的故事，小侄子歪着头看着父亲的脸，一脸茫然。

夏天，樱桃树的枝叶更加茂盛。父亲常常喜欢坐在樱桃树旁吃饭、喝茶、乘凉。有时拽上一股麻叶（麻线）来到樱桃树旁，一根一根地在腿上搓着麻叶，遇到不均匀的麻叶，就拿手捋一捋，然后举起来噙在嘴角抿一抿，麻叶经唾沫的滋润，搓起来顺溜多了。父亲搓着搓着，深陷的眼眶就噙满了泪。

看到父亲伤感的样子，我就上前搀着他的胳膊，说几句安慰的话，并说些让父亲觉得高兴的话题，转移他的情绪。父亲听着我滔滔不绝的说词，脸上就多云转晴。当我回我家的时候，父亲总是送出大门口，我在前面走，父亲在我身后跟着，我转身向他挥手，并让他回屋。他只是点头应承。路过哥家门口，我回头，发现父亲拄着拐杖，慢慢挪到樱桃树旁望着我，到村口，我再次回头，父亲的身影还立在樱桃树旁，直到变成一个黑点，我的泪夺眶而出。

父亲去世后，樱桃树孤苦伶仃地在风中呜咽，在雪中发怵，却依然默默地守护着父母的家。

最近几年，因雨水充足，樱桃树枝繁叶茂，丰姿卓越，整个身躯罩着一大片空地，树枝向四处伸展，一部分爬到了房后墙上，高出房顶许多，像一个天然的大帐篷。一有空，大人们聚在樱桃树下拉闲，孩子们钻在樱桃树下快活地捉迷藏，有时在树荫下读书，有时攀上树枝嬉闹。樱桃树成了我们避暑的好地方，孩子们嬉戏的乐园。

每当樱桃成熟时节，我都会去娘家，站在院子里，眺望樱桃树，微风拂过，树枝摇曳，如同父母亲的手向我打着招呼。走近樱桃树，一颗颗樱桃在阳光的照射下鲜红欲滴、晶莹剔透，像一颗颗十分耀眼的红宝石。摘一颗放进嘴里，甜甜的，酸酸的，如我思念父母的味道。

一阵风吹过，树枝摇摆，就像父母的手抚摸着我的头、鼻、脸颊、耳际，我仿佛看到父亲和母亲安详地站在樱桃树下慈祥、心疼地看着我，使我心里泛潮。

如今，樱桃树有些年份了，它如父母亲，默默地守护着我们的家园，守护着他们的儿孙后辈。

选自《中国校园文学》2020年第9期

篮球场上的奇迹

安　纲

小镇傍晚，天开始麻灰，篮球场上已经没有人在打球了，只有一个十几岁小男孩在那里练习投篮。看见我来了，他把篮球丢给我，我不认识他，他看起来有点黑，但很健康。我很久没打篮球了，有些生疏。我拍球时，小男孩张开双手挡在前面，我想找投篮的机会，但有好几次都被他拦下了。小男孩机敏得很，被拦截下的篮球滚向一边，他好像永远不累似的跑去把篮球捡回。后来我打得越来越有感觉了，最后一次投篮时，我竟然和篮球一块儿飞了起来，我能感觉到我飞过了他的头顶又飞过了篮球架，我悬停在操场中间，操场的四周显得更加空荡了。这时天已经黑下来了，那个小男孩在地上仰着头跟着我，一边用手指着我一边喊："看，他飞起来了，飞起来了！"这时候操场上只有我和他两个人。

他在墙上的一幅画中

早晨刚醒来，我就看见床对面墙上的那幅油画，它在那儿好几年了。它是我从意大利比萨斜塔下面的摊儿上买的，画里有所石头房子，是古欧洲农村的那种式样，一条生活气息很浓的土路经过房子通向后面深蓝色的海，海风正吹拂着路边的野草。我心里犯嘀咕：昨天晚上做梦时我看见他就生活在这所房子里，梦里我是从这所房子的前门进去的，他还跟我打招呼，当时我很惊讶，我知道他已经去世有三四年了，但他看起来跟我原来见他时没什么两样。他招呼我进去坐，可我知道那是一幅画，于是我脱口而出对他说："你怎么住在这里了？”他看了看我说：“这里挺好的，就我一个人。”

坐在一根巨大的汤勺柄上

他坐在那里，眼睛不知道该如何安放，他想多眨几次缓解一下紧张的情绪，但他没有，他觉得如果眨了太多眼睛，就会被别人看出什么，他需要保持跟往常一样。他总是觉得自己有心事而不是不舒服，实际上他什么心事也没有。他坐在半空中，一根闪着银光的巨大的汤勺柄上，汤勺另一端是冒着热气的菜汤。他坐在那里，一动不能动。太阳越来越大，他抬头看着刺目的毒太阳，汗开始流下来，但他必须保持现在的姿势。“多么完美的行为艺术啊！”他可能被晒晕了，竟然渐渐有了点得意的情思，他希望这个城市能有人抬头看见他，他想只要有一个人看见他，整个城市的人们一定会奔走相告，他觉得下面奔走相告的人一定是看到了他三十年不变的优雅神态，以及他与汤勺之间保持的完美平衡。但他害怕人们找来望远镜看他，这样就会使他露馅，因为他马上就坐不住了。

村庄管理员

我是被授权管理这个边远村子土地的人，但我并不住在村里，我住在离村子很远的一个繁华的镇上。我一般每隔半年来村里一趟。这次我刚到村里，就被那两个替我暂时管理村子土地的人领去看我们的田地。他们指着前面田地上方的一角荒地告诉我说，这是村里一个叫鹏的人强占去的。我以前听村里的人说过他是个无赖，是村里的一霸，没人敢惹。但他对我还是十分忌惮的，他听说我来了，一直跟在我后面。他向我解释说他的这一小块地不是用来种粮食而是用来喂鸟的，他还说现在这里的鸟越来越多了，得有一块地供它们生养。那两个人看鹏在胡说八道，他们没说话。我知道他们心里有些怕他。现在鹏又向我提出：让我从这块地的中间要一块给他，好让他实现他养鸟的想法。我没说话，但我的脸色想必已经明确地告诉他了，我是绝对不会同意的。可是没过几个月等我再来时，我看见那片田地中间的一大片方方正正的荒草地，我就知道发生了什么。我本想责备那两个替我管理这片田地的人，他们向我解释说这个人很难搞，是个无赖，还对他们说是我亲口同意给他这片荒地的，说这块荒地里确实有很多鸟安家，婉转地表示了这块荒地对这整片田地也有帮助的意思。听他们这么讲我没有再说什么。这一晃又快一年了，等我再去的时候我看见原来是荒地的地方变成了一处池塘，那个池塘被白色的塑料薄膜盖着。这次他可能看出我真的生气了，小心翼翼地跟在我后面大气不敢出。那两个替我管土地的人走在我前面，边走边说让我看看池塘里的鱼，现在马上就到池塘了，我站在离池塘边很近的一个斜坡上。我忽然有一种不祥的预兆，觉得有点不大对劲儿，我像站在了一个薄薄的空壳的地上一样，我站的那处斜坡的地下肯定是被他们掏空了。我感到一阵恐惧，心里一下子冒出很多不好的念头，觉得他想趁机在这里制造一个事故，我只要再走两步，肯定会掉到连通池塘下面的深水里，然后他们会合起伙来把我弄死。这时，那两个走在我前面的人已经快走到盖着塑料的池塘边了，他们回头正看着我，我倒是没觉得他们跟平常有什么不一样。我站在那里一动不动，我决不能把我的不安表现出来。我叫了一下鹏，他从我后面赶过来，我赶紧对他说，你这个池塘搞得真不错，给这个村子做了一件天大的好事。说完我把手伸向他，他看着我诡异地笑了笑没说话，也没伸手。

最后的告别

我们见面好像在大学毕业前的几天，我们在学校外的一间小酒馆喝酒，马上就要告别了，我们都有些伤感，他要回他老家的城市去教书，而我则继续留在学校考研，我们边喝酒边回忆我们的大学生活，我们的眼圈都红了，“来不及说再见，说再见时，我们可能一生都没能再见过”。酒喝到一半的时候，酒桌上我最好的兄弟变成我暗恋的女同学，时光好像也回到了 20 多年前，我在酒桌上鼓起勇气告诉她我一直喜欢她，她还是上学时的样子，她告诉我说她一直以朋友和兄弟看我的，从来没有半点别的意思。她这样说我心里就明白了，我感到无比惆怅。断断续续地，我听到我的兄弟说，这是我们45岁后的第一次见面吧，太不容易了。酒桌上我们变成三个人了，他们俩还是上学时的样子。最让我奇怪的是，我们分别的时候，我和我上大学时最好的兄弟在学校外的街上热情地拥抱，做最后的告别。而她不知道什么时候不在的。

在同学家做客

我妈她完全讲不清楚，东说一下西说一下，说着不着边际的话。“我们是干什么来了？”我不耐烦地对我妈说。我妈还在那里喋喋不休。我们在我同学家的客厅，他们夫妻两人都是我的同学，男的是市政府当领导的。接着，我又暴躁地打断我妈，催促她说：“赶快，赶快，把来这里要办的事，说出来就行。”我妈又在那里说不着调的话。后来，我实在忍不住了，对我妈吼道：“要是没有事永远不要到这里来，明白吗？”看我发火了，我的那个男同学把脸扭向一边，没说话，他妻子也是我同学，她对我妈说：“我和您儿媳妇是好姐妹，您要是有什么事说出来就是了。”她一说完，我和我妈就从他们家出来了。

玻璃窗上的蜜蜂

我是在上午10点多进办公室时才看见那只蜜蜂的，当时它正在玻璃上爬行。开始我还以为它在玻璃外面，走近看才发现它在里面。它个头很大，翅膀高高支棱着，好像要随时飞走似的。它在玻璃和铝合金框的缝隙上爬，有时在玻璃上爬，有时则不动。我的办公室在33层，在这里看见它还是挺让我吃惊的。我用手机录了它一小会儿，如果我给它拍摄一个小时，兴许是一部很好看的电影呢。中午吃饭回来后有一点多了，我看见它一副疲惫的样子，在玻璃上仿佛爬不动了。估计它在这个一点几平方米的玻璃上已经爬了无数遍。这块玻璃上面的窗子一直是开着的，翻过不到十厘米的窗框它就能飞出去了。有段时间，我都忘了它在。下午四点多，我去洗手间，我看见它还在玻璃上爬来爬去，它可能太累了，它爬得很慢、很慢，前面的两个脚还搭在一起，这让我想起“束手无策”的成语，我很好奇它为什么不用自己的翅膀让自己飞起来呢？它忘了自己有翅膀吗？还是它认为它本来就待在窗玻璃的外面？

选自《文学港》2019 年第 9 期

书房一世界

墨写新文学

李敬泽

一个诗人和一个作家，珠联璧合，在宣纸上书写中国新文学的那些片段、那些诗句和篇章，很有意思。这是一次有关新文学的思考和实践，是一次笔墨事件……

一

这是一次笔墨事件。

一个诗人——欧阳江河，他也是一位书家，他和另一位书家于明诠一起，用毛笔、用墨在宣纸上书写中国新文学的那些片段、那些诗句和篇章。

新文学亦是现代文学，于今已经百年。新文学是一次革命，不仅是内容的，而且是书写和阅读的，它立志把文学还给最广大的民众，以此建构现代的文化和现代的精神。

所以，新文学也是一次告别，告别毛笔，迎来钢笔、圆珠笔、电脑和手机。

书法因此被悬挂起来——它失去了与普遍的日常的书写活动的联系。一百年来，书法成为一种能指的艺术，它的所指停止生长，它成为对失落的文言传统的临摹和回望。

因此必须感谢书法，它是召唤和保存记忆的仪式。

但也因此，这一次的笔墨事件具有特别的意义，这是探险，是书法与现代话语的对话和争辩，是让一座山撞向另一座山。这其中包含着巨大的、革命性的雄心：或许，不可能原来是可能；或许，两座山本是一座山；或许，书法不仅指向记忆，也连接现在和未来。

二

“墨写新文学”，关于新文学，我懂一点，关于墨写，一点不懂，夜航船上，手脚伸不得也。这个展览，因为在现代文学馆举办，在我的地盘上，欧阳和明诠让我写个前言，他们是客气，我不敢写，然后他们认为我是客气，非你不可。跟吃饭排座位一样，推来推去，最后我崩溃了，一屁股坐下来，写吧。写的时候定了一个原则，尽力写短，尽量不知所云，这样露出破绽的概率相对较低。现在也不知是否达到了效果。

我确信，“墨写新文学”，无论是作为一次艺术实践，作为一个展览，还是作为一次艺术事件，都是有意义的。新文学与书法在这一行动中对话、冲突，风马牛不相及而一定要相及，本非同根生，煮到一个锅里相煎更太急，结果是，相克相生，冲突被呈现出来，而这种呈现也打开了新的空间，新文学和书法都获得了新的面貌。

站在展厅里，看那些新诗的诗句，那些小说的题目，本来都是很熟的，但是现在忽然用毛笔写出来，裱起来，挂在那里，感觉好像陌生了。这种感觉类似于一首诗被朗诵了一遍，新诗大部分是书面的，无口音无唇吻，默默地读，但是现在忽然把它朗诵一遍，你会感到它一下子进入了身体、出之于身体，它不再是客观的对象之物。“墨写新文学”好像是用书法把新文学朗诵了一遍，这些文本、这些文字，追根溯源大多是用钢笔、铅笔写出来的，或者电脑敲出来的，然后以印刷体广泛流布于我们眼前。它是工业的和现代的，字还是那些字——当然到了当代连字也是简体字了，但作为符号，作为表意系统，它与笔墨、书法格格不入，这次展览、这个行动，它的张力在于，一方面将这种格格不入呈现出来，把历史的、文化政治的断裂和冲突呈现出来，但另一方面，格格不入而半推半就，在这种呈露中又生成了一些事物。

就新文学来说，当它被“挂”在那儿的时候，它更像一个“僭主”，尽管只是写在纸上而不是刻在碑上。但墨写、装池，还有悬挂于壁上，这在一个空旷的场所、一个专供有距离的、仰视观看的展厅中，都具有了一种“纪念碑性”。这种纪念碑又是反讽的，因为这与新文学的根本语境是冲突的，新文学是大众的，不是贵族士大夫的，是阅读的，不是瞻仰的，是在现代性的支配下永远创新的，而不是追摹典范、恪守法度的。但与此同时，这种“纪念碑性”又将新文学的某种内在焦虑召唤了出来，释放了新文学身上深藏的“原罪”：背弃了纸墨、背弃了石头，背弃了典重的、在哲学意义上与天地与身体贯通的文字……

书法是背弃之后的剩余之物。在《会饮记》里，我就这件事说了几句风凉话，我说欧阳和明诠是女娲补天。书法的天已经塌了，人们假装一切如常，但“墨写新文学”把这件事摆在了那里。我指的是，支持书法的那一整套复杂的文化系统，现在已经坍塌，已经四分五裂，道术为天下裂，道裂了，只剩下术。书法是有“道”的，日本叫“书道”，我们叫书法，法度里自有道在，道呜呼不在。我最近拜读刘正成老师的《书法艺术概论》，读到一百多页了，我感觉这是一个大系统，通天彻地，文和字真是中国文化的根本，最初是“文”，汉代才有“字”的概念，仓颉造字天雨粟，鬼夜哭，文字是天地间的大事。日常书写不用说了，它还有很不日常的、超越的一面。比如这里有块碑，有一片摩崖，我们在案头看是拓片，但是你在山野间看它，就会感觉到它写的时候不是让你读的，它根本没把你当观众和读者，它就那样铭刻在时间和空间里。这是一大套极其复杂的文化系统，时至今日，在电脑和互联网的时代，这个系统已经不在了。

如此一座巨厦，现代以来，四梁八柱一件一件地抽掉了，剩下什么呢？剩下书法作为艺术，书法家加入书协，成为现代专业分工下的一门艺术的从业人员。但接下来问题就来了，这个艺术是没有所指的，它只剩下能指，它无法在这个时代的经验、思想和世界观里为自己找到所指，箭也有，弓也在，技艺娴熟，但射哪儿啊？百步穿杨，杨都没了。所以，书法变成了一种造型艺术，现在还不让写丑字，那连造型艺术也算不上了，只剩下了技术。

书法的“道”有了问题，“法”也有了问题，比如现代汉语加标点符号，这不是一件小事，是大变，这一下子就把“法”给破了，造成了日常阅读视界与书法的观看视界的隔绝。怎么办呢？于是就剩下抄唐诗抄宋词。西川说，我们用笔墨书写一个文本等于把它批评一遍，可以构成批评行为，但我们大家都写“厚德载物”，把它批评八万遍，这个所指已经被我们损耗殆尽，和朗诵菜谱也差不多了，你再抑扬顿挫、情绪饱满也是空的。

这是根本问题。这个问题欧阳江河、于明诠看到了。其实现代以来还有人看到了并且给出了解决，那是一群伟大的革命家，天安门广场上立着人民英雄纪念碑，那是革命与建国之碑，是共和国第一碑，它太大太重，它在书法上的意义反而很少有人想到：“人民英雄永垂不朽”“三年以来……”“三十年以来……”“由此上溯到一八四〇年……”碑和书法是传统，但碑文却是现代语体文。革命家就是革命家，毛泽东在书法史上做了一件革命性的大事，就是以书法写白话、写现代的话，我们看他的众多题词，写即是所写，能指直奔所指，他在日常性和仪式性两个方面同时打破了“不可能”，结果我们也就习惯了，但其中的意义我们并未深思。

——欧阳和明诠不是革命家，他们只是艺术上的革命者，提心吊胆“墨写新文学”，旧瓶装新酒，种种困难、种种冲突、种种不协调。但困难、冲突、不协调，这就是一门具有活力的、能够表达现代经验的艺术的根本境遇，由此，艺术才成其为创造，艺术才不会沦为舒适的消闲。

选自《安徽文学》2020年第2期

两位学者的重大选择

余秋雨

从十九世纪晚期到二十世纪前期，中国文化在濒临灭亡中经历了一次生死选择。在这过程中，两位学者起到了至关重要的作用。

他们是中国文化在当时的最高代表。他们对传统文化的精熟程度和研究深度，甚至超过了唐、宋、元、明、清的绝大多数高层学者。因此，他们有一千个理由选择保守，坚持复古，呼唤国粹，崇拜遗产，抗拒变革，反对创新，抵制西学。他们这样做，即使做得再极端，也具有天经地义的资格。

但是，奇怪的是，他们没有做这样的选择。甚至，做了相反的选择。正因为这样，在痛苦的历史转型期，传统文化没有成为一种强大的阻力。这是一件非常了不起的大事，仅仅因为两个人，一场文化恶战并没有发生。局部有一些冲突，也形不成气候，因为"主帅中的主帅"，没有站到敌对营垒。

这两人是谁?

一是章太炎，二是王国维，都是我们浙江人。

仅凭这一点，浙江的文化贡献非同小可。他们两人深褐色的衣带，没有成为捆绑遗产的锦索，把中国传统文化送上豪华的绝路。他们的衣带飘扬起来，飘到了新世纪的天宇。

我曾经说过，在黄宗羲、顾炎武、王夫之这组杰出的"文化三剑客"之后，清代曾出现过规模不小的"学术智能大荟萃"。一大串不亚于人类文明史上任何学术团体的渊博学者的名字相继出现，例如戴震、江永、惠栋、钱大昕、段玉裁、王念孙、王引之、汪中、阮元、朱彝尊、黄丕烈等。他们每个人的学问，几乎都带有历史归结性。这种大荟萃，在乾隆、嘉庆年间更是发达，因此有了

“乾嘉学派”的说法。乾嘉学派分吴派和皖派，皖派传承人俞樾的最优秀弟子就是章太炎。随着学术群星的相继陨落，章太炎成了清代这次“学术智能大荟萃”的正宗传人，又自然成了精通中国传统文化的最高代表和最后代表。

但是，最惊人的事情发生了。这个古典得不能再古典、传统得不能再传统、国学得不能再国学的世纪大师，居然是一个最勇敢、最彻底的革命者！他连张之洞提倡的“中学为体，西学为用”方案也不同意，反对改良，反对折中，反对妥协，并为此而“七被追捕，三入牢狱，而革命之志，终不屈挠者，并世亦无第二人”（鲁迅语）。

“并世亦无第二人”，既表明是第一，又表明是唯一。请注意，这个在革命之志上的“并世亦无第二人”，恰恰又是在学术深度上的“并世亦无第二人”。两个第一，两个唯一，就这样神奇地合在一起了。

凭着章太炎，我们可以回答现在社会上那些喧嚣不已的复古势力了。他们说，辛亥革命中断了中国文脉，因此对不起中国传统文化。章太炎的结论正好相反：辛亥革命，是中国传统文化的自我选择。在他看来，除了脱胎换骨的根本性变革，中国文化已经没有出路。

再说说王国维。他比章太炎大约小九岁，而在文化成就上，却超过了章太炎。如果说，章太炎掌控着一座伟大的文化庄园，那么王国维却在庄园周边开拓着一片片全新的领土，而且每一项开拓都前无古人。例如，他写出了第一部真正意义上的中国戏剧史，对甲骨文、西北史地、古音、训诂、《红楼梦》的研究都达到了划时代的高度。而且，他在研究中运用的重要思想资源，居然有很大一部分来自德国哲学家叔本华和康德。由于他，中国文化界领略了“直觉思维”，了解了“生命意志”。他始终处于一种国际等级的创造状态，发挥着“独立之精神，自由之思想”。他后来的自杀，正反映出二十世纪的中国社会现状与真正的大文化还很难融合。

两位文化大师，一位选择了革命，一位选择了开拓，一时让古老的中国文化出现了勇猛而又凄厉的生命烈度。这种生命烈度，可以使他们耗尽自己，却从根子上点燃了文化基因。为此，我们不能不对这两位归结型加开创型的大学者，表示最高的尊敬。

我回想世界历史上每一个古典文明走向陨灭的关键时刻，总有几位“集大成”的银髯长者在做最后的挣扎，而且，每次都是以他们生命的消逝代表一种文明的死亡。章太炎、王国维都没有银髯，但他们也是这样的集大成者，他们也有过挣扎，却在挣扎中创造了奇迹，那就是没有让中华文明陨灭。我由此认定，他们的名字应该在文明史上占据更重要的地位。

他们两位是参天高峰，却也容易让我们联想到身边的一些丘壑。回忆平生遇到过的所有文化巨匠，没有一个是保守派。而那些成天高喊“国学”“国粹”的复古主义者，却几乎没有一个写得出几句文言，读得下半篇《楚辞》。

真正热爱某个行当的人，必定因除旧布新而伤痕累累。天天在保守的村寨口敲锣打鼓的人，却一定别有所图，需要多加提防。

选自《散文选刊》2019 年第 12 期

书房一世界

冯骥才

书房说

作家之特殊是有一间自己专用的房子，叫作书房。当然，有的作家没有，有的很小。我过去很长时间就没有，书房亦卧房，书桌也餐桌，菜香混墨香，然而很温馨。现在已然有了，并不大，房中堆满书籍文稿，但静静坐在里边，如坐在自己的心里；任由一己自由地思考或天马行空地想象，天下大概只有书房里可以这样随心所欲。

这是作家的一种特权。

书房不在外边，在家中。所以，大部分作家一生的时间注定与自己的家人在一起。然而，作家的写作很少与自己个人的生活相关。因为他的心灵面对着家庭外边的大千世界，扎在充满各种烦恼的芸芸众生与挤满问号的社会里。这温暖的书房便是他踏实的靠背，是他向外射击的战壕。因此，对于作家，唯有在书房里才能真实地面对世界和赤裸裸地面对自己。这里是安放自己心灵的地方，是自己精神的原点，有自己的定力。

由于作家的书房在自己家里，作家的家就有特殊的意味：生活的一半是情感的，书房的一半是精神的。当然，情感升华了也是一种精神，精神至深处又有一种情感。

如果一个作家在这个书房里度过了长长的大半生，这书房就一定和他融为一体。我进入过不少作家的书房，从冰心、孙犁到贾平凹，我相信那里的一切都是作家性格的外化，或者就是作家的化身。作家决不会在自己书房里拘束的，他的性情便自然而然地渲染着书房处处，无不显现着作家的个性、气质、习惯、喜好、兴趣、审美。在那些满屋堆积的图籍、稿纸、文牍、信件、照片和杂物中，当然一定还有许多看不明白的东西，那里却一准隐藏着作家自己心知的故事，或者私密。

就像我自己的书房。许多在别人眼里稀奇古怪的东西，再普通不过的东西——只要它们被我放在书房里，一定有特别的缘由。它们可能是一个不能忘却的纪念，或许是人生中一些必须永远留住的收获。

作家是看重细节的人，书房里的细节也许正是自己人生的细节。当我认真去面对这些细节时，一定会重新认识生活和认识自己；当我一个一个细节写下去，我才知道人生这么深邃与辽阔！

所以我说书房是一个世界，一个一己的世界，又是一个放得下整个世界的世界。

世界有无数令人神往的地方，对于作家，最最神之所往之处，还是自己的书房，异常独特的物质空间与纯粹自我的心灵天地。我喜欢每天走进书房那一瞬的感觉，我总会想起哈姆雷特的那句话：

即使把我放在火柴盒里，我也是无限空间的主宰者。

心 居

文人的书房大都有个名字，一称斋号，我亦然。

古来一些文人作品结集时，常以自己书斋的名字为书名。如蒲松龄的聊斋、刘禹锡的陋室、纪昀的阅微草堂、陆游的老学庵、梁启超的饮冰室等，这例子多了。由于他们作品卓绝，书房之名随之远播，世人皆知。毛泽东的事情不在书斋，自己也很少提及，所以他的菊香书房知之者不多。张大千总把大风堂写在画上，这堂号便威风天下。我去台北大千故居看了看这大风堂，不过一间普通画室，并无异象，远不如他的后花园面山临溪，怪石奇木，意趣盎然。显然由于他的画非凡，才使得他这间普普通通的大风堂，似亦神奇。

我的书房虽有名号，最初却没有一间真正独立的书斋，写写画画一直与吃饭睡觉混同斗室一间，亦睡房，亦饭堂，亦画室，亦书斋。那时我虽然给这屋子取了“斋号”，却是假的，故作风雅，不提也罢。

后来自己有了真正的书房，渐渐还有了单独的画室，这便有了堂堂正正的斋号。然而，书房的名字与人名不同。人的名字一生很少去变，书房的名字却往往由于人生的阅历而更改。我书房的名字直到本世纪初才被自己真正认定。画室名为醒夜轩，书斋名为心居。

这是由于此时的我，已开始文化抢救，镇日离家在外，各地奔波，身在田野，似与写写画画绝缘。然而，每每回到家中，进入画室，便如野鸟回巢，无限温馨。偶有情致难捺，挥毫画画。然此时此刻，多在夜间，故称自己的画室为“醒夜轩”。

至于去到书房写作，都是因为心言难抑，非写不可。那时我面对的抢救工作十分浩繁与艰辛，压力山大，个人身孤力薄，力从何来？唯有自己。

我相信，人的力量最终还要从自己的身上和心里去寻找。

故而，我要钻进书房，用一支笔在心中苦苦探寻，去拨开迷雾，穿越困惑，找出道路，找出力量，找出使自己不动摇的动力和思想支撑。

书房乃我心居之处，因称心居。

丁香尺

我书桌上有一对镇尺，长八寸，原木本色，不着漆，亦无任何雕饰，这是好友张宗泽先生送给我的。他偶得一块丁香木，质好色正，径粗且直，这么好的材料很少遇到，便特意为我做了一对镇尺。他知道我性喜自然，不爱刻意雕琢，故只把木头裁成两根尺余木条，没有任何雕工，线条却极规整。此木有香气，香味殊异，清新沁人，故不上漆，以使香气散发。每每拿它压在笺纸上，伏案写字，香气悠然入鼻，感觉有点神奇，似有仙人飘然而至。因写了两句话，请宗泽分别刻在这一双镇尺上。曰：

水墨画案丁香尺，

茅草书斋月光心。

宗泽为津东芦台镇人。芦台自古为画乡，人颖悟，多才艺。宗泽是当地工艺公司一员小干部。“文革”后期，我工作的书画社恢复了仿古绘画，一时找不到手艺好的装裱师傅。后来打听到芦台有一位裱画高手，曾在北京荣宝斋干活，便跑到芦台，结识到这位管理手工艺行业的张宗泽。他人朴实厚道，腼腆缄口，喜欢书画，尤好木雕。常在一块木疙瘩上随形雕出许多奇山秀水，怪石异卉，鬼魅神灵，形象灵动又浪漫。我问他出于何种构思，他说信手拈来，一切听凭自然。他还擅长木雕书法，能将书法笔画的神韵刻出来。我喜欢这位天生有禀赋的乡间才士，因与他交往数十年，其中自有许多真情实意的小故事。比方我当时出差到芦台，夜宿一家小店，他来看我，闲话间忽跑去给我打来一盆热乎乎的洗脚水，给我解乏。这叫我至今想起心中还会再生感动。于是，这对镇尺一直放在书桌上。更多的不是应用，乃是个中的情味。

应用的东西，没有了可以再找。若是上边附着了一些故旧的情意，虽然普通，却不会丢掉。

架上的书

我要我的书房“四壁皆书”，故而房中除去门窗，凡墙壁处，皆造架放书。书架由地面直通层顶。我喜欢被书埋起来的感觉。

书是我的另一个世界。世界有的一切在书里，世界没有的一切也在书里。

过往的几十年里，图书与我，搅在一起，读书写书，买书存书，爱书惜书，贯穿了我的一生。我与书缘分太深，虽多经磨难，焚书毁书，最终还是积书成山。我把绝大部分图书搬到学院，建一个图书馆，给学生们看，叫作大树书屋；还有一部分捐到宁波慈城的祖居博物馆。我已弄不清自己到底有多少书了。留在家里和书房里的只是极少一部分，至少也有数千册。应说，能被我留下的书，总有道理。比如常用的书，工具书，怕丢的书，还有一组组不能失群的书，比如敦煌图书、地方史籍，还有“劫后余书”和自己喜欢的中文名篇的选本和外文名著的译本。其中一架子书，全是自己作品的各种版本。背靠南墙的书架格距较大，用来放开型较大的图典、画集和线装古本。

文人的书架与图书馆不同，大多分类不清，五花八门，相互掺杂。我对自己不同种类的书，只是大致有个区划而已。写作的人都随性，各类图书信手堆放，还有大量的资料、报刊和有用没用的稿子混杂其间。

然而书房不怕乱，只要自己心里清楚，找什么不大费劲就好。

书房正是这样乱糟糟，才觉丰盈。像一个世界那样驳杂，深厚，乃至神秘。

书房里的快乐，除去写作，就是翻书了。只有在翻书时才会有一种富有感。书架上的书并非全看过，有的只有略略翻一下，有的得到之后，顺手放在架上，过后就忘了，有的即便翻过却记不起来。唯其这样，每每翻书都会有新的发现、新的感受，甚至新的惊喜。哎哟，我还有这么一本好书呢！这便从书架抽出来看。

老书如老友，重新邂逅，会有新得。经多世事，再看唐诗，总会从原先忽略的诗句中找到一些动心的感受或触动时弊的启示。

我的书不只在书房。任何房间，到处皆书，图书在我家纷纷扬扬，通行无阻。它们爱在哪儿，就在哪儿；我随手放在哪儿，它们就在哪儿。但只要被我喜欢上的书，最终一定被我收藏到书房里，并安放在一个妥当的地方。如果不喜欢了，便会在哪一天清理出去。逢到此时，便要暗暗嘱告自己：写作不可轻率，小心被后人从书房里清理出来。

劫后余书

我的书架上有一类书很特殊，它们在我心中地位特殊。它们属我个人藏书史的第一代，与我相伴至少五十年。

书有两种年龄，一种是它的出版时间，还有一种是从它进入我的书房算起，这种书应是我青少年的朋友；凡我经过的，它们也全经过。从“文革”毁书到地震埋书，它们和我一起从中幸存下来，也称得上是一种奇迹。

然而如今书房中，这两种年龄的书早已混杂一起了。唯有一种书可以从书架一眼看到。大多十分老旧，自制的封皮，有的用各色的纸，有的用的是蓝布。这些书在“文革”毁书时，怕被焚烧掉，故意撕毁封皮或拆散，扔在地上，好似废书，过后急忙捡拾起来，重新装订。比方查良铮所译普希金的《欧根·奥涅金》被我自己扯去了封皮，过后则用一个结实的纸夹板，特制一个“精装”，还自绘了封皮，蛮漂亮。至于巴尔扎克的一些小说，采用穿坏的衣服裤子，裁下一些布块，制成看似挺讲究、深蓝色、布面的“冯氏版本”。这些书一直立在我的书架上。由于当年书荒，分外爱惜，这些书都是读又再读，以至书中一些好的句子与段落都会背了。它们在我心里的分量远远超过了书的本身。

这类“劫后余生”者，还有两本尤为我珍重。此乃我青年时与妻子同昭交友时相互第一本赠书。那时我们一起学画，我送她一本朱铸禹编著的《唐前画家人名辞典》，扉页上至今还保留当时写的几个字：“昭，熟读它！”这行字留下当时我们对绘画的热爱与勤奋之心。她送我的则是叶尔米洛夫的《契诃夫传》。那时我迷契诃夫，没钱买下这本书，她悄悄买了。她来我家时，趁我没注意，悄悄放在我的桌上，她走后我才发现。她喜欢做一件使你高兴的事时，却不声张，而是放在那里，让你自己发现和惊喜。这本书还留下了她的性格。

有了这些书，我的书房自然与他人不同。

书房的革命

书房自古而今，绝非一成不变。古代的书房肯定经历过一次重大的革命，那是在人类发明造纸之后，纸的应用必定给书房带来过一次全新的变化，书写工具全部更新。自始，文字开始写在纸上，文雅的纸本线装的书籍也开始出现。

然而，近百年来书房的革命就更剧烈，更全面，更深刻，一如改天换地一般了。

这一百年，书房的革命共有两次。

一次是“五四时代”。这次书房革命的背景既是西方强势介入，西风东渐，也是国人自我的革新。这一次，写作的文体，由文言变为白话文；书写的工具，毛笔换成钢笔；纸张自然不能再用宣纸；写作的方式也变了，竖写改为横写，写字时从右到左改为从左到右。同时，印刷工具也变了，由木版刻印改为石印，再变为胶印；洋装的书渐渐替代了线装的书；这样一来，书架的样式和放书的方式也完全发生了改变。

山水树石不同，景象为之一新。

这种革命不是一夜之间完成的，而是一样一样经过由尝试到习惯的过程，书房才渐渐地改天换地。从胡适、鲁迅、茅盾、冰心早期的书信和手稿看，虽然他们的毛笔字写得都很好，但已经换用了钢笔；可是有趣的是，他们的钢笔字往往还是一如既往地由右向左地竖写。那个时代，出版社和报社编辑接到的手稿，形式新旧不一，有毛笔写的，也有钢笔字的，有竖写也有横写的，这样“二八月乱穿衣”的情况一直延续到二十世纪的五十年代，才渐渐统一。第一次书房革命也就基本结束。

第二次书房革命是在近二十年。这次革命的背景是高科技的飞速发展，电脑写作涌入书房，新一代写作人突然没有纸质的手稿。一二十年前许多书房刚刚置办了复印机、传真机、碎纸机，很快就用不上了。高科技使电脑愈来愈无所不能，作家给编辑家投稿再不用跑到邮局去邮寄，按一下“发送”键即可。在电脑时代，书房的信件明显少了。读者也不再写信，而是化为网友在关于你的消息后边留言，自然也没了深度交流。无论是点赞还是吐槽，都带着某些消费特征。电脑使写作快捷方便，并成倍地提速。这种提速会不会使书房成了办公房，异化了书房生活的韵致？于是，往日文人琴棋书画的悠闲渐渐化为一种怀旧的内容。这也是《浮生六记》为什么忽然热起来的缘故。

我们一代作家，最早使用电脑是八十年代。王蒙曾约我到他当时住在南小街的家中，看他率先涉入并扬扬得意地运用电脑写作。那天，他现场用电脑打了一句玩笑话给我：“欢迎冯骥才同志来我家指导工作。”

我却直到今天，书房里仍无电脑。我只是有时在 iPad 上指写一下而已，改稿仍在纸上，对电脑仍一窍不通。朋友笑我是固执，是不剪辫子的前朝遗老。我的理由是：我喜好用笔写字的感觉。我是画画出身，汉字象形，书写时有美感，写字时大小随意，挥洒自由。别人说我这话强词夺理，我不用电脑，主要是怕学电脑。我正想办法为自己申辩，忽然听说平凹和莫言也还用手写，心想这就对了，这也是他们为什么偏爱书法的缘故。

汉字的书写之美，使我拒绝了电脑写作。

但我相信，我这个理由到了下一代就不会存在了，因为下一代人一入学就开始使用电脑。当然，他们在手写汉字上肯定要出现问题，甚至连自己的姓名也写不好。

我们这一代就像“五四”那一代，欢迎新事物，自己却不一定习惯，这是跨时代的人身上特有的进退两难的文化现象与尴尬。但是，不管怎样，这时代很快过去，用不了十几年，这一次由电脑写作领头的书房革命就会彻底完成。

那么下一次书房革命是在什么时候？将会是怎样一场革命？不知道，人类一旦进入高科技的快车道就不能自已了。我们现在的书房可能是数十年后的旅游景点。

移动的书房

自进入了新世纪，我的书房就有了变化，时不时搬进了汽车或飞机里。这由于，我开始全力来推动对大地上濒危的民间文化的抢救了。我必须离开书房，到各地去。抢救工作从来都是在田野一线。

可是，我怎么可能完全中断写作？如果忽然冒出了一个奇特鲜活的灵感，一种难耐的写作欲怎么办？特别是在长途奔波的车上飞机上，没有书桌，也不能写作怎么办？渐渐我被逼出来一个办法——带上一个小号的 iPad。用它很方便，不用笔，只用手指来写，还能修改，十分自如。于是我感受到乔布斯对我的写作有如神助。反过来说，如果没有乔布斯这个发明，我很多散文、随笔、理论文字，是决不会有的。近二十年，我不少文字都是在车上飞机上写的。

由此，我每每出门远行，必带 iPad。一次忘了带它，那感觉竟如失掉了一半的自己。我还慢慢体会到它另一层意义：再不会失去那些长途奔波中耗费掉的时光。既然人的生命以时间为载体，就不能叫时间空空流失。

如果我在一次长长的路途中，完成一篇文章，下车之时，就会有一种特别的满足感。这种感觉好极了，故我称 iPad 是我流动的书桌，汽车和飞机是我移动的书房。

戊戌年（2018）我在甘肃张掖参加非虚构文学研讨会，上午演讲累了，下午与会的人都去参观马蹄寺。我没力气去，便倚在旅店的床板上歇憩。不久，恍惚间，忽然一棵巨大的老槐树荫蔽下的老宅院像画一样浮现出来，它古老文明的积淀与蕴含的沉静幽雅的气息，带着槐香散发出来，叫我那么深切地感受到了，并感动起来。没想到，那个长久以来沉睡在我心中的一部小说《单筒望远镜》，居然一瞬间神奇地苏醒了。我情不自禁，抓过身边的 iPad 就开始写起来，而且完全忘了时间，等到大家从马蹄寺游览归来，敲门声把我从小说里召唤出来，我已经写了几千字。

从那一刻起，我就进入了这部长篇的写作，我的手指似乎一直没有离开iPad。在整个写作的过程中，我不一定在书房；但无论我在哪个房间，“移动的书桌”一直紧跟着我，直到两个月后小说完成。

我的书房书桌，已经不再是传统意义的书房书桌了吧？

不，不，应该说，它们仅仅是我的书房和书桌的一种延伸，也是一种开创。写作是心之欲，iPad是心之具。我的“心居”，仍是我心之所居。一切往日情景，今日依然都在。

或曰：今日之枝，乃出于往日之木也。

选自《收获》2020年第1期

往事的酒杯

苏　童

我父亲不喝酒。他爱抽烟。家里除了黄酒瓶子，我几乎没见过其他酒瓶。

但我的两个舅舅爱喝酒，他们不抽烟。我们三家人住在互相紧邻的房子里，各家的空气似乎总忙着竞争，我们家有烟味，但我两个舅舅家经常飘出酒香味来，酒香自然轻松胜出。这是我小时候便懂得的常识。

我大舅家境较为富裕，讲究吃，我大舅妈擅长做红烧肉，做了红烧肉我大舅必然要喝一盅。他们家的晚餐桌上酒香肉香齐飞，喧嚣着飞到我们家，我总是被肉香吸引，吸引得不能自已，便穿过天井，到大舅家打开大门，往大街上看一眼，然后匆匆地往回走，算是投石问路。我小时候便有羞耻心，羞于开口向人索要，但我的目光无法伪装，总是火辣辣地投向那碗红烧肉。每逢这时，我大舅便尴尬地微笑，他的目光看向我大舅妈，似乎是征询她的意见。但无论她的表情是否活络，舅舅就是舅舅，一块红烧肉会被我大舅夹在筷子上，然后我会听见一个天籁般的声音，来，吃一块。

我现在一直在回忆一件事，我大舅当年喝的是什么酒？可怎么也记不起来了，只确定是白酒，想想这遗憾，真应了醉翁之意不在酒这话。我脑子里只惦记着红烧肉，当然记不住他喝的是什么酒了。

我三舅家住在隔壁。他家也清贫，餐桌上的货色与我家差不多一样，白菜青菜咸菜之类的，无甚风景，但他人穷志不短，爱喝几口酒。是五加皮。这个我之所以记得很清楚，原因也简单，我对他家的餐桌没兴趣，轻蔑地望过去，忽略一切，就记住桌上的那个酒瓶子了。

我第一次喝酒是在北京上大学期间。有个黑龙江的大同学来自体工队，爱吃朝鲜冷面，爱喝啤酒，冷的碰凉的。他带我们去府右街附近那家延吉冷面馆去吃冷面，就在当时的首都图书馆斜对面。一群大学生不进图书馆，一头扎到了冷面馆，毫不汗颜。我们随大同学点单，每次都要一碗冷面，伴以一扎散装啤酒。当时习惯说一升。一升 80 年代的北京啤酒装在大塑料杯里，泛着白色的泡沫。白色的啤酒泡沫一如虚荣的泡沫，要喝，喝下去太平无事，但就是没有实际意义，还胀肚。我在回学校的公交车上一直想着教二楼的厕所，为什么呢，因为那是离北师大大门最近的厕所。

第一次醉酒是在大四那年了。春天的时候学生们都下到河北山区植树劳动，大家天天觉得饿，吃了上顿惦记下顿。忘了是哪个同学饿得揭竿而起，提议大家抛下组织纪律，结伴去县城上饭馆，打牙祭。我积极响应。我现在已经忘了在那个燕山山区的县城小饭馆吃了什么，却记得席间那瓶酒。

是当地小酒厂生产的粮食烧酒，名字竟然叫个白兰地，极其洋气。我们都清楚那不是白兰地，但那烧酒给人以一种美好的感觉，醇厚，颇有劲道。恰逢我们的杨敏如老师刚刚在古典文学课堂上给我们讲过李清照，她太爱李清照了，或许也是爱喝几口的人，讲起“薄醉”，怕学生不懂其意蕴，竟然言传身教，在讲台上摇摇摆摆走了几步，强调说，薄醉是舒服的醉，走路就像踩在棉花上！我们在小酒馆里谈论杨敏如老师与薄醉，大家都有点贪杯，要寻找薄醉的滋味。令人欣喜的是，走出小饭馆时我脚下真的有踩棉花的感觉，头脑亢奋却清醒，我听见我的同学们都在喊，薄醉了，薄醉了！

学生时代结束，喝酒便名正言顺了。毕业工作之后，一张巨大的社会大酒席召唤着你，一般来说，绕开它是很难的，何况你不一定想绕开它。喝酒喝酒喝酒！干了干了干了！无论走到哪里聚会做客，那声音会像空气一样追随你，不同的人对那声音有不同的好恶，要么像苍蝇，要么像福音。

但我的青年时代其实怕酒。饮酒之事，在我看来更像一种刑罚，所谓薄醉的滋味，竟无法与之重逢。如果一个人想起酒来，想到的是酒臭与呕吐，这不免令人沮丧，是酒的遗憾，也是人的过错。我不怨自己的酒量，下意识地将其归咎于酒桌上的恐怖主义。具体地说，我认为很多地方的酒桌上没有李清照，只有恐怖分子。正如恐怖主义也有自己的信仰，酒桌上的恐怖分子也坚守信仰，他们的信仰是酒文化。酒文化中一个重要的细节是劝酒。各地劝法不同，各有规矩方圆，但基本目标是一致的，劝到客人一醉方休，劝到客人烂醉如泥，只要不出人命，都称其为喝好了，尽兴了。

我在杂志做编辑时经常随团去苏北采风。有一次采风途经六县，六个接待方对我们都热情如火，每地停留两天，每天必喝两场酒。此地劝酒文化极其灿烂，灿烂得过分。每顿饭必须至少举杯三次，不算多，但每次举杯必须连饮三杯。你若是尊重地主讲究礼仪之人，每一顿至少要喝九杯。九杯属于多乎哉不多也的范畴，但这不过是个基础。当地人的劝酒技术不会让一个小伙子只喝九杯了事，因此有同乡喝三杯，同龄喝三杯，属相一样喝三杯，姓氏一样喝三杯，最后是相同性别的要喝三杯。我记得当年我是多么友善，又是多么爱面子，明明已经被吓得不轻，却强充好汉，无奈酒量有限，十几杯二十几杯酒下去，只好摸着翻江倒海的肚子冲去厕所，没有一醉方休的幸福，只有一吐方休的痛楚。我还记得那时候下苏北，总是这样地一去一回，去的时候朝气蓬勃像张飞，回来的时候病歪歪地满腹怨言，真像李清照了。有一次坐汽车回南京，身边的朋友告诉我，我一直在睡觉，梦呓的声音很单调：不喝了，不喝了。

往事不堪回首，其中有一部分往事是浸在酒杯里的。年复一年的酒，胜似人生的年轮，喝起来滋味不一样，但总是越来越沧桑越来越绵厚的。有一年前辈作家陆文夫到南京开会，晚上大家聚餐饮酒，我冷眼看见他独自喝酒，喝得似乎孤独，便热情地走过去要敬酒，结果旁边一同事拉住我说，千万别去，他不接受敬酒，他很爱喝酒，但一向是自己一个人慢慢喝的。

对于我那是醍醐灌顶的一刻。原来一个人喝酒是可以与他人无关的。与傲慢无关，与自由有关。我至今难忘陆文夫坐在那里喝酒的姿态，如同坐禅。那种安静与享受，不是出于对酒最大的尊敬，便是最深的爱了。

我爱酒多年，至今还经常奔赴各种酒席与朋友一起喝酒。无朋不成席，这是常识。但说到底，酒杯也是灵魂的容器之一。这容器的最深处，终究是一个人的快乐，一个人的哀愁，或者一个人的迷茫。很欣慰地发现，如今这也快成常识了。

选自《中华读书报》2020 年 4 月 8 日

我在边疆驻村，我在读汪曾祺

毕　亮

2019年，人民文学出版社新版《汪曾祺全集》刚推出时，我被派往汉宾乡英买里村驻村。在此之前，我刚收到在鲁迅文学院读书时的同学给我寄赠的一套全集。“都是汪迷，何必客气……”

于是，这套书和汪先生的《文与画》等几本选集，就随着被褥等行李一起来到了村里。

村子位于新疆伊犁哈萨克自治州的伊宁市。汪曾祺曾来过这里，时间在1982年夏秋之际。当时，汪曾祺、林斤澜、邓友梅三位老友在《北京文学》编辑李志的陪同下有了一趟行程近两个月的西北新疆之行。一路上，他们走得比较辛苦，也不算顺利。汪曾祺在1982年9月22日起写的新疆行散文《天山行色》中几乎没有涉及。倒是多年后，同行的邓友梅在《再说汪曾祺》中提到此行，并细述了过程，才让我们有所了解。

《天山行色》可以说是汪曾祺游记散文中的名篇，其中大部分笔墨留给了我正生活的伊犁。他们在伊犁访问了察布查尔锡伯自治县、尼勒克县等地的农村和牧区，还在伊宁市召开了读者见面座谈会。汪曾祺等人在座谈会上都有演讲，经记录整理刊发在当年的《伊犁河》杂志上，汪曾祺的文章题为《道是无情却有情》。距离初读汪曾祺的几年后，我到了《伊犁河》杂志供职，专门找出当期杂志看这篇短文。杂志上刊发的《道是无情却有情》被汪先生收入《晚翠文谈》时做了细微改动。新版《汪曾祺全集》中，此文被放在了第九册《谈艺卷》中，并注释：“本篇原载《伊犁河》1982年第4期，据作者在伊犁文学座谈会上的讲话整理而成，与会者还有邓友梅、林斤澜等；初收《晚翠文谈》，浙江文艺出版社，1988 年 3 月。”

汪曾祺一行到伊犁，给当时的伊犁文学界留下了诸多佳话，尤其他们三人在伊犁的文学讲座，当年听过讲座的人多年后提起来还津津乐道。边疆的人文风情，也给汪曾祺留下了很深的印象，他晚年多次在文章中都有提及。也是在《文与画》中，我还看到汪曾祺的两幅与伊犁有关的画，尤其后一幅，画于去世前一年，从题画文字来看，汪曾祺对当年的伊犁之行，念念不忘。多年来，我不断把他的《天山行色》等文章和画找来看，每一次都能感觉和我爱读的作家之间，距离是如此之近。

初到村里，各种不适应、不习惯接踵而至，有工作上的，生活上的，也有阅读写作上的。几人一间的宿舍里，一张桌子，人来人往。因为吃住在村委会，只待夜深人静后，我从住的三楼回到白天上班的二楼办公室，摊书细读，静静品味。

有次调休，从家中回村里时，我从书架上抽出他的《草花集》放到了随行的包里。这书薄薄的，很适合随身带着看，随时抽出来都能读几页。在村里，我也常如汪先生一样，“辛苦了一天，找个阴凉的地方，端一个马扎或是折脚的藤椅，沏一壶茶，坐一坐，看看这些草花，闻闻带有青草气的草花淡淡的香味，也是一种乐趣”。工作之余，如此生活，倒也自在。

在村里，我的状态和汪曾祺的“随遇而安”比起来，境界到底差了许多。此时重读他的《随遇而安》，又是另一番感受，心态很快就调整了过来。以前没怎么觉得，十年来持续读汪曾祺，他的文章和生活态度，有形无形地影响着我，这在驻村时体现得更明显。

有时躺在宿舍的单人床上或者住户家的炕上，就着台灯翻几页《汪曾祺小说选》。多年前，汪曾祺也是这般躺在沽源的炕上看《容斋随笔》的吧。有一天晚上，我住在村民家，下着雨。听雨打铁皮声，无端想起汪曾祺的《星期天》，“下雨天，雨点落在铁皮顶上，乒乒乓乓，很好听。听着雨声，我往往会想起一些很遥远的往事”。雨夜忆起的往事，易生感触，继而形成文字。

也是在《随遇而安》中，汪曾祺说，四处走走，你会热爱这个世界。从汪曾祺的作品中，我学着慢慢观察生活。

有一次入户路上经过一条僻静的巷子，路边长着一丛嫩蝎子草，我择下嫩头，学着汪曾祺拌菠菜那样拌了一盘蝎子草，大快朵颐。“生活，是很好玩的”，一旦放平了心态，发现了生活，真是好玩的，在村中尤其如此。

村里许多人家都种喇叭花，或门前，或院中，就是汪曾祺写到的晚饭花。而巷子也很像汪先生笔下的李家巷，巷子两边开着晚饭花。“开得很旺盛，它们使劲地往外开，发疯一样，喊叫着，把自己开在傍晚的空气里。浓绿的，多得不得了的绿叶子；殷红的，胭脂一样的，多得不得了的红花；非常热闹……”我在入户走访时看到它们，觉得亲切。巷子里嬉闹的孩童，在花丛边跑来跑去。走在巷子里，会想到，迎面碰到的少男少女里，是不是有汪先生笔下的李小龙、王玉英？

在村里的四季，总会遇到许多老人蹲坐在门口，冬春晒太阳，夏天在树荫下乘凉，秋天就静坐着，他们都如《闹市闲民》里的“活庄子”。我也试着学习汪曾祺的笔触，来了解、记录下这些闹市中的“活庄子”。

我读汪曾祺，常被他细微之处的人间情怀打动、感动。十多年间，我一次又一次地翻他的作品，大概也是因为这个关系。写作，说到底还是要讲情怀的……你看，汪曾祺的影响就是这么无处不在。在村里，在生活中，汪曾祺和他的作品，如影随形，无处不在。

选自《光明日报》2020 年 9 月 23 日

地铁驶过北城

第广龙

我家住西安北城，平日出行主要坐地铁。走路到最近的凤城五路地铁站，不到十分钟。要去地铁沿线的什么地方，都方便快捷。

西安已经开通了四条地铁线，其中有两条穿越北城。北城的张家堡，还是地铁枢纽站，从这里坐二号线去北客站乘坐高铁，或者坐另一条线去换乘到机场的城际铁路，我都熟门熟路。记得第一次沿着新线路换乘上去机场的城际铁路，我一路欣赏着车厢外边的风光，不觉间就到了目的地。

我二十年前从外省一个小县城搬迁到西安北城，居住地的名字叫尤家庄。记得刚来时，所在的小区周边，全是庄稼地和养殖场。初春出去散心，出门不远就能看到油菜花地。更北的张家堡，有一个大转盘。那是进出西安的北大门，初到西安的长途货车不知道路咋走，有人就等在路边，手里拿一块纸板，写着“带路”字样，竟然成为一门营生。

我慢慢知道了，在西安这座四方城，北城发展慢，人们安家置业，通常不会选择北城。有的人即便住下了，也只是一个过渡，有机会就搬走了。我来西安看的第一场电影，就是在北门里的和平影院看的。电影散场拦出租车，司机听说去北城都不愿意拉，怕返回时拉不上人，得空跑，不划算。

一个地方对于交通的需求，和一个地方的经济活动是否活跃，有无人员的大规模流动和集聚关联密切。当网格状的布局一步步完成，西安北城的人气上来了。商贸日益兴盛，又促进了基础设施的配套完善。地面上纵横交错的道路，穿梭各种车辆，我出了门，就近就有三个公交车站，坐公交看站牌，立了三块牌子，上面挤满了站点名称，得找一阵才能找见我乘坐的班次。未央路是双向好几个车道的主干道，也经常发生拥堵，为了缓解交通压力，已经开始实行单双号限行了。过去为北城冷清叹气，现在为北城繁华感慨。

于是，修地铁，开辟地下通道，显得迫切起来。地铁项目启动的消息传来，一下子引起了很大反响。以前，我在北京坐地铁，曾经想过西安啥时候也能修地铁。当真的要修地铁了，而且还是在张家堡首先动工，我既意外又惊喜。街坊邻居茶余饭后一起闲聊，总是说着说着不由转移话题，说起了地铁的事情。

在北城开工的这条线路，纵穿西安城的中轴线，连接南城北城，沿线站点，都是我平日经常去的地方。这下好了，通了地铁，我就不用焦急等不来车了。那些日子，得空我就过去看看地铁工地。尽管有围挡围着，看不到里面，更看不到地下，但有关地铁的信息，我都留意着，看进展到哪一段了，还因此知道了盾构机这个新名词。我还操心，西安是古都，地下文物多，这在掘进的过程中如果有重大考古发现，会不会影响工期。地铁工地堆起了一个大土堆，正是春天，虽然盖着网眼布，土里头的绿草钻过网眼，纷纷冒出了头。不多日子，大土堆被绿草覆盖，我感受到的不光是春天的气息，这也是希望的气息。

记得地铁二号线是 2011 年投入运营的，之后又陆续完工了三条地铁线，还有多条线路正在规划，正在紧张施工。我了解到，今年年底，西安又将开通几条新的线路。今年开工的十号线，站点将延伸到更北边的渭河北岸。如今我乘坐地铁已经习惯，也没有新鲜感了。但在我的生活中，地铁的重要性，一点也没有减弱。最先动工修建地铁的张家堡，地下也构建了一个大转盘，不停运送着南来北往的人们。地面建起了气派繁华的商业区，步行街上人来人往，尤其到了晚上，灯火璀璨，吸引着三五成群的年轻人。

在地铁修建前后，北城还完工了北二环立交，开放了市体育馆和城市运动公园，建起了市图书馆，投运了北客站，这些已经成为具有鲜明辨识度的地标建筑。西安市政府也整体搬迁到张家堡以北的凤城八路办公了。北城成为西安的又一个中心，大变样了。

选自《人民日报》2020 年 9 月 9 日

黄河的颜色

王若冰

对于中国人来说，每个人生下来最先知道并让人心向往之的大江大河，大抵应该就是黄河和长江了吧？

这不仅因为在尚不能独自出门远游的童年时代，小学语文课本里“不尽长江滚滚来”和“黄河之水天上来”的诗句所激发起的无边幻想，让原本就心怀童稚的少年浮想联翩，还因为从那一刻起，每一位黄皮肤、黑眼睛的中国人都深深地明白了这样一个道理：我们是炎黄之后、黄河长江养育的儿女。

我第一次近距离看到黄河，是在三十多年前。

1984 年大学毕业，我被分配到地区文教处教研室工作。这年冬天，教研室接到省教科所通知，要求派员到沈阳参加一个语文教学会议。当时，文教处要抽调我到办公室当秘书，我不愿去，就提出以让我去沈阳开会为交换条件。之所以以出差到沈阳为交换条件，我是有我的“小九九”的：一是可以趁转车机会逛逛北京；二是可以在陇海线河南境内从车窗看看黄河。

那时候，中国的火车不仅跑得慢，而且拥挤不堪。现在从天水到郑州，坐高铁仅四个小时，那次却跑了一天一夜。到了风陵渡，我就试图把自己挪到窗口，想瞅机会看一眼黄河的身影。可车厢里乘客挤得密不透风，脚下、头顶都是人，想挪动身子寸步难行，我一次又一次的努力都宣告失败。火车到了郑州，趁乘客上下车的机会，我在两排座位之间占据一个可以临窗眺望的位置，准备在火车过黄河的时候满足我已经贮藏了二十多年的愿望。

火车还没有出郑州城，一个大胖子一屁股挤到我前面，硕大的身体把整个窗户都占据了。就在我拼命挪动身子，寻找瞭望窗外的缝隙的时候，突然，车厢里有人惊呼:“黄河!”

伴随一声长鸣，火车驶上黄河铁桥，车厢里骤然骚动起来。站在过道里的、坐在座位上的、躺在行李架上的乘客，拥挤着、相互踩踏着，纷纷把头挤向车窗。费了九牛二虎之力，我才在胖子腋下双手扒开一堆脑袋，争取到一点可以眺望窗外的缝隙。更多人则踮起脚尖，扒着别人肩膀，伸长脖子，寻找眺望黄河的位置。其时正值夕阳西下，火车已经行驶到郑州黄河铁桥中间，轰隆隆呼啸而过的窗外，一片金黄的洪流自北向南涌来。夕阳映照下，一川黄金流水如刚出炉的钢水，闪射着金灿灿的光华在天地之间奔流。

“这就是黄河啊!”

就在我趴在人头缝隙，痴痴望着金光灿灿的黄河，心旌飞扬、不能自已时，火车一声长啸，驶过了黄河大桥。窗外的田野、村庄，又陷入冬日的肃杀、灰蒙。

第一次和期待已久的黄河相遇，竟仅如此短短的一瞬间。然而，就是这转瞬即逝的匆忙一瞥，郑州附近金光闪射的黄河水和车窗外黄河流经华北平原时的浩荡气势，便让我终生难忘。

《幼学琼林》有句话说“圣人出，黄河清”，意思是说经年浊浪排空的黄河是很难变清的。但 20 世纪 90 年代，我在兰州看到的黄河却青碧如洗。

那次到兰州天色已暮，我投宿的宾馆就在黄河铁桥之侧。第二天早上拉开窗帘，一条清凌凌的河流跃然窗外。河碧水清澈碧翠，舒缓东流。我有些纳闷：明明就住在黄河边上，眼前哪来这么一条纤尘不染的河流呢？室友指着窗外一河清流告诉我，眼前这条碧水清流就是黄河。他还告诉我，黄河在兰州以上，都清澈如许。后来到了青海贵德，面对从玛多黄河源头起步，在青藏高原蜿蜒奔流 500 多公里后依然青翠如玉的黄河水，我竟感动得双目湿润。

我的感动不仅来自黄河上源清澈见底的黄河水，更缘于后来我在壶口看到的泥沙俱下、跌宕奔突的黄河的膂力与气势。

那是 2011 年。这年秋天，为写作《渭河传》，我驾车开始了在渭河流域的孤身漫游。为了追寻渭河支流北洛河身影，我从陕西蒲城北上，直抵接近北洛河源头的志丹县。返回途中，发现有条公路直通壶口，便情不自禁，一脚油门从陕北高原进入被滚滚南下的黄河劈开一道裂口的秦晋大峡谷。

从陕北黄土高原断裂带纵横交织的沟壑环绕而下，闪烁着金色波浪的黄河时隐时现。到了壶口镇，满河流水如凝结在一起的黄金黏液，闪射着耀眼金光在秦晋大峡谷深处舒缓南下。傍依只有零星细浪无声翻滚的黄河转过一个弯子，骤然间就有隆隆巨响迎面扑来。顺着震彻峡谷的喧响望去，茫茫水雾从峡谷中央升起。水雾升腾的地方，在西北高原奔走 2000 多公里的黄河带着已经与茫茫黄土地融为一体的颜色奔涌而来。一个巨大的石壶朝天敞开，因两岸层层叠叠的巨石阻拦冲击而顿时变得膂力震天的滚滚黄河，如身披黄金铠甲、冲锋陷阵的威武之师，手挽手，肩并肩，高举金光四射的团团巨浪，一排接一排，奋不顾身，朝巉岩高筑的壶口奔泻而下。飞泻而下的巨浪跌落壶底，似沸汤开壶，激流翻滚，声震如雷。堆堆巨浪飞溅而起，如竞相绽放的黄金，金光四射，璀璨夺目。

那一刻，黄河两岸被一种令人心旌飞扬金黄色映照着、笼罩着、拥抱着，犹如黄金锻造的宫殿。以至于此后多少年，只要一想起黄河，我耳际就回响起排排巨浪涌入壶口时排山倒海的隆隆巨响，眼前就浮现出壶口瀑布前赴后继、激情绽放的黄金浪花……

选自《文汇报》2020 年 8 月 27 日

戏人卷子

胡竹峰

天气晴正，不冷不热，树叶浓密，揉碎阳光，一点一点细细洒下，微风吹过，地上若有流金。鼻底有炒货的味道，板栗、花生、瓜子炒熟的清香交融在一起。老房子残损如旧画，青砖白墙绿苔又似乎是梦。黑白色的梦，斑斑驳驳，一个又一个片段，不成记忆。

二十余年如一梦，此身虽在堪惊。三十余年如一梦，四十余年如一梦，八十余年如一梦。张恨水有小说《八十一梦》，借梦写世事，多年前在乡下读过。

多年前读过的还有《红楼梦》《青楼梦》《玉楼梦》，一梦复一梦，绮楼重梦，虚虚实实。人生如梦，白日梦，黄粱梦。文学更是白日梦、黄粱梦，要的是叶底藏珠，朝露之珠。人生如梦亦如戏，戏是对酒当歌，也是春秋大梦。

小心翼翼嗑着南瓜子，听戏。演的是三国故事。锣鼓咚锵，墨玉碎作金石之声，阳光从云层冲决而出，依稀河山郁闷。听着听着，恍惚间成了舞台上一人，是老生，九州皆在眼下，侯门深如海。长亭外，草木深深。想起陈与义《临江仙》：

> 忆昔午桥桥上饮，坐中多是豪英。长沟流月去无声。杏花疏影里，吹笛到天明。
>
> 二十余年如一梦，此身虽在堪惊。闲登小阁看新晴。古今多少事，渔唱起三更。

古今多少事，渔唱起三更。戏曲也是三更渔唱，得农闲之香。瓜子、板栗、花生炒熟的气息，磨粉、蒸糕、点豆腐的气息是农闲之香。深植于日常烟火人生的，不过一边柴米油盐酱醋茶，一边吹拉弹唱诗书画。

阅世一深，感悟也多了，风动窗竹的少年光景心心系念，挥之不去。越来越惦记野泉深涧、芒花山风的时光。记得一枚闲章印文，真是绝妙好辞：

我是个村郎，只合守篷窗、茅屋、梅花帐。

岁月倥偬，篷窗、茅屋、梅花帐像云彩一样飘逝而去，好在戏里有采采流水，有蓬蓬远春，有大道多崎，有平淡如水。旧时王谢堂前的燕子，停驻在寻常人家的房梁，怀揣依恋，藏着心绪，萦回传奇。

少年心性跳脱，喜欢那一幕幕跌宕一幕幕起伏。现今慢慢体会出戏如人生，别有洞天。管弦丝竹锣鼓，张灯结彩，暖暖的，最热闹最怀旧。戏之美，从来享受。时代变了，然芳草多绿，芳草多愁，心扉一遍遍洒下旧戏词，也算是清福。

旧古典的气韵与笔墨纸砚的清香渐渐稀薄，乡野间零零碎碎的片言只语，一不留心被风吹散了，幸有戏台陈年岁月的传奇慰情。人间万事消磨了还有个寄托，无忧无喜。

戏之色、戏之音，是古中国霜笼月罩的山水气韵。在遥远的旷野、陌生的街道、苍旧的戏楼中一次次走进戏之美。

听戏归来，满天星斗，《鸿门宴》《苏武牧羊》《文姬归汉》《水淹七军》《薛仁贵征东》《薛刚反唐》《杨家将》，一曲曲传奇是往昔的注脚、旧日的底色。月落乌啼时分有些寂寥，枯坐鸡声茅店，看见阶前冷霜满天，忽有所悟，心中一怔，那是戏里的气韵。

山风徐徐吹过耳畔，夜色笼罩大地，时光抹去所有悲欣恩仇。山河入梦，古事入梦。我等匆匆过客，岸边此生此世此情此景亦不过被命运之线牵扯而出，或者木然或者欣然。人生如梦，人生也如戏。

小生与老生

小生意思如词令，婉约近乎花间派。老生多慷慨，是唐人边塞诗。我在读边塞诗的时候喜欢上宋词，家国天下的风云气里有儿女情长，不是一味沉重，石缝里顶出一株野草。我在读宋词的年纪喜欢上边塞诗，小桥流水人家底色隐隐大漠孤烟，情绪的纤毫自井口探头开出一小花。我在读宋词的时候也喜欢宋慈，那本《洗冤集录》一翻再翻。

南宋后，《洗冤集录》成为官府尸伤检验蓝本，各代定为刑事检验之准则。宋慈文字简练之极，我称其为刽子手笔法，抽刀出鞘，人头落地，可谓出招如风。

小生每每有冤屈，中国戏差不多是一曲曲洗冤集。小生坎坷，佳人倾心，其中跌宕无数，最终是洗去冤屈，落个花好月圆和和美美。祝寿、得子、祈福、乔迁、婚配、高升，需要花好月圆的点缀。悲剧于是困蹇。

《红楼梦》中清虚观打醮，贾珍占卜出戏，头一本《白蛇记》，第二本《满床笏》。贾母笑道："这倒是第二本上？也罢了。神佛要这样，也只得罢了。"又问第三本，贾珍道："第三本是《南柯梦》。"贾母听了便不言语。中有隐情，少了满堂富贵，老怀不开。

小生有袍带小生、扇子生、翎子生、穷生、娃娃生、纱帽生等。即便武小生也不能带杀气，不可粗野，不可带稚气，要在英气与文气之间徘徊。小生难在生熟，老生难在老辣，不动声色中洞若观火。

每每听小生，仿佛春光里鹦鹉正在歌唱，杨柳掩映着水中楼台，青山雅士飘然而至，共饮清酒慰人情怀。

小生之韵在幽静风流在沉着绮丽。况味是海风送碧云，明月映沙洲。司空图说沉着如独步徐行，时闻鸟声。又像绿林中深藏着朴陋的小屋，一抹斜晖余照，越发天朗气清。又说绮丽如金杯斟满美酒，更有琴音素雅。像水边消散的晨雾，红杏点燃树林，月光照着华美的楼榭，绿荫里隐现瑰丽的桥影。

老生之韵在庄严，又得精神劲健。每每听老生，王帽老生、袍带老生、褶子老生、靠把老生、箭鳖老生，皆坦荡如天空，气势似长虹，又像巫峡高耸万丈，飞云伴随轻风。老生那种成熟豪迈之气，令人神往，真如陈酒老姜。看过几场老生戏，舞台上廉颇、黄忠、赵云、杨业，烈士暮年，威风凛凛，却无凌人之感，又醇又厚，是圆熟自然的高华。

小生之好在色，神采奕奕，穷生也不失读书人的风神，三分迂气里骨气在焉志气在焉。老生之好在声，隐隐的春雷，在天际又仿佛自地底而生。

人人的心里都住过一个小生。忘不了那一个个在江南、塞北、京城落魄的小生，载人生酸苦咸辣之味，迎风冒雪，奔赴未卜的前程。

小生是春夏之交的花木，老生却是秋冬天掉了树叶的枯树。枯而不萎，骨子里依旧欣欣向荣。有年在太湖西山明月湾闲逛，见一千年老树，半枯半荣，高过屋顶，立在村口。总觉得那树像老生，而且是谭派老生。谭派老生气势高亢又婉转多姿，硬朗古简如炒蚕豆。

祖父生前听戏，唯好老生，常听三国戏，亦好炒蚕豆。六十多岁牙口劲道，饮食以软欺软，以硬碰硬，软硬通吃。

花　旦

游刃有余，舞台曲终人不见。

得意忘形，戏词江上数峰青。

曲终人不见，人见的是生旦净末丑。听戏文掉泪，替古人担忧，这是大境界，戏人的大境界。只有游刃有余了，才能得意忘形，丢开本性忘记原形。江山易改本性难移，戏人移的却是本性。戏之道亦如蜀之道，噫吁嚱，危乎高哉，难于上青天。

我不曾得意忘形，但有过得意罔象。道家说罔象为虚无之象，出神忘我。作文之际得意罔象。作文与作戏异曲同工否？

戏之美，无非声腔。明人罗懋登《西洋记》演义说："你这等性如火爆，常言道，有理不在高声。"有理不在声高，有戏更不在高声。花旦之美，美在其性如火之焰，美在声腔之气若游丝。元人有散曲俨若戏文注脚：

平生不会相思，才会相思，便害相思。身似浮云，心如飞絮，气若游丝。空一缕余香在此，盼千金游子何之。证候来时，正是何时？灯半昏时，月半明时。

身似浮云，心如飞絮，气若游丝。我以为说的就是花旦。

娉娉袅袅走出来，仿佛一片闲云一片飞絮，那声音如绸如丝，游离、漫漶、松软，淡淡的潮气，有暮春雨天的气息。

青衣抱朴见素，花旦之美花团锦簇。一个端庄娴静，一个天真烂漫、活泼泼辣多一些。美不过青衣，俏不过花旦。青衣是静如处子，花旦则动如脱兔。青衣是一盏清茶，花旦如三杯薄酒。薄酒下肚，醉里风情来了，宛然潇洒，因为醉意来了，又觉得丰艳。古书里常有丰艳的花旦。司马相如之东邻，有一女子，云发丰艳，蛾眉皓齿。南朝刘敬叔笔下有一带青伞的女子，年可十六七，姿容丰艳，通身紫衣。

花旦纤秾。像闪动的流水鲜明耀眼，无边阳春繁花烂漫，幽静山谷走出一美人，碧桃花满树争艳，随风摇曳在水边。柳荫掩映，小路弯弯，群莺软语，接连不断。

晚清笔记中录有男旦事，说那人宛转如意，姿首清洒而意趣秾郁，如茉莉花。每当夏夜，湘帘不卷，碧纱四垂，柳梢晴碧，捧出圆月……更携有小蒲葵扇子，着西洋夏布衫，就曲栏花下设麋鹿竹小榻，八尺红藤簟，开奁对镜，重理晚妆，以豆青瓷盒装茉莉蕊，攒结大蝴蝶两支，次第安戴鬓旁……补插鱼子兰一丛，乌云堆雪，微掺金粟。

须眉之身，情状怡人，比女性更妩媚。翩翩君子作娇滴滴女儿态，难得羞了百花，醉了春风，迷了蜂蝶，痴了岁月。此情此景，何止是梦，也是雾，像李商隐的无题诗。李商隐的诗意在明清之后的戏台上再生，艺之道兔起鹘落，自古藕断丝连。

所谓繁花似锦，花旦门类甚多，有闺门旦、玩笑旦、泼辣旦、刺杀旦……

看花旦每每恍惚，每每惆怅。那些个美好，所有鎏金般年月慢慢湮没于尘世，永不再来。雾里看花，梦里看花，花旦之美如雾如梦。花非花，雾非雾，夜半来，天明去。来如春梦几多时，去似朝云无觅处。况味如此，如此佳妙，妙不可言。

刀马旦

一个女人，在舞台中央顾盼自若，抬刀带马，周遭的人仆地又起来，起来又仆地。大红毯子铺在楼板上，脚步轻盈飘逸，如风行水上。万种风情，千般滋味，像流水一样淌进双眼。她是刀马旦。

刀马旦者，不过人生如戏。人生如戏，一场场世事大梦。曾经取过一个笔名叫刀马旦，我喜欢这三个字的排列，蕴藏一股旧气盈纸斜行，有种斑驳美，像月下美人，也像夏天正午的树影。美人是旧时月色了，而树之不存，影将安在？寂寞的人在空山徘徊。

刀马旦的笔名让文章多了一段旧时风月。近来写作常常怀旧，怀旧以憧憬为底色，同时笔涉风月。血肉之躯里藏了一颗好色之心，好文字之色。墨分五色，文章之色何止五种。

声色犬马，声居其首，我却最后才体会出它的好。声要仔细玩味，境界不到，玩不了味更玩不了物，只能玩乐，甚至玩山玩水都不行。声色犬马，色排第二，世间好色之徒，多好皮囊之色。色分多种，皮囊之神皮囊之态更堪玩味。

刀马旦之美在神在态，虞姬的面孔，穆桂英的面孔，樊梨花的面孔，扈三娘的面孔……一个个英姿飒爽的面孔慢慢浮现，须臾，走远消失。一切水落石出，历史退回去，蜷缩在一个模糊朦胧的暗角。只剩下刀马旦在舞台中央，穿蟒扎靠，念着说着，身后斑斓的锦鸡长毛翎子如四月桃花般艳丽。

桃花开在枝头，或者含苞待放或者灼灼其华。刀马旦浸在铜锣与皮鼓里，顶盔贯甲，潇洒地甩起衣袖，丹凤眼斜挑，柳叶眉轻扬，红唇粉脸里装有说不尽的金戈铁马，大靠戏服中藏着看不完的刀光剑影。花枪的红缨抖落一团团红霞，翻滚、泼辣、凌厉，更有鲜活的神秘，更具有汪洋肆意的大美。大美不言，大音希声。刀马旦在静立时兀自有种气势，一身豪壮怀抱沧桑，疲乏抑或无奈，男子气的女儿身是点缀沙场的一抹绯红。

刀和马一起组成金戈铁马。刀的刃口，马的铁蹄，是一帧历史册页，也是一部传奇长卷。历史往往演义成传奇，从高头典籍的黑字里转化而出，流连市井，幻作后世舞台的一场好戏，交织着邂逅在刀马旦身上。

舞台锣鼓喧天，刀马旦美艳登场，刀寒剑冷的故事涂上一抹瑰丽的暖色。华丽明亮的唱腔隐约传来，有点热闹喧嚣，有些清寂空灵，更有属于现世的欢乐。那样的氛围，身在其中，让人满心欢喜。台下掌声雷动，窗外暗夜如同昨天案头研开的浓墨。一个末代王朝的背影，一个乱世王朝的芳魂，在灯火下恍成一曲高歌，恍成一幕隔帘花影的雅韵。

刀和马，刀客与马贼。刀是静的，马是动的，刀客静若处子有侠气，马贼动如脱兔打家劫舍有匪气。

刀客马贼都是往昔的事了。往昔的事情，最让人惦记。

时过境迁，刀马旦的笔名我早已弃之不用，成为写作人生的一截如戏插曲。插曲的刀马旦是过场的刀马旦，回忆的刀马旦，幻觉的刀马旦。她贴在年少时的木窗上粉墨登场，微笑，豪情，悲壮。京胡、月琴、弦子、单皮鼓、大锣、小锣，交织如雨，一切悄悄谢幕……

青　衣

忘不了许多年前的那个晚上，暗淡的客堂里，一个人独坐深夜。黑白电视机的图像于眼前闪动，虚无在雪花点里。有个女人走来走去，咿咿呀呀唱着什么，虽不能懂，但可以体会那悲切的剧情。

戏曲舞台上，悲切的通常是青衣。青衣的名字很好听，像轻灵的小鸟，像一片飘浮的白云。“青衣”二字，柔嫩嫩唤出来，发音轻得不能再轻，舍不得似的从容道来，像她们着一身青素褶子裙缓步出场。

西晋孝怀帝，被刘聪所俘，宴会时身穿青衣给宾客斟酒，遭人摆布，受尽侮辱。山河破碎几多恨，青衣行酒皆是愁。舞台上许多青衣的身世也与此类似，被命运捉弄，燃尽生命之灯，最后只剩浅浅的一窝泪水。

戏楼风冷，油灯下青衣身影修长。

京胡苍凉，舞台上女声腔调疏朗。

舞台的悲切冲淡了现实的疲乏，戏曲的力量喷薄而出。

曾经看过一出好戏。记得是冬天，太阳慢慢向西天斜斜归隐，剧场的宫灯渐渐昏黄，是蜡黄、焦黄、枯黄，像老南瓜的颜色，又像秋天熟透的橘皮，空气似乎飘浮着黏稠的汁液。

不知坐了多久，蓦地，清越的京胡声劈面响起，锣鼓铿锵。青衣一袭花边青衫褶子裙，甩起长长的白色水袖，站在幕布后面，凝视琴师，流水般唱出声调。唱腔婉转温柔，细而慢，像远方迤逦而至的溪水。千般柔媚，万种风情，让人忘了尘事，换了心肠。

缓缓碎步而出的青衣，目光迷离，像踩着松软的云朵走向前来。时间猛然静止了，空气积滞，连挥手、眨眼这样的小动作也变得凝重。回响在剧场的声音像阴雨天玻璃窗上的漫漫水帘，有种魔力，撩拨得人心旌神摇。端坐那里，感觉却有假象的移动。似乎穿行迷宫或者信步园林，前一步是山色葱茏，退一步有湖水清清。一时在牡丹亭中流连，一时在西厢房内望月，恍惚、迷幻，惊醒了桃花扇底的红楼梦。

莲步生情，水袖生风，兰花指优雅伸展。蛾眉微蹙，回眸一笑，舒缓，动人，像寒霜下的三秋老树，又像冷月下的一枝梅花，火气尽退，丝丝清凉的气息迎面而来。青衣舞动着身子，一个穿越时空的幽魂在眼前盛开。

青衣冲淡。像幽独高飞的白鹤，景况如春风响动翠竹，轻抚素衣。青衣的美，像是一幅画，意境是春风骀荡的恬美。别具一种诗意，有一种凄清之美。

台下人静静地听，静静地看，竟生出无尽的悲凉。琴声呜咽，如有明月高悬，黑压压的人群霎时消失，忽然品出了许多宿命与苍凉，进入风雨苍黄之境——只身打马走过此岸此生此世，无能为力又一身浩气。

曲终音散，离散的不是戏人不是归客，是曲终人尽的年华，是支离破碎的岁月。繁华处惊梦，一时怅惘。最怕怅惘却又怅惘，最是怅惘缱绻动人。

净

冬天，穿着厚厚的棉袄，坐在露天里，一抹帽子，湿津津一头雾水。那番景象，此去经年，记忆犹新。夏天，水稻开花了，青蛙在池塘乱叫，戏文也像露水浸过一般，带着湿润的气息，淌进台下人的眼眸。

难忘那些听戏的时光，更难忘记那些舒朗的唱词。

花脸亮相时双手过顶，似举千斤，五指岔开，形如虎爪，用滚喉喑呜叱咤，辅以顿足，粗犷激越。紧密锣鼓中，幕里大叫一声：“好酒！”一个神态豪迈、气宇轩昂的花脸跌跌撞撞大踏步出台，袍袖一挥，几句西皮散板如春雷轰动。

戏曲舞台上，婉约佳人，济世儒士，跳梁小丑，误国蠢贼，风尘奇侠，你方唱罢我登场。一曲戏里有芸芸众生的世间况味。

生旦净末丑，酸甜苦辣咸。老生的髯口安闲沉稳，青衣的戏服楚楚动人，丑角的扮相滑稽调笑，武旦的花枪凌厉泼辣，花脸的面装粗犷雄浑……

花脸是净角通俗的说法，花开于脸，脸上开花。面部涂抹得青一块、紫一块、白一块、红一块、黑一块、绿一块，却偏偏称之为净。“净角”像内藏机锋的禅语，“花脸”是直来直去的白话。

花脸的脸谱五彩斑斓，黑脸、老脸、奸白脸、铜锤花脸、架子花脸，一张花脸，就是一曲好戏。勇猛胆大，老奸巨猾，诙谐纯真，刚直不阿，通过颜色，通过线条，基本可以让人区分开来。

我收存有几张脸谱面具，独特的图案和浓烈的色彩，传达无声的旧戏之腔。偶尔取出来戴上，俨然踏上了绚烂的舞台，耳畔顿时锣鼓喧天。

脸谱大红大绿，笔触豪放，想象丰富，构图夸张，从简朴之味走向豪华之气。浓烈、喧闹、安静，又传统又民间，又朴素又诡异，给人以辟邪和光亮。不仅代表一种角色，一种性格，更暗扣了人物的命运，豪放、鲁莽、憨厚，尽在脸上，更有戏里的复杂诡秘与戏外的跌宕起伏。

十四五岁时，我在村里的庙会上扮演猖神，画过一次花脸。路过人家的镜子，匆忙瞟一眼，仿佛陌生人，不知镜中人是谁。

晋剧、秦腔、豫剧中也有花脸，几乎所有剧种都有花脸。我喜欢的还是京剧花脸，觉得有更浓的韵味。京剧花脸着色炽热明丽，鲜艳不失温和，线条神采飞扬，有些男人女性化的味道，有旦角之妩媚，又有净行的壮美。

少年听戏，是寻乐趣、凑热闹。青年听戏，情有余而闲不足。中年听戏，情可浓可淡，味似寡犹鲜，心底添了闲情，戏也听得真切。到了老年，戏，变成了口头的一道谈资。

常不舍，是逝去岁月的剧场。离散戏越来越近，月亮越发明润了，皎洁抖擞。夜色被月色消融，身体被剧情消融，剧情被演员消融。剧情越陷越深，无数睁大的眼睛，一只小黑猫悄悄爬上童年的肩膀。花脸张开嘴，拧眉立目，抡着板斧，拖长了调子，神定气足，舌头搅动着如狮子吼一般，哇呀呀哇呀呀哇呀呀哇呀呀呀呀呀呀呀呀呀呀呀呀呀呀呀呀呀呀……

丑

莫名地，情绪不高，懒得说话，懒得读书，懒得写字，懒得作文，懒懒散散，突然想去看一场戏。

耳目声色之好，其间有一种柔和的情调让人忘记柴米油盐。人生在世，需要一些高于饮食男女的风致。刍豢口欲之味固然大好，也偶要神游于肉身之外。衣食是本，莫日莫夜拘囿其中，未免太闷。衣食其中，移离其外，日子才有生趣。

我喜欢丑角，插科打诨，嬉笑怒骂，给舞台增添了明亮的色彩。丑角是氛围，氛围有了，喜气也就有了。丑角以喜气游戏人间。

人立世间，少不得有一些内忧外患。长安米贵，居之不易。人生是三劫四劫过的，并无坦途。生命要有乐气喜气，自寻欢喜于是自在欢喜。

生命以哭向笑，由笑转闹，因闹变得无所顾忌。悲中取乐，彻底勘破冷嘲与热讽，在舞台上横戳出一道邪姿，独步梨园，丑之一角有大欢喜，这是人生的大境界。

丑，是竹外一枝斜更好。不是仙风道骨的神圣，不是一身肃容的高官，不是娉婷袅袅的仕女，但丑里有人性有市井。

戏曲风雅，丑角疯雅。真是疯雅的，疯中带雅，雅中带疯。丑一色，凝聚了中国文化对生命的态度。丑更接近老庄的无为，无为中藏着有为。

蟒袍宽幅，敦厚儒雅，疾恶如仇，有现实之外的亲切，到底疯癫痴狂更畅快。丑是大餐里的猛料，膏腴中的素食。把戏演得又老又丑，骨子里何其沉重。

春夏秋冬差不多可以对应生旦净丑。春天是旦，夏天是丑，秋天是净，冬天是生，四种面孔有四季性。如果把旦认作娴静，生则是儒雅，净老成持重，丑花里胡哨。丑的表演，脱下一身束缚，变得随心所欲。

但凡好戏，内容绝不会一成不变。好戏是丰富的，一会儿书香世代，一会儿耕种传家。一会儿寒窗苦读，一会儿金榜题名。一会儿钟鸣鼎食，一会儿对泣牛衣。一会儿金戈铁马，一会儿歌舞升平。一会儿巍巍庙堂，一会儿草泽大荒。一会儿仰天大笑，一会儿忧心如焚。一会儿斯文优雅，一会儿笑料百出。为了皆大欢喜，舞台上离不开丑角热闹的一笔挥洒。

有一天，我看见白鼻子的丑从楼台上纵身而下，也不卸装，穿着戏服走街过巷，来到三岔口的酒楼，潇洒地高声对老板说：

拿酒来！

选自《上海文学》2020 年第 3 期

寻 觅

杨际岚

和一群文友沿着千余公里滇缅公路，驰车数小时，犹如穿越岁月风尘，重温当年南侨机工的壮举：在日寇无休止的狂轰滥炸下，1000多辆卡车夜以继日运送枪炮、炸药、汽油、医疗物资等，3年间向抗日战场输送了约50万吨军需物资。南侨机工以血肉之躯护卫着抗战生命线！

在纪念抗日战争胜利75周年的时刻，我们回到历史现场，追寻历史——

1939年2月，一则紧急通告在东南亚各国迅速传播："本总会顷接祖国电，委征募汽车之修理人员及司机人员回国服务，凡吾侨具此技能之一，志愿回国以尽其国民天职者，可向各处华侨筹赈会或分支各会接洽……"通告由陈嘉庚带领下的"南洋华侨筹赈祖国难民总会"发出。通告中，"事关祖国复兴大业，逼切需要，望各界侨胞侨领，深切注意办理是要"，这些带有灼热情感的语句，是祖国对身处异国他乡的儿女发出的深情呼唤。

数月间，3200多名南侨机工陆续回国，各地华侨、华人潮涌般地前去欢送。马来西亚槟城码头的栈桥曾被送别人群踩断，以致有些人掉进海里。

那年5月19日，马来西亚一份中文报纸刊登了《白雪娇的一封信》。我最初接触的资料里，这封信件只有掐头去尾的几句话："家是我所恋的，双亲弟妹是我所爱的。但是破碎的祖国，更是我所怀念热爱的……"在华侨青年教师白雪娇启程回国的第二天见报。后继续寻找有关资料，使得这封信在我眼前完整起来。如后面还有这么一段："所以虽然几次的犹疑踌躇，到底我是怀着悲伤的情绪，含着辛酸的眼泪踏上征途了……我的力量简直是够不上'沧海一粟'，可是集天下的水滴而汇成大洋。我希望我能在救亡的汪流中，竭我'一滴'之微力。”信中另有一段：“亲爱的父母亲，别了，现在什么也不能阻挠我投笔从戎了。我深恐突然提出这意思，母亲一定是会激动而流泪的。我虽然是立志报国，为了这天生感动的弱质，或许是会被私情克服的。所以为补救这劣（弱）点，只得硬着心肠，瞒着你们，走了。”“立志报国”的，是白雪娇；“怀着悲伤的情绪”“含着辛酸的眼泪”，也是白雪娇。直到启程前，父亲才知晓内情，他连奔带跑赶往码头，父女相对无言，静静坐着。时间过得太慢，几个时辰，两人不声不吭；也过得飞快，一晃女儿就此别过，出远门了！

抗战胜利后，白雪娇回到槟城父母身边，在当地华文学校当校长。后被殖民当局指控为来自中国的嫌疑分子而被关禁闭，并于1951年被驱逐出境。经过七天七夜海上漂泊，她回到祖国，在广州高校工作。2014年，她在广州病逝。按其叮嘱，不开追悼会，骨灰撒在大海。早年回国时，白雪娇化名“施夏圭”，意为“私下归”。这些年，随着南侨机工渐渐回到世人的视线，白雪娇也终于不再“私下归”了。

李月美同是槟城女杰。她最初报名时，因是女性而被拒。想起在华侨学校读到的木兰从军的故事，她便女扮男装，终于报名成功。1940年，她在滇缅公路执行任务时，发生车祸，身负重伤。幸得南侨机工车队战友的救助，被送往医院。此时，大家始知其女儿身份。参与救助的南侨机工杨维铨，还在医院对她照顾有加。后两人喜结良缘，传为战地佳话。何香凝女士为此题写“巾帼英雄”，嘉勉李月美。周总理有一次出访，李作为华侨代表参加座谈会，听了她当年参与抗战的介绍之后，周总理连连称赞：“巾帼英雄！”

1942年，日寇切断滇缅路交通后，当局对机工“遣散处理”，一部分参军成为运输兵，一部分留在沿线村庄，很多人流离失所，浪迹昆明街头。抗战胜利后，机工“复员”无路。陈嘉庚几次致函国民政府，“运返少数机工，在政府系力所能及之事，并非挟泰山而超北海，端在肯与不肯耳”。经多方努力，1000多名机工终于“复员”。

3000多名壮士，三分之一因战火、车祸和疾病为国捐躯，三分之一“复员”

回到南洋，三分之一留在国内。

依然是那码头，依然是那槟城，一别数年，恍如隔世。

如今，我们来到槟城。码头、海滨、游人。天蓝蓝，万里晴空。海蓝蓝，一望无垠。过往踪迹，似乎杳然无痕。

升旗山下，矗立着槟榔屿华侨抗战殉职机工暨罹难同胞纪念碑，一片静穆。唯有阳光，亮晃晃。心里默念：英雄！同胞！我们，从万里之外，来看你们来了！

纪念碑，一面是“浩气长存”，另一面是“忠灵不朽”。不由揣想，对于逝者，生者的心里也应该立一座纪念碑，一面镌刻“正义”，在另一面镌刻“良知”。寻访“失联”机工，更要寻觅那曾经“失联”的正义和良知。

选自《解放日报》2020 年 8 月 30 日

汉语匣子

闫文盛

小　说

将我生命中的无穷幻想写成小说，为思考的点滴找一个漏水的竹筐，让事物不要用力地聚集，让它们自由地渗透；只要找到它们藕断丝连的部分就可以了，甚至不需要完整而清脆的逻辑性，不需要朗读出声而只要内在的吟诵；在写作之时，只要将万物清空就可以了，让空气、水分和草木自由地流入，甚至不需要编织句子而只要捕捉心律的起伏就可以了；甚至不需要领略魔法而只要做一个精神抖擞神经清明无序的讲述者就可以了；甚至不需要使用语言而只要“脑洞大开”（接应自我的局限、脆弱和残缺）就可以了。要将我们生命中的无穷幻想视之为小说的材料吗？不，只要洞悉自由的实质（自我的姑息、囚禁与破坏）就可以了！

人生的结构

诗人的命运本身就是一部很好的诗章。不需要任何粉饰，不需要添油加醋。不需要任何同情心，只是以其“命运感”慨然以对众生？历史的云层烟火错落，说不尽的因循味道。

想起人生的结构来了，因循的味道仍然很重。那么，我们是在重蹈前人的旧路？我们是在苦居？苦苦居？说不尽的人生的因循味道。多少次，是在这样晚日阴沉的古渡。多少次，我们闷头赶路，没有《橘颂》，没有美目盼兮。没有结构问题？

但我还是想起人生的大体结构来了。文学的嘲讽正是我们争之不得的部分。那些落魄的，沧桑的事物正是我们无尽的需索。关于死亡的想象正是我们的命运？我们以自己毕生的赶路迈向这一终途……没有哭泣和剩余的事物。没有结构本身？

但我们还是在无尽地需索。我们通览过人间万象，因此不需要任何粉饰，我们只是自己命运的连环。它在我们的路经之地扎下了随时起拔的军营。

浊物：风格即是祭献的赞辞

世间苍苍，人语可闻。我们都是浊物。是的，人何其小焉，然而也可居于一隅：已经居于一隅。因此，吾心梦寐，“捕捉的都是人的情绪”。毕竟是人的情绪：“生活了一生”的慎重。

夜色仍漆漆，梦境亦苍苍。然而我们，仍是浊物：所见都是“梦中杀人事件”。所见事件都是梦中杀人？我们自然都是浊物。这是不刺眼，不必要的重复？酣睡如雷的夜晚。身在佛国穹苍：天之苍苍，佛的棱柱。

梦境已经远了。随之远了的已是岁月。仿佛自我置身岁月之外，总是保有灵魂出神（出窍）的一刻。生活想都不想，风随季节而来的吹动？想都不想。毕竟衣可蔽体。毕竟已发展到了文明的一刻：梦中罪恶？想都不想。

佛国穹苍，如此容纳我们梦中的遗失，罪恶，使广大的苟活遍及世间。仍是苟活吗？一切都没有更改。或者竟没有任何遗失。毕竟是被活着的幻觉裹挟而去。毕竟是夜色漆漆：仍是夜色漆漆吗？我们活着而没有任何幻觉。被一种生存风格裹挟而去。我们只是风的对象，风的吹动，风的倚重！

我想对我的人生集中修饰

妈妈，我想对我的人生集中修饰一番。妈妈，我人生的破败太多，我想让你重新把我生一次。天地可以重新回炉吗？我想你该拥有斡旋天地的手，你该是我人生迷局中的神。我想在你的脆弱里变成一根竹笋。你该知道事物的空。我的四岁、四十岁的感觉是温暖的？妈妈……秋空如此明亮。天色是空旷、柔软的？

但是，风一直在吹。它是“泥泞的赞颂”。我想在我的卑微里重新生一次。这样，我就可以看到竹笋的空。这个世界上，没有人会知道你脆弱和坚韧的深度。他们不会理解你的皱纹在人世里的纵横。妈妈，我多想听你亲口讲出你的忧愁……秋空如此明亮，如薄脆的杯子。

秋空是明亮、柔软的？但泥泞是柔软的。我的诗歌中再也容不下大漠风沙了，我的骆驼刺是柔软的。你的爱是柔软的、脆薄的杯子？我在离开故土的时候一点一滴地想起你。你的六十多年岁月，是柔软的（坚韧、带刺的柔软）！妈妈，我想把我的人生集中修饰一番。我人生的破败太多，四十年了，我想让你重新把我生一次。你能重新赐我以生命吗？妈妈，这人世里最暴烈的风沙也该是柔软的！

包　容

总须有一个居所，可以包容我们的骨骼。但是，总是没有。只有一个外在的躯壳笼罩我们。只有秋色微亮笼罩我们。只有天底下孤零零一个荒村，一个荒芜、闲散的居所？笼罩我们。是生活的幻觉笼罩我们。是绿色巨石笼罩我们。饿夫。征人泪？笼罩我们。总须有一个居所，但是它总会残破，总会失却，坍塌，孤苦无告？笼罩我们！是的，居所是温暖的，但是它孤苦无告，但它总是温暖的。妈妈，居所总是温暖的……它一点一滴地，深情地（无视地）笼罩我们?!

选自《四川文学》2019年第9期

断章短笺

钱红莉

1. 话剧《一双眼睛两条河》里，一对男女相遇了，但他们各自有家庭，所以就是在文学艺术里拥抱一会儿，最终还是要回到各自的生活里去。排戏时，另一位导演不想像剧本安排的那样让他们拥抱，他觉得要维持那样一个朦胧感。老爷子激动了，说："一定要拥抱，他们是人啊！他们是人啊！"这里的"老爷子"是童道明先生。那天，不经意看见这一段，瞬间湿了眼睛。童先生始终散发着人的气息，老派的，古旧的，他的言语，让我领略着孤欢之美。

2. 重读孙犁。写到第二次婚姻，字里行间有怨气。当年，提笔之际，尚未放下。平静，才是生命的最好状态，棱角收起，如风行溪畔，幼鹿就水。

3. 张爱玲的《小团圆》，看着心惊，一个人对自己为何那么狠，拿刀一点点地刮自己的血肉，仿佛看见她在高处对着自己哂笑不已。

4. 人漫长的一生，都在仰仗童年的滋养。夏日黄昏，暮色雾一样弥漫，虫声密集，空气里尽是植物的甜味。我们小孩子洗完澡，搽上痱子粉，躺在星空下的竹榻上，大人一边摇着蒲扇，一边谈闲白（聊天）。星星好亮，一闪腰的工夫，沉沉睡去……夜深，攀着大人的双肩回家，没做什么梦，天就亮了。

5.《G 小调大提琴奏鸣曲》，分别有贝多芬、肖邦、拉赫玛尼诺夫、勃拉姆斯等版本。只有勃拉姆斯的音符可以将一个人慢慢推至孤欢、孤勇的境地。柔软，宁静，一寸，一寸。这世间，除了水，除了婴儿，还有什么是柔软的呢？

6. 心里无事，人到一定境界，可以做到。好事不如无，人穷其一生，怕也不及了。人如何超越得了悲喜？

7. 听拉赫玛尼诺夫《帕格尼尼狂想曲》，他的伟大，在于节制而广阔，深情又细淡……柴可夫斯基比他更为热烈。这两颗俄罗斯的明星，可令一个置身粗粝环境的人一往情深地活下去。

8. 又到梅雨季，风把阳台上细条纹衬衫吹得飘起，雨丝绵密，犹如日子在原地打转。惆怅日甚，唯有栀子花的香气，是一份无言陪伴。

9. 白兰，栀子，将开未开，刚刚好。茶斟半盏，酒饮微醺，人与人间情意，适时放下，常常想起，不逾矩……生命里任何事，不求全不求满。甚至，错失比得到更令人心安。

10. 读台湾一学者书，朴素里隐藏着雍容典雅，淡而有味，古典文学底子深厚，谦卑知耻。不像某类人的书总是浮了一层，不懂得反省，一副被豢养之优越愚蠢姿态。

11. 读《苏东坡传》。苏之伟大，不仅仅在于他诗、书、画方面的才华，还有他的人格、心性。始终天真，至死纯粹。现今某些文人，诗文平庸，暂不论，只那样满嘴空话套话官话，让人背脊发冷。曾盯着一个人假话连篇达五六分钟之久，惊得坐不住，下决心一定离此人远点儿。

12. 保持对世界的好奇心（纯粹），拥有精神生活（我执），则永远不老。白发或日渐懈怠的身体，算不了什么。

13. 做一条瓠子吃。一见瓠子，就会想起老家正值插秧时节。碧绿的秧把子高高抛起，落到镜子一样的水田，咔嚓一声。布谷鸟在天上叫，地上的大人们一边插秧一边说笑，人世何等温馨……如今忆及，方觉童年的日子珍贵。

14.《梦溪笔谈》未读完，沈括啰唆。也不尽是，我没有那么好的耐力。

15.《聊斋志异》，临睡前读，会做噩梦。某篇，讲一个人夜投某寺，房梁上都盘着蛇。过后第二天吃午饭，碗里有鸡脖子一样的食物，一节一节的。一问，方知是蛇。至枯井前，揭开盖子，都养着蛇。对于和尚的讽刺，没有比蒲松龄更狠的。

16. 外面好敞亮，鸟鸣于前后窗起伏，内心荒疏，只若干顽石横陈。应学学倪云林，叫仆人泼点水，催点青苔也好。

17. 几十本汪曾祺，反反复复，半年之久。隽永，从容，恬淡……均概括不了他。汪的文字是在一种深广而虚空的静中培养出来的。

18. 好久没听阿巴多指挥的拉赫玛尼诺夫第二钢琴协奏曲了。今天又听，仿佛窗外大雪纷飞，上下一白，天地茫茫，凛冽，豁然，雍容，甚至自己的肉身，似有着从头再来的铺陈。一次次，平凡的我们都是在阅读和倾听中脱胎换骨的。书籍与音乐，是一个人精神上的两根拐杖……

19. 每年夏天菱角上市，都要构思一个小说，讲一个十七八的姑娘，挑一担红菱进城……可是不知安排什么事情让她去历经，只是每年在心里面那么一荡而已。前几天，司空山下遇见一年轻僧人，他穿长长灰袍的模样，令人惊动，分明有鹿照水的清寒。好想与他照张相片，沾沾静气，又恐造次，作罢。他一直往山上走，宽大灰袍一角被山风吹得卷起，又是一惊。不知他可晓得，一直有人目送他高挑精瘦的背影……在文章里又起了意，说往后一定要写一个《受戒》那样的小说纪念他。我知道，肯定无以动笔了，也不过是在心间那么一荡。世间有许多美的东西，比如奇异的才华，高洁的品质，老玉一样的溪水，千年的石桥，都是令人心动的。

20. 起早，去菜市路边摊，买老人种出的有机菜。一眼认得，青叶苋、西红柿、毛豆、豆角、黄瓜、丝瓜……它们长得不太好看，但滋味一等一。买了山芋梗，回家撕皮，用沈从文的话讲，要“耐烦”。拍几瓣蒜，炝锅，爆炒，堪比海天盛宴。

21. 夜宿陵阳，一梦初醒，天黑如墨，山风盈窗。忽闻布谷声声……由远及近，复向远而去。俄顷，迂回复来，如溪声不绝，叫人暂时忘却失眠痛苦，直与天地同在。

22. 骑车经过天鹅湖路，闻见含笑的甜香气，下意识咂咂嘴巴，好像真的吃到了一口冰激凌，清新，甘甜，牛乳香丝丝缕缕，精神上一激灵。雨后的樟树花也好闻，甜丝丝的。若夜里散步，经过长长的樟树林，被这样的香气包围，都会狠狠劝自己，一定要好好生活啊……

23. 车过赤壁，内心一荡……灯火微茫中，好想写封信给子瞻兄。

24. 春分日，在广西贺州黄姚古镇，赠我以青苔，白杜鹃，山泉水。老人挑着一担粪，走在春风里，山上的野杏开着细淡的花。

25. 女性诗人中，没有谁比蓝蓝的诗更让我的精神治愈——她说，心灵和语言在最好的时候是融为一体的。一些人只对词语有想象力，但对现实没有想象力。和冰冷的智力相比，我更信任温暖的心肠。除了心灵，不向别处觅诗。还有冯秋子的随笔，哪怕选本中的一篇，也不放过，她的精湛，克制，随性……令人心悸。

26. 下雪天，在火球里埋几粒蚕豆，“嘭”一声，蚕豆爆壳，将热灰顶起；或者埋几个荸荠，熟了掏出来，把皮撕了，滚烫地吃下去；烧早饭锅后，在热灰里埋一根山芋……这都是永不褪色的童年滋味。

27. 外出，被一位老师问：“你不管到哪里，什么也不记，看别人随时拿出本子和笔，记那么多，可写出来的照样平庸，怎么回事？”这就是感受力的问题。同样看见，听见，但，每个人的感受力千差万别。那位老师说：“那感受力就是天赋了？”实则，感受力并非天赋，它是一个人的综合能力，包含不停地积累能力，这里的积累也是你看过的书，经过的世……更重要的是，思考力。说白了，就是要从心而出。那么，感受力等于心力。

28. 喜欢听车轮碰触铁轨的声音，有些微金属之声，富于韵律，田畈远野急速后退，犹如飞机滑翔，给人飘飞欲仙的幻觉。过去是枕木，音频更加舒缓温软，让一颗心安定柔润下来。

29. 怀念绿皮车时代，每停一站，小贩背着当地土特产，热情揽客。过绍兴，说不定有臭豆腐，腌苋菜秆，茴香豆，酱鸭……缓慢，舒豁，诗意。当下，太过急速，工业化，鬼怪都不见一个，死寂而落寞，除了群山流水石桥，几无所有。

30. 夜读汪曾祺给西南联大老同学朱德熙的信，提到语言的艺术性、流动性……方恍然大悟，萧红《呼兰河传》的语言就是流动着的啊。沈从文的《边城》《湘行书简》莫不如此，以及汪曾祺自己的《受戒》《羊舍一夕》等，都是那么的透明清澈，一束束阳光直射河底，鹅卵石清晰毕现。活着的流动着的语言，才是一名书写者的基本功。

31. 每到仲秋假期，最想去乡下割晚稻。一身泥巴坐在田埂，被无边的暮色淹没……

32. 李商隐的意深，无人与之匹配。一个人至死都把文学搞得那么浓烈，少见。他仅仅活了45年，仿佛正燃烧着，忽然消逝了。一个吃馍的北方人，诗这么深情，真是叫我无以言。按道理，四言、五言境界应最高，李商隐硬是将七言写到了——水往高处流，黄河都断流。

33. 秋天适合出行、写诗……至陌生之地，“带着一双婴儿的眼，看什么都放光”（卞毓方语）。

34. 张新颖写沈从文，穆旦，萧珊，特别好。一丝一息，自史料中来，行文简淡，仿佛置身事外，可读起来，又那样深情。这便是中年之文了。

35. 凌晨醒来，爬起写稿。南窗洞开，秋风颇有凉意，草丛里的蛐蛐、油蛉们，车马喧嚣。秋意深了，年年如此，值得人间写一首首长诗……

36. 今晚的云好看。大风先把乌云一齐赶到西边，然后赶白云，白云不走，风一点点地扯，直至扯成稀巴烂，白云还不走。风恼了：你不走，我走。

37. 波格莱里奇是最懂勃拉姆斯广深的人。他的琴声，孤独，渺茫，荒荒漠漠，近了，远了，冷了，热了，消逝了。命运对一个人残酷，恰恰也是这个人的最大福报。有一种热爱，以北半球的漫天星辰，以一百亩红花草的蜂蜜，以一生的荣耀……也换不来。

38. 每一个书写者都是一个孤独的星体，有极寒面，也有极热面，如冬夏。中间地带最适宜，犹如每年的春秋，可惜短暂。

39. 贝多芬《三重协奏曲》把人心的沟壑悉数抚平，平如一匹宝蓝色绸缎，任微风、浓荫、花香和梦想驰骋……伟大的音乐是推土机，一直拓宽人的灵魂边界，使其无限地接近宁静。戈蒂埃的大提琴犹如森林万顷中透出的一束追光，把万物瞬间照亮。

40. 秋雨淅沥，与德沃夏克《第九交响曲》合拍——日子一寸寸，缓慢如河。忽然一阵急速乐章，鼓声隆隆——是小时候去镇上电影院，大铁门被打开，望着黑压压人头，心里焦急：快到我了吧，快到我了吧……雨一直下，单簧管终于奏出平和之音……我爱这一事无成的秋天。

41. 现实逼仄，配不上内心的成长，所以我们一边读书，一边自证。举凡一切精神活动，皆为“心证”。所谓“乾坤容我静，名利任人忙”。

42. 三联的“杜拉斯专题”，把我引向遥远的青春岁月。她的可贵，在于遵从内心，不对过往虚与委蛇，永远放肆而激情，让你领会“小我”的强大无匹……

43. 贝多芬《第九交响》无比广阔。用木心的话说，是贝多芬坐在莱茵河畔苦劝宇宙，叫宇宙不要这么冷酷…… 我听“贝九”，仿佛看见宇宙深处黑至发蓝的光芒，比《安魂曲》还要庄严。

44. 叶嘉莹先生说：“身处贫困卑贱之中，安分守己，不为外物所动；独处时有诗为伴，陶渊明、杜甫、苏东坡、辛弃疾，都在你的眼前……”阅读不仅仅使人具备内涵，简直是一次次重建小我。一个读书人，可以独自重建巍峨宫殿。

45. 柴可夫斯基是佛，他的《第一钢琴协奏曲》里那种闪亮足可度众生。贝多芬广阔，有时是宇宙，有时是普通人……复杂，痛苦，明媚，阴郁，绵长，应有尽有。他聋了，反而更加专注，谱出了宇宙秘密。

46. 久雨后，砖缝的青苔；大太阳下，蔷薇浅粉的花；午后，含笑甜蜜的香气……都是暮春值得留恋的。最动人的是苦楝开花，树巅一串串的紫，微微摇晃——象征着遥远的不可及的永不可得的美好。

47. 孙犁曾给朋友写信，劝道，与其开作品研讨会，不如回老家看看。又觉讲出来得罪人，那信没发出去。前阵，回了一趟老家，忽然想起这事——孙犁先生真是一名诤友啊。给自己开研讨会，是把一滴水吹成肥皂泡；回老家转转，是接地气。

48. 合肥这个维度的当下，垂丝海棠蓄势待发，紫叶李开花，犹如节俭的人年年翻出一件洗得发白的旧衬衫出来，也穿得春意闹闹的。垂柳在阳光里坐禅，越发有佛性。还是桃花好看，开成无限梦想……

49. 人得借助一点什么来拓宽精神边界。边界宽了，才谈得上敞开胸怀，接纳，包容……甚至听得见星空的低语。才会留意初春湖水的气息，枝头新绽的嫩芽。柳树一日浓似一日，微风吹拂，比油画还要浓重。孩子在倾泻的阳光里奔跑，大人把被絮抱到一楼的栏杆上晒起来……人在做着这些琐事时，心是开放的。

50. 汪曾祺骨子里有士大夫的气息，加上他的入世，即便反映在饮食文字里，也消了烟火气，我读到的尽是林下之气。孙犁、沈从文诸位，莫不如是。

51. 近日，读顾颉刚，非大部头历史，是随笔，讲民谣、《诗经》，虽枯淡累赘，但还是好，胜在语言，也顺便温习古文言。一遍不懂，回头再读，慢慢便懂了，会意了。

52. 在寒霜未尽的草地上走了一阵。与一只斑鸠对视良久，终于是我败阵。鸟类的定力远比人类强，后者有杂念沉疴，所以无法自由，勉强靠读书修饰内心。

53. 近半年，读百年前人的文字，对比当下的，后者对于汉字明显地粗鲁了。前人的有空间感，朴素，简洁，字到心到。如今大多作者的心一直缺席。再读魏晋时期的四言，更加开阔，字少情长。情是灵魂，比如“今我不乐，岁月如驰”，包含了许多未讲出的话。

54. 沈从文的《菜园》好，先种白菜，后种菊，革命的儿子媳妇死了。转眼，满圃秋菊成了别人的花园……自己在一根绸子上吊死。美而哀的一个短小说。如今的小说不能看，语言、境界，均不在场。

55. 贝多芬钢琴奏鸣曲系列，没有人弹得过巴伦博伊姆。他的《第一交响》第二乐章，仿佛一个人带着自己的枯骨回想他的青春——即便老了，都是第一次。

56. 雪止了，贝多芬《第五交响》听到第三乐章，心里很空。“乐无哀音”……

57. 书写就是在逼仄的黑洞里让灵魂起舞，不间断地给俗世中粗陋的自己送礼物……

58. 贝多芬《第六交响》适合冬天听。辽阔，幽静，澄澈，种子在地下萌芽，跟内心的成长一一对应。脚下草地枯黄，耳边寒风呼啸，一样有生机。“贝六”是一幅画，中国古画，通篇枯笔淡墨。最能体现中国画的是深冬残荷，大雪是宣纸，处处枯笔。无论“贝六”还是古画，时间静止，一瞬即永恒。

59. 张恨水的小品，简直犹之惠风，苒苒在衣。古人说冲淡为衣，大约就是这个样子的。连填报纸副刊缝隙的短文，也写得这么好，皖地真有人。

60. 听出“柴六”里有老柴的压抑与狂野，吓一大跳，过后便是平缓之境，溪水的阴影，山谷间的流云，木屋上空的炊烟，与“第一钢协”那样，舒缓舒缓再舒缓，仿佛呢喃……他有一颗怎样的心呢，装进去这么多不能装进去的好东西。

61. 拉赫玛尼诺夫的音乐把人带向旷野和雪原；马勒一次次让人听见教堂的钟声；勃拉姆斯总是让人回到内心，看见自己的局限……这个世界上，处处都是恃才行走而兴高采烈之人，使人加倍地孤独。

62. 读王羲之帖：不得执手，此恨何深。足下各自爱，数惠告。临书怅然。

二十个字，犹如宋人枯山水，流岚飞泉，如在目前。松下之风，肃然萧疏，转眼，一颗心起了霜意，老了。

63. 同样是拉赫玛尼诺夫第二钢协，里赫特的节奏慢而重，乐队很次；格里莫的节奏缓而徐，我最喜欢，是柏林交响乐团；基辛 18 岁时在卡拉扬的引领下有点胆怯，到了中年则胸有成竹，但，节奏略快了一点儿，似乎在迁就乐队，最后被拖至泥潭。还是节奏，节奏。书写同样如此，节奏不行，全盘皆输。废名、沈从文、汪曾祺们的节奏非常慢，缓缓地上坡，不吃力。武功高的人擅长控制节奏，比如莫大，琴弦轻轻一拉，别人血喷倒地。

选自《安徽文学》2020 年第 2 期

黄河口的威风锣鼓

王剑冰

一群红上衣红裤子的人，就像一个模子里倒出来，一样地耀眼炫红。前面的手拿铜镲，后面的拥着大鼓。鼓声起处，如大地滚过的闷雷，铜镲闪间，似高天亮起的闪电。雷，闪，雷，闪，雷闪，雷闪，雷闪！一只只甩起的重头鼓槌，一片片拍天的金黄镲片……

鼓槌和花镲变换起花样，一两百人的阵容，起伏推涌，推涌起伏。让人想到一次次洪峰的冲击，一座座堤坝的高垒，一排排人墙的坚持。领舞的女子忍不住，从高台上跳下，跳入这波涛中。波涛更加亢奋了。从小就见识过漫漫大水、从小就担惊受怕的这群汉子、这群婆娘，把自己变成了涛，化作了浪。

周围看的人，血压在升高，心跳在加速，忍不住跟着眩晕，跟着摇摆，跟着喊叫：嗨嗨嗨，嗨嗨嗨！嗨嗨嗨嗨，嗨嗨嗨——

你说幸福是什么？幸福就是眼前的快乐。汗水在流淌，在飞迸，你的我的他的挥洒在一起，搅和在一起……怎么还有泪水？看到你的泪水，我的眼睛瞬间迷蒙。

我觉得我是了解你的，我了解汗水的质量与泪水的含量。

你是谁的媳妇？你是谁的奶奶？还有你，你是谁的爷爷？我想拉着你们问一问你们的家庭，聊一聊你们的生活。我见过黄土高坡的安塞腰鼓，见过壶口瀑布的斗鼓，却没有见到威风锣鼓这般动情，这场面太大，这锣鼓太震，这是在黄河口！

这里的每一个人，都与黄河有着紧密的关系，以前人们听到雷声，望见闪电心就慌，大雨又要来了，黄河又要涨了！黄河九九八十一道弯，走到这里要入海了，还是汹汹浑浑，怒浪冲天，不定什么时候就冲出了堤坝。那个时候，百姓苦啊，房屋不保，庄稼无收，黄河滩区多少村，哪个村没有进过水？

不敢想起从前，多少年前，利津以一壤之地纳千里洪波，为鲁北漕运、盐运的要道。然而那店铺栉比、商贾云集的景象早已不再，热闹着无数船只无数人声的铁门关也埋没于黄浪之下。不敢想迎着黄水头的王庄险工，多少次大水与坝头几乎同归于尽。一百年间，黄河在这里摇首摆尾，决口改道了五十多次！

一代代人为此耗尽了时光。春天迎春汛，秋天忙秋汛，冬天防凌汛。滩区人把精力和财力，都用在了垫台子、盖房子上。“爱黄河，恨黄河，离了黄河不能活。”黄河口的百姓，对黄河体味得深，他们的手脚、他们的面容都已同黄河搅在一起，就像他们舍不去的家，那家被冲了一次又一次，垫高了一回又一回。

这次看到的，是利津一次彻底的整治。基台将新房高高托上去，整个村子都高高地托上去。高台上瞭望着黄河，心里变得踏实。十九个黄河沿岸村庄都是如此，顺畅的道路，绿色的植被和养殖基地、蔬菜基地，成了乡村旅游目的地。大水给佟家村留下的水荡和老屋，成了另一种景色，不少人来寻找灵感和乐趣。

我真正见识了王庄险工，急转弯处的大水，如一只狂怒的怪兽横冲直撞，每一撞都水花迸裂，惊心动魄。谁忍不住发出了叫喊：奶奶，这么大的水头！现在这水头遇到了铁壁铜墙，随你撞去，撞散架了，默默远去。

一个小女孩在大堤上跑，完全不知道大堤曾经的险情。她的脚跳跃着，就像一双鼓槌。黄浪衬托了她愉悦的身影。

终于不再担惊受怕，天天都能做个囫囵梦，那梦也是柳绿花红。威风锣鼓成了黄河口人的发泄与倾诉，内心清空，五脏通透，唯有豪情在体内汹涌。所有的话语都在这震响里，所有的表达都在这狂吼中。

57 岁的吴云亭、75 岁的吴华山都是奶奶级了，孩子大了，房子好了，地里丰收了，那么多让人闹心的都随着岁月远去了，不闹心就闹乐呗。78 岁的刘康彬擂着响槌，白发上渗着汗珠子，他擂得好有劲儿！人家说他老了，他不服，非要将余生交付给这大鼓。

30岁的宁宁刚成家，胖乎乎的她欢喜加入这队伍，手举铜镲使足劲儿舞，手酸、耳鸣、腰背疼，对她的欢喜不起作用。

93岁的李清云看着，笑着：好，好——没想到，这么大岁数了——好啊……

我生活在黄河花园口，曾千难万险地考察过黄河源头，现在终于来到了它千万里不舍的入海口。我绝对相信，多少年前，这里还是一片大海。而现在，包括利津在内的东营，全站在了黄河三角洲上。有人说，仅从黄河夺大清河入海的1855年算起，那之后新淤积的土地，就达三千平方公里。这一片不断生长的沃土，是黄河为我们带来的福利，当一切都平安遂愿，这个福利将恒久地传递。

红掌花的红掌拨着清波，蝴蝶兰猛然地蓝一下。还有野荷，硕大的荷叶捧着夕阳摇晃。更多的是苇，苇花子泛着白光，前浪后浪地赶，似乎那么赶，能赶到大海。

无数白色的鸟在蓝天下划着弧线，朋友说，这里集中了全世界约三分之一的白鹳。除了白鹳，还有白鹤、丹顶鹤、黑嘴鸥。绿野中起伏的，还有一座座红色的抽油机。再往前的大海上，是威震四方的钻井平台。

大雁列阵而过，台风要来了，后面还有霜雪，还有冰凌。但河口人已没有什么好怕的，他们站在黄河大堤上，看着滔滔涌涌的黄浪，就像看着十万亩小麦浩荡的景象。

威风锣鼓仍然在响，众志所趋的气势，和黄河，和野荷，和苇丛，和如林的抽油机涌在一起。女声的尖嗓，男声的粗吼，同锣鼓铜镲混在一起。那是痛快的迸发，是放浪的欢畅。你看哪，随着鼓、随着镲、随着吼叫，他们匍匐又起来，跳起再蹲下，他们往左边歪，他们往右边歪……他们不停地起伏，不停地斜歪，不停地狂喊，直搅得这一片天地山海轰鸣，烟尘蒸腾！

入海口一片苍茫，从天上来的黄河，浩浩汤汤，又流到了天上。

选自《散文百家》2020年第1期

丧礼上的歌声

邓跃东

旁边没人的时候，我喜欢唱一些小曲的，但不敢去歌厅跟朋友们玩。喜欢上一首歌，那几天我会浅唱低吟、没完没了，似乎不这样浑身都不自在；遇事受挫不顺利时，我也情绪低落，跟阴雨天气一样绵延很久。我把这归咎于早年学过手风琴，那种声音较为沉郁，影响了我的情感。

阴晴圆缺，喜忧往返，日子就是这样不断翻转的。但是，常有人说我放不开，爱不起也恨不起。后面其实还带着一句话：拿不起也放不下。我不大理会，依然我行我素。

前不久，我大伯去世，停灵的最后一晚请来戏班子，热闹了半晚上，班主还问有谁上台唱歌吗。这个情景，我们是不好参加娱乐的，最多坐在台前看看。想不到，静默一阵后，我六姑走上前去，接过话筒大大方方唱了起来！

六姑是大伯的胞妹，六十多岁了，在农村生活，这几天都在灵堂忙碌，不时痛哭，好大一颗的泪珠，她用手背去擦拭，其他人都哭得委婉。我从未听六姑唱过歌，此刻她唱的是《母亲》，就是阎维文唱的那首熟悉的歌，嗓音洪亮，气势惊人。六姑怎么唱这样一首歌呢？大伯比她大很多，难道充当了母亲的角色，过去爷爷奶奶受批斗被关押，好些年都是大伯在操持这个家。也许，六姑没有这样想，她就是想唱一首歌，想唱就不用分场合。

唱完后，大家鼓掌叫好，竟要她再唱一个。六姑笑了笑，用手背擦了一下嘴角的唾沫，接着又唱了起来。这一次她唱的是《洪湖水，浪打浪》，没有配乐，独自清唱。这感情跨度太大了吧，一下从家里跳到了水里，要是身后的大伯听到会怎么想？

六姑唱完后，我坐到了她身边，说，想不到你还会唱歌，唱得不错呢。六姑哈哈大笑，说，我哪唱得好，我只喜欢唱，村里前几年修建健身广场，安装了一套音响，我们每天晚上都去唱，还跳广场舞，哈哈哈。最后，六姑问了我一句，你们城里有豪华歌厅，你应该经常去唱吧？说完她就走开了，一会有个告别仪式，她又得哭了。没想到六姑唱歌的理由，竟这么简单，好像没有理由。

第二天的送葬路上，六姑的哭声盖过了所有的行人，从此再没有那种熟悉的爱怜了，她心里无比的悲伤。后来下起小雨，六姑没有打伞，雨水泪水，泥泞一身，其他人不停地甩着裤脚上的泥巴。可能，只有这样在雨中淋漓哭喊，她才能释放自己的悲伤。

午餐时，我看到六姑跟客人坐在一起，她给人不停夹菜，叮嘱他们注意身体，自己还喝了一杯酒，满面红光。

大伯病得久，他的离去对大家是一种解脱，我回家后没有多深的悲伤，我倒不时想起六姑来。

“亲戚或余悲，他人亦已歌”，陶渊明那是说外人。六姑在大伯的葬礼上唱歌，我觉得有点不大好，伤心都来不及呢；后来觉得也没什么不好，她认真地唱过，也认真地哭过，情感丰富又真切。

曾经在电视里看到，黄宗江先生去世时，家人按照他生前的嘱咐，在丧礼上循环播放《九九艳阳天》，那是他编剧的电影《柳堡的故事》中的主题歌。他最后留给大家一片艳阳。

读书得知，弘一法师临终回顾一生，写下“悲欣交集”的四字遗书，可见人一生是大悲大喜相伴的，不必克制。但是从书本到现实，隔着遥远的距离。

在农村，都是本分守己、息事宁人，荣辱悲欢压在心底，哪能纵情悲欢，生计压身呢！我们这一代人都是被这样的观念影响着，矜持谨慎，隐忍压抑，为着一个满足颜面的目的。

六姑的炫亮显现，打破了成见的束缚。为什么能够呢？也许是长年的劳作多感，需要一个契机去展现，她们心里也有歌，唱了心情舒畅；同样，生活的悲伤是避免不了的，积压太多太久，就要及时释放，跟人倾诉，或痛快哭一场，身心反而正常了。

经常欢笑，身心健康，这个道理大家都明白。我在此时，却想起了一场庄重的哭来。前辈作家谢璞先生故去前两年，他的长子先他而去，白发别黑发，谢老悲伤不已。办完丧事，谢老想找个地方好好哭一场，无奈杂事缠身，几次出行未果。直到把事情料理完，才抽出时间，一个人来到晓园公园深处，扶着垂柳，边哭边诉。哭完后，他身心畅通，面若无事，回家继续读书写作。

生活不能缺少笑，也不能缺少哭。经历了大悲大欢，人生才能说宽广，才能说丰富。

走过的路，都是高高低低、弯弯曲曲的，日子就不会太顺溜、太齐整。尽情悲伤、尽情欢唱，有了起伏感，真正的日子就来到了。

选自《文汇报》2020 年 7 月 29 日

滋味的记忆

郁喆隽

记得在德国留学的第一年冬天，某一晚读到法国汉学家谢和耐写的《蒙元入侵前夜的中国日常生活》。书中对南宋临安城里各式小吃的生动描写，让我不禁直流口水。回想起午饭时在食堂囫囵吞下的寡味土豆和油腻香肠，顿觉饥肠辘辘。对我个人而言，那种思乡远比举头望明月来得直接和强烈。当时觉得，只有一碗热气腾腾、撒上葱花的阳春面，才能解开那乡愁。

小馄饨、卤肉饭、砂锅鱼头、海南鸡饭、云吞面、油墩子、冬阴功汤、臭豆腐——每一个人灵魂深处藏着对家乡的美味记忆。然而，对滋味的记忆究竟是如何保存的，却少有人深究。滋味绝不只是味蕾的问题。

知识分子最关注的知识传承是以文字为基础的，往往容易忽略其他途径。由于原料和烹调方式的复杂性，亚洲的美食传统必须依靠"亲知"，而不是书本知识来传递——没有吃过手擀面，就很难品尝出它的正宗来；没有见过父母亲手做手擀面的过程，也几乎很难掌握其中诀窍。菜谱和菜肴的滋味之间只隔着一个人。

纪录片《街头绝味》用一种近乎人类学田野调查的方式，让大家明白了美味这样"小传统"的价值及其脆弱。美食不仅关乎食物。历史上很多亚洲城市的基础设施薄弱，一些社会底层人家根本不具备做饭的条件，街头食物就成为他们填饱肚皮的不二选择。因为摆街边摊所需本钱不多，不少街头大厨可以迅速自力更生。有些美味实在是出于无奈：曼谷街头有一位戴着摩托车眼镜炒菜的"痣姐"——年轻时一场大火烧光了所有家当，原本用来做活的缝纫机也没了。于是她不得不开始在市场上帮妈妈炒面，一直炒到了七十二岁，闻名东南亚；日本大阪街头的筑元丰次，原本想开家居酒屋。当他攒够了钱时，父亲过世。他拿出了一大半钱用来安葬父亲。剩下的钱只能开街边店了。最开始他请不起伙计，为了应付络绎不绝的顾客，想出了用喷枪炙烤金枪鱼。不料却异常美味，大受欢迎……每一道街头美食背后都有一个人、一个家、一个城市的热情冷暖与悲欢离合。

如今，街头美食在林立高楼的缝隙中勉强生存。卫生、地租上涨和政府规划等因素正在极大地考验着它们。我们很难想象，没有了煎饼果子的天津，缺少了热干面的武汉，失去了小面和抄手的重庆……没有了街头的“小人物”，一条街就没有了风情，一个城市也就丢失了灵魂。舌尖可以直达心底，忘却了一种滋味，也就失去了一份情义。

选自《散文选刊》2020 年第 1 期

行驶在世界的尽头

闻人悦阅

过去这一年，我经过了许多城市和村庄——夏天开始时，离开居住地，去遥远的北方旅行，从海参崴出发，横穿西伯利亚，从俄罗斯版图下的远东走到其领土的欧洲部分。出发的时候，是为了小说中的人物追寻一些过去；回来的时候，发现历史其实就在身边。时间原来是这样流逝的，它永远不会停下脚步——只知道继续走，即便迎面冲撞种种意外也绝不停留。这一路，经过的一些地方，有的微小如尘，勉强可以称得上是村落，经历过动荡的人们，生存了下来，回忆中总有心酸。但是在我们这些匆匆而过的旅人面前，他们除了给我们笑脸，甚至载歌载舞送上一曲，也不再重提苦难——在过去几十年没有战事的生活中，即便有不如意，也难以让人打消乐观的念头——人们都希望自己生活在一个比较好的时代里，也或多或少愿意为心中的好时代唱赞歌。

夏天的海参崴海风依旧刺骨，以今日世界性都市的标准，这个欧式建筑林立的东方城市太过安静；以历史的角度，这城市并没有以众所周知的姿态在人们心中找到一个位置——城市历史多半留在专家的研究记录和亲历者的回忆中，直到他们自己也化作尘埃。海参崴是这个城市的中国传统名称，1860 年被割让于俄国之后的名字是符拉迪沃斯托克，而后在苏联时代很长时间属于军事禁区，直到 1991 年解禁。它的黄金时代是在西伯利亚铁路通车之后，最后一次经历你方唱罢我登场的热闹是在第一次世界大战末期，1918 年协约国军队曾在此登陆，时值俄国革命，西伯利亚正陷入内战危机，包括英法美日联军的集结使局势扑朔迷离，是否应该再辟一条东线战场，如何面对俄国内部的纷争，到后来真实与谎言都随着时光沉寂。

跟二十世纪的旅人一样，如今从这里西进的选择也是西伯利亚大铁路。西伯利亚大铁路从十九世纪中开始计划，于1891年开工，从两端往中间推进，直到1916年才逐段完成，终于将莫斯科与太平洋相连。也许因为铁轨年代久远，这一段的火车行程颠簸得让人意外，沿线的风景据说与二十世纪所见并没有不同——看着广袤的大地和无限延伸的天空，一天往往便这样过去了。列车常常进入毫无网络信号的区域，好不容易等到前方隐约出现的电线杆，可是人烟稀少的小村庄在视野中往往一晃而过，多半来不及试验是否能与世界重新联结，就又进入到漫长的等待，列车犹如行驶在世界的尽头。

这仿佛是一片被遗忘的土地，可是历史凶猛地席卷而来之时，并不会刻意放过任何一个人——留在这片土地上的过去实在太多，在这儿居住的人们总有一些故事。最初岁月中，落地生根的原因不外乎是流放或者自我放逐，偏居世界一隅，多半失去了书写大历史的机遇。许多散落在西伯利亚的小村庄到今天也还是停留在简单的日出而作日落而息的前物质时代。生活固然简单，但是无论怎样的生存，人总有诉求，只是他们的声音可曾被听见？

在乌兰乌德和恰克图之间，我们路过两个村落，一瞥之下窥见这片土地上一些生存的样貌。遇见十二月党人曾经居住的村子是当午烈日之下。1825年12月，试图废除农奴制、建立君主立宪的青年贵族军官起义失败，被流放至此。沙皇没有斩尽杀绝，而当地居民同情他们，莫斯科的亲友也可以接济，所以生活不至于太糟。老房子原本属于当地成功的商人，而后变作流放者两代人的避风港。老屋已经变作博物馆，陈列物中有十二月党人自己设计制作的书房家具。我在那张书桌前端详许久，制作精良的木工投射出当时匠人的满腔热忱，当然这热情最初是要报效为国的，生活还不坏，生命却在慢慢地消耗。屋外烈日炎炎，让人无法立足，不远处一座教堂在地上投下巨大的影子，这样的安静让人有些心悸。

日落时分，我们路过旧信徒聚居的村子。最初，旧信徒们由于宗教原因，不认同十七世纪宗教改革而迁徙到西伯利亚。我们穿过村子低矮房子间的土路，找到要拜访的一家旧信徒。主人多礼好客，家中墙上挂着印有斯大林头像的艺术功勋奖状，还有旧杂志上女主人年轻时代穿着俄罗斯民族服装表演的照片，他们在如今新的时代里为我们这样的不速之客继续进行表演——歌舞主题无关宗教而是一个相亲生子的皆大欢喜的故事——表达的无非是一个简单的心愿——无论是执着，还是妥协，普通人在乎的是一个正常的生活秩序。这大地太大，歌声升起，在村子的一隅袅袅散去，天色依旧很蓝，村子还是寂静。我们在天黑之前重新登上火车，停停走走，继续由东往西，过了贝加尔湖，逐渐朝所谓的人间繁华行进，一个个城市，一团团热闹，终点站是莫斯科——人们熟知的大都市。

旅行结束回到南方，回到现实。然后过年。大多数人可能没有预料到，这个庚子新年是如此令人不安。我们目睹疫情的猝然发生、逃离和封城、战斗还有牺牲。过去一年的那些旅行，即便只过了几个月，也已经显得那么遥远。时间，原来会是这样沉重。

选自《南方周末》2020 年 4 月 23 日

民间的情感

——豆腐干·豆腐皮

刘仁前

这豆腐干和豆腐皮，均为豆腐制作过程中的副产。

明代李时珍《本草纲目》云：

> 豆腐之法，始于汉淮南王刘安。凡黑豆、黄豆及白豆、泥豆、豌豆、绿豆之类皆可为之。造法：水浸硙碎，滤去滓，煎成，以盐卤汁或山矾叶或酸浆、醋淀，就釜收之。又有入缸内，以石膏末收者。大抵得咸、苦、酸、辛之物，皆可收敛尔。其面上凝结者，揭取晾干，名豆腐皮。

豆腐干和豆腐皮，虽同出一宗，但豆腐皮产于豆浆点卤之前，而豆腐、豆腐干和百页则产于豆浆点卤之后。这一前一后，让豆腐皮的质感、品位，较豆腐、豆腐干和百页自然更胜一筹。这也就决定了它们在食品制作路上的不同走向，不同定位。不由得让我想起，龙生九子，命运却各不相同。在豆腐王国，同样得到体现。

傍晚，人们下班也行色匆匆，那是赶路，有时是为赶到某个小吃点买上一两样地方小食，晚上好美滋滋地扳上几盅。晚了，想要的下酒菜，就有可能脱货。做这样小买卖的，也懂得"饥饿营销"，每天只会紧缺，不会滞销。这里的"扳"，当地方言，喝酒的一种动作，举杯而至仰头，酒入口中，这样的过程叫"扳"。此时的巷道口、马路旁，做晚市的多起来，卖熏烧，卖烂芽豆，卖花生米，也有卖豆腐干的。

卖豆腐干，一只炭炉子，一只锅，一个箩或盆，一张小杌子。锅自然安在炉上，配了半锅汤汁或油料。锅上有个铁架子，煮、炸好的豆腐干，置于铁架上，控、凉、卖。箩或盆则用来装白豆腐干坯子。小杌子，供卖豆腐干的自己坐。

这种买卖，无须吆喝。豆腐干特有的香味，飘散开来，诱得人主动上前问价、购买。卖豆腐干，边炸、煮，边卖出，趁热。食客多半一买就走，现场无须提供食用桌椅。即使有人买了现吃，也是边走边吞食，顾不上吃相雅不雅也。豆腐干本就走的底层一路，适合的人群，是鲁迅先生笔下的“短衣帮”而非“穿长衫”者。

豆腐干，有油炸的，也有汤煮的。

油炸豆腐干，脆，且香。只是在油锅里时辰要掌控好，适宜为佳。豆腐干在油锅内炸的时间过长，则老了，焦了；过短，则不透，还是一块软干子。这豆腐干炸老了，甚至焦了，味就变了，咀嚼起来似有渣滓，再加上一股焦苦之味，难以下咽。不透，则豆腐干味道不入骨，该进去的味道没有进得去，该出来的味道没有出得来。这样的豆腐干，吃起来“王观”味。前面已经向读者诸君介绍过，这豆腐干，黄豆磨成豆浆制成。乡里人称黄豆，为“王豆”。“王观”味，便是黄豆磨成豆浆所特有的味道，似腥非腥，不太好闻。如此，豆腐干的口味便差了。

城里人颇讲究，饮食得卫生。油炸豆腐干的好处，一目了然，看上去很是干净。又经油炸了，城里人很放心。其实，如果油的关把持不好，油炸食品很容易出问题，不只是豆腐干。前几年，“地沟油”事件闹得不是挺凶的吗！

汤煮的比油炸的有味。汤煮豆腐干，又配了黄豆芽之类起鲜食材，食用时浇上点水大椒，辣辣的，香香的，味道鲜得很。如若再另外加入陈苋菜馉汤，老远便能闻到一股异味，虽不怎么好闻，然，唯这汤入得豆腐干，吃起来才有异香，下酒下饭。正是乡民们常挂在嘴边的那句话：“生臭熟香。”说的就是这样的吃食。由此，煮豆腐干，派生出另外一个支脉：煮臭干。

煮臭干，尤为进城打工的，在工程队上做手艺的，还有就是蹬三轮的、拉板车的，这类人群所喜欢。在我的印象里，临晚时分，那些城郊接合部的工棚里，三五成群的农民工，劳作了一天，扳上“二两五”（小瓶装酒），解解乏，晚上喝点酒好睡觉，免得惹是生非。这时的下酒菜，便是熏烧、烂芽豆、煮臭干。

想不到的是，煮臭干，不仅这群“短衣帮”喜欢，城里在机关上班的“长衫先生”也喜欢。这苋菜馉，本身倒没什么特别，一“陈”之后，其汤竟生出如此妙处来，真奇啦。

对于普通居民而言，晚市上有卖豆腐干之类，家中便当了许多。偶或有不速之客登门，天色已晚，菜市场早没了人影，有钱也买不到东西，现做难矣。无妨，上得巷头，寻得自家的老卖主，买上几样下酒菜，花钱有限，便可待客。这当中，煮臭干，少不得。

豆腐干，寻常人家的常客。

与豆腐干走向不同的是，豆腐皮极少进地摊，多在菜市场、超市里销售。这两者至此差别就显现出来了：豆腐干变成了风味小吃；豆腐皮，成了进菜市场、进超市销售的食品。

不知豆腐习性者，对豆腐皮从何而来，有些百思不得其解。心想，豆腐嫩嫩的，用手去拿时就需技巧，得养水托起。稍不注意整块豆腐便会弄碎。要说如此细嫩的东西，尚有什么“皮儿”，怎么可能？

然，我们当地人，都会说有豆腐皮。眼见为实，不妨到菜市场、超市逛一逛。清晨的菜市场，夜晚的超市，均熙熙攘攘，热闹着呢。砌好的摊位，一排一排，按类而分，家禽、肉类、水产、蛋品、蔬菜等，各在相应区域，同类相聚，明码标价，货主就得比货、比服务，生意才做得开。否则，同一品种，卖的摊位多着呢，哪个也不会在一棵树上吊死。

说那蔬菜、瓜果吧，红红的番茄，青青的黄瓜，白白的萝卜，绿绿的菜椒，紫紫的茄子，一行一行的，一眼过去，几十家呢。还有那水产类，长长的黄鳝，扁扁的鳊鱼，短短的泥鳅，圆圆的甲鱼，白的鲢鱼，红的鲤鱼，花的鳜鱼，乌的黑鱼，凡此种种，皆养在水池，活蹦乱跳，听凭人挑选。这当中，稍一留心，自然会发觉卖豆腐皮的不在少数。不一定是统一的器皿，然豆腐皮一律薄薄的，干干的，脆脆的，有散称的，有一扎一扎选定好的，拿一扎，付一扎的钱，拿了就走，颇省事的。

豆腐皮，实在说来，它并不是豆腐的皮儿。黄豆制成豆腐之后，“皮儿”就无从谈起矣。读者诸君已经知道，豆腐皮，是豆浆点卤前的产物。豆腐皮，纯粹一锅浆的油汁，以每锅仅挑一张为宜。如若多挑，其“皮儿”就薄得上不了竹筷，且剩下的浆，再想点卤做豆腐，那就没有多少人肯买了。在行的自然晓得，挑过“皮儿”之后，制成的豆腐，做菜的味儿差多了。“皮儿”挑得过多，其所做豆腐便泛“渣”矣。

如此，豆腐皮在市场上贵起来，紧张起来，也就无须多说了。

豆腐皮出生门第本来就不低，加之厨师之手，或用鸡汤单烧，素而不寡，其鲜无比；或切成细丝制成凉拌菜，清凉爽口，别有风味；或用以包裹各式馅儿，红烧，油炸，皆有其独到口味。

多少年过去了，我至今还记得那年在外地读书回家过春节，母亲做的一碗青菜头白烧豆腐皮。那碗青菜头白烧豆腐皮，清清白白，赏心悦目，豆腐皮和青菜头，都味鲜无比，让我不能停箸。

那馋相，让母亲好开心哦。

节选自《中国作家》2020 年第 5 期

喧闹与幽静

刘江滨

那天我开车去了城市郊外，在僻静处的一块石头上坐下来。四周阒无人影，静悄悄的，唯见田间玉米絮絮在微风中轻轻摆动，不知名的秋虫唧唧有声，天上白云仿若一团团棉絮缓缓飘移。“久在樊笼里，复得返自然。”我喜欢这样的幽静，眼神空茫，啥都不想，脑子里的一些浊物杂质丝丝缕缕抽离而去。这种发呆，看似石化枯坐，却像极了凝神排毒，让人特别享受。

朝城市方向望去，却听到不远处传来呜呜呜呜汽车马达的噪音，这声音不是一声接着一声，而是连成一串，一团，一排，仿佛鼎沸的开水，形成了一个声音的城墙，将喧闹与寂静截然分开。我现在分明是置身于喧闹的城墙之外了。这种发现让我猝然心惊，难不成我每天生活在一个燃沸如煮的大锅里吗？

刚来省城工作的时候，我曾经借住过一段朋友的房子。那房子两居室全部临街，而且这街是一条城市连接高速公路的主干道，每日车水马龙，川流不息。白天还好，到了夜深人静的时候，汽车呼啸而过的声音被格外放大了，嗖——嗖——每过一辆，都像在神经线上碾过，躺在床上，眼睛盯着天花板，根本无法入睡。待好不容易被极度疲倦带入梦乡，吱——一声急骤刺耳的刹车声，让我猝然惊醒，小心脏扑通扑通一阵乱跳，就再也难以成眠。这种喧闹，不仅导致神经衰弱，时间久了恐有罹患心脏病之虞。我勉强住了半年，就搬离了这所房子，后来买房时精心挑选了一处远离街道的楼宇。

南北朝时期的诗人陶渊明有诗云：“结庐在人境，而无车马喧。问君何能尔，心远地自偏。”你看，古人生活里最主要的喧闹也是“车马喧”，只好以精神法聊以自慰了。而今天除了“车马喧”，还有建筑工地的打夯声、水泥搅拌声，公园里大妈跳舞嘭嚓嚓的音乐声、高亢嘹亮的歌声，人声、市声，等等，各种声音共同构成了鼎沸的水分子，咕嘟咕嘟冒泡。即使躲在清静的房间里，杜门闭窗，如果细心谛听，仍然有关抑不住的各种杂音侵扰耳朵。这时最好的办法就是陶渊明教给我们的，“心远地自偏”，内心的安静才是最大的安静。当然，也可暂时逃离都市，跳到声音的城墙之外。

喧闹与幽静都是一种真实的存在状态，互为依存，互为表里，互为比较。但人们更喜欢幽静，视幽静为一种美，没有人把喧闹当成美的。喧闹易使人亢奋，从而浮躁，仿佛一场夏天的急雨，声势浩大，轰轰烈烈，然而经常只是湿湿地皮，难以从根本上润泽大地，深潜其里。而幽静却能使人放松下来，沉下心来，进入一种冥想状态，从而产生智慧，所谓“静能生慧”是也，也仿佛下雨，真正“喂饱”大地的雨大抵都是不声不响的。宋代大文豪欧阳修在其《非非堂记》一文中阐述了“静”的重要：“权衡之平物，动则轻重差，其于静也，锱铢不失。水之鉴物，动则不能有睹，其于静也，毫发可辨。在乎人，耳司听，目司视，动则乱于聪明，其于静也，闻见必审。处身者不为外物眩晃而动，则其心静，心静则智识明，是是非非，无所施而不中。”用秤称物，如果动来动去就会出现误差，静下来就会分毫不差；用水当镜子，如果波纹荡漾肯定没法看清，一旦风静水平，人的毫发都可以清清楚楚地映现；同样，人的耳朵管听，眼睛管看，喧闹的状态会扰乱人的视听，在幽静之中所见所闻才会清楚明白。所以，人们不能为外界喧闹而蒙蔽心智，心静才能心明眼亮，对人间是非有准确的省察。这和诸葛孔明“非宁静无以致远”、翁同龢“每临大事有静气”是一个道理。老子云：“致虚极，守静笃。”庄子亦云：“正则静，静则明。”

深秋时节，我同妻子到一位朋友山里别墅去玩，对喧闹与幽静有了更深切的别样的体味。朋友花了 50 万买了约 2000 亩的山地，筑房建屋，植树种菜，成了名副其实的“山大王”。坐在二层的大露台上，极目远眺，远山如黛，山岚轻笼，山坡绿树茂密葱茏，有微风习习拂面，顿感骋怀惬意，有如神仙。临近中午时分，我独自一人沿着山路蜿蜒往深处走去，耳边只有潺湲的山泉流水声，树上或悠长或短促的蝉鸣鸟叫声，越发增添了幽静之感。入夜躺在床上，所有的声音都睡去了，安静得似乎只有呼吸的声息。这种幽静又和城郊截然不同，是完全的彻底的幽静，静得有些让人发慌。却原来，有声音的幽静才是活的幽静，可贵的幽静，没有声音的幽静岂不是死寂？幽静和喧闹是矛盾的对立面，如果没有了喧闹，幽静也就不复存在了。譬如月球上洪荒大漠的幽静还是幽静吗？如此住了两宿，“羁鸟恋旧林，池鱼思故渊”，我的“旧林”“故渊”是鼎沸如煮的城里。我忽然觉得那建筑工地的打夯声、水泥搅拌声，公园里大妈跳舞嘭嚓嚓的音乐声、高亢嘹亮的歌声，人声、市声，等等，才是热气腾腾的人间生活。人是社会人，如果离群索居，自我隔绝，短时可修身养性，而久而久之就会蜕变成自然人，这时候的静恐不能生慧，只能促生不谙世事的傻瓜。

正如钱锺书的“围城”，城外的人想进来，城里的人想出去，那道声音的城墙亦如此，无论是在城里城外，还是在心里心外，都截然存在着喧闹和幽静两种环境。身居闹市也能在内心筑起一道幽静的风景，同样，身处偏远也可能内心喧闹不止。喧闹和幽静，是外部的客观的存在，也是内部的主观的臆造。即便只说外部环境，能够在两者间根据心灵的需要自如转换，居于一种更安然自在的状态，方是智者。一味喧闹，或者一味幽静，这世界恐怕就显得索然无趣。

选自《中国艺术报》2019 年 11 月 6 日

旅行书店

李书萌

一

普逻开在大学门口，一家店分两个部分，左边是普逻书店，右边是普逻音像。

五年级一个湿漉漉的春天夜晚，我第一次来普逻，旁边的水果店都把水果放在纸箱子里，在外面卖，天黑得早，加上毛毛雨，所以早早点起来了一只黄色的小灯泡，照得水果们都反着光。店面里面有一个小水琴，是荷叶荷花的，声音是很舒畅的水声，直到现在它也还放在店里。

在普逻买的第一本书是朱德庸的《大家都有病》，很好读，带回家没两天就看完了，对 2012 年左右的都市生活有了那么一点了解。

初一年级的时候，普逻在书店边上开过一家很小的普逻咖啡。我向我军训的室友强烈推荐这一家店，当时还是个文艺青年的室友和我决定一起去咖啡屋里体验一下文艺生活。我俩在路上买了调料很重的干脆面，也带了进去，点了两杯很贵的奶茶。周围的人都拿着笔记本电脑默默工作学习，我和室友把干脆面弄出了窸窸窣窣的响声。我现在想起来这件事真的头皮发麻，觉得做了错事。

在咖啡屋里也见过一些我觉得很神秘又浪漫的桥段。调咖啡的店员留着日本男学生头，他平常没有表情也不怎么说话。有一天我走到柜台附近看看专辑，他小心翼翼地端了一杯咖啡给老板娘拿去了。老板娘是短发，头发厚厚的烫着小卷，身材也很消瘦。到底有没有后来的故事我也不知道了，普逻咖啡没有多久就关了。

音像店那里放着慢摇音乐，让人在挑书的时候忍不住摇头晃脑。店员互相聊天也都轻声细语笑呵呵的。普逻能找到装订很好看的书，我经常去给我的朋友挑选生日礼物。

店里一直都有意见簿。但是里面是没有意见的，全是周围的学生留下的话，有失恋的，交友的，抄书里面的话的，也有很多蒙古文纸条，写得很漂亮。

我在书店里完整地看完过一本小书，《带小狗的女人》。

由于当时对《生死朗读》这部电影印象深刻，所以对书中的第一句话印象也很深刻："据说，在堤岸上出现了一个新面孔：一个带小狗的女人。"

二

万圣书店和库布里克。高一我在北京过元宵节，去了这两家书店。

一进万圣书店就认定这是一家平平无奇的书店，但后来回忆起来，在书店里看过的东西记忆都非常清楚。

柜台上有一只一动不动的猫，可爱的小动物在人群之中总是最有吸引力的，我盯着看了很久才知道是个真猫。

一进门右转有很多小孩子蹲坐在地板上看绘本，每个人身边都有一摞，都是一个下午的"战利品"。小孩子们对面的书架上有一本专门讲各个知名导演八卦的书，库布里克喜欢逛文具店，还有一个忘了是谁的导演喜欢漂亮的脚，等等。

后来我在一个人很少的书架之间看了一本厚厚的杂志，全篇讲的草间弥生。她从小有一种病，会出现幻觉 ，身边的花花草草都会和她讲话，她说南瓜最给人一种温厚的感觉。我突然就想去看一看她做的带着波点的大南瓜雕塑了。

库布里克是偏现代的书店，在一个现代园区里。书店基调是绿色的，桌子上摆着几何图形的玻璃花瓶，种着多肉植物和仙人球。

在书店里我看了日本的《孤独星球》，一本日本校服发展史，还有《子不语》。

《子不语》小小的一本，装订软软的又好看，就被我带回家了。

三

初三毕业旅行去苏州，我们住在了平江路旁边，一个在苏州上学的姐姐告诉我要去初见书房坐坐，她有时候会在二楼听雨喝茶看书。

初见书房在平江路其中一个小巷子里，有点难找，我们几乎刚进去，店铺就关门了。巷子里都没有亮光了，黑漆漆的，只有初见书房简单的灯牌上方方正正的字发着光。

四

秉着一种“我应该喜欢逛书店”的心情，我进了 Page one。对于这家 Page one 印象深的原因是找到了一系列非常好玩的绘本。是日本人安野光雅关于江南的一些绘本。

忘了是其中一本的后记还是作者序中的第一句话，与我初中写汉源书店的第一句几乎一模一样，大概是“在绍兴路下车”。

五

初中我和妈妈写了一篇同题文章《小书店》，其实我更想叫它《汉源书店》。

是上海一家很有名的书店，很多名人都来过这里。它在上海安静的那一面待着。对于上海安静的一面，我的印象是街边的法国梧桐和橙红色的房子。

重新想了一下我的《小书店》，发现我更多写的是第一感官，外貌，温度，气候，味道。

而最后留下印象的是我在书店里看上了《红楼梦魇》，看完了一本《图书馆怪谈》。

我初中真的是只看了个故事，现在也懂了一点里面的东西。

六

今年放寒假，我从西安去北京玩了几天。我和同学会合当天去朝阳大悦城吃吃逛逛了。

单向空间的这一层很神奇，一边是排队抢不到座位的网红餐馆、奶茶店，另一边也有开着读书沙龙和坐着蒲团听民谣的人。

有人问我：“为什么要逛书店呢？书店里的书不是一样的吗？”

逛书店并不在于书店里是不是同样的书，而在于你在不同的书店偶然遇到了哪本书，看到了哪段话。

选自《草原》2020 年第 8 期

灯

葛小明

我时常能看到灯的孤独。作为一个同样的孤独者，我喜欢观察它们。当我看它时，甚至发现，它也在看我。幸亏我不是尼采，不然我要疯狂。这种默契始于一个雪天的夜晚。适逢夜间值班，时至晚上八点，雪在不声不响中落了下来。没有任何人告知，突然抬头就看见了漫天的飞雪，我并不觉得那雪很浪漫，因为我更担心一会怎么回家。

寒意瞬间扑了进来。不用开窗的。你只要从某个角度看雪，就一定能感受到雪的杀气。我赶紧检查了一下窗户，关得好好的，密不透风。我又看了看门，紧紧闭着，不应该那么冷。打量一圈后，终于，我看到了灯。在这样一个茫茫雪天，它的光线显得那么无力，尤其跑到窗边的那部分，在雪的围攻下，光明显处于败势。但是它没有灰心，用句流行的话就是“屡败屡战”。那雪简直是一群铁打的“侵略者”，纷纷涌进光中央，前赴后继，落了一层又一层。灯也不是轻浮之物，它稳稳地，规律地把光散发出去，一些撞到窗棂折了回来，一些围打雪花，绝不后退。其实，根本听不到杀伐之声，但你仔细观察就能感受到“战争”的惨烈。仿佛是一盏灯独战大雪，光奔出去多少，雪便覆盖多少。有些雪花的死亡，是带着光陪葬的。

我有些不忍心，拉了拉窗帘。天花板上的灯亮了一丝丝，我知道，这是它能给我的最大的回应。电脑显示器开着，光线无力却缓缓不绝，我知道，这也是它与天花板最好的默契。灯太孤独了。它不奢望，谁能在这场“战役”中出手相助，它为之稍稍欣慰的是，有一种默契存在，这也包括与我短暂的对视。

我不敢看它，因为我能感受到它的势单力薄，却又无能为力。黑暗可怕吗？你是否尝试过独自一人走在够黑的夜里，没有任何回应，没有走向明天的任何蛛丝马迹。灯，无时无刻不在承受着这些。或者说，它在用它的方式创造着这个世界。它愿意让哪一部分亮些，哪一个世界便能享受更多的光明。它如果嫌弃哪个位置，哪里就获得不了带有慈悲与母性的光辉。世间清冷，太需要灯大师们来温暖了。当然，这不是每个人都能懂的。安静的蚯蚓，热闹的蟋蟀，飞来飞去的蝙蝠，举着烛光赶路的萤火虫，很多很多，它们能懂。灯是有情绪的，自然有所偏爱。

终于到了 9 点，我关上办公室的灯，做一个简单的告别。车棚里的电动车着了凉，它很不情愿地扭动了一下头部，我知道它是怕雪的，毕竟这是它到我手里的第一个冬天。我扭开了钥匙，再往右转了一下，车头的灯亮了。很难描述雪天里徐行的一盏灯，尤其是依附在两轮车的头上。你不能太快，快了它辨别不清路径，特别是需要扭头的时候，光线的折弯需要时间。雪不慌不忙地落着，落到了我羽绒服的帽子里，落到了光源的发生地，也落到了无数晚归人回家的路上。在灯的掩护下，雪没有完全打湿我的眼镜，我仍旧可以在雪花与雪花的空隙里穿梭，这是件值得庆幸的事情。我因此没有错过更多的灯。

地一片白，车辙匆匆走过，一横一竖地切割着 9 点零 5 分的夜，但是它们不知道这徒劳无功，用不了多久那些努力过的痕迹便被清零。灯显得尤为重要。只有在光线较为充足的地方，你才能清晰地看到轮胎印，你才能知道，这个世界并不是毫无生机、毫无头绪。你沿着这些痕迹和缝隙，继续往前走。在高处，一个个笔直的路灯，集体投来坚毅的目光，拼尽全力保护这个世界。它们个体与个体之间，一直存在着某种默契，比如誓死不降，比如一视同仁。

电动车前，一部分光与路灯相撞了，没有回声。这不像传说的空间重叠那样神奇，它们没有发生不可思议的事情。但是只要你深看几眼，便不难发现，那里的雪薄一些。是什么让灯与灯达成了共识？是什么在漫天大雪的夜晚，从未停止对这世界的解释？电动车晃晃悠悠，晃晃悠悠，就逛完了一个个灯红酒绿的世界。

也许是这样，灯在创造世界，也在解释世界。十字路口的灯，最爱美。它们有不同的色彩和更多的际遇，它们用不同的方式告诉路人，什么时候要紧跟步伐、不掉队，什么时候要停止脚步、笃定反思。它们也告诉路上的人，要拿出一点点时间，什么也不干，放空坐忘，游历于天地万物之间。每盏灯都是独一无二的，它们的经历类似，但又各不相同。面对一些事情的发生，它们通常会选择沉默。也有例外，比如这个雪夜，恰好有一盏灯在我经过时，选择了爆裂。它没有说话，只一声爆裂，便成了最有力的发声。那或许是一声“好冷！”，又或许是一句“这辈子活得挺幸福的”。

灯不会告诉你这个世界的样子，但只要凝视一束光，你就会发现这个世界是多么美妙。你有没有在某个无人干预的深夜，对着一盏灯深思，想想幼时的世界和成年后的世界，有什么不同。有没有在凌晨一点兴致勃勃地要去大胆表白或者尝试改变这个世界。灯把它能照亮的地方，都照到了；灯把能给的提示，都给到了。灯也是平凡的，朴素的，普普通通的。

心情好的时候，月亮很早就会把自己点亮。它要按时出现，好安慰那些偶尔失落的人。其实，月亮野心很大，它从不独享孤独，它想把它们均分给众人，它不认为分享孤独是件不好的事情。本质上，月亮和我的电动车一样，燃烧自己，照亮别人。

今晚月亮没有点灯。我的电动车从一个个十字路口穿过，身后的车辙很快就被黑夜覆盖。十五分钟后，终于进了小区大门，监控的红外线熄了，看来今晚的摄像头注定要忍受寂寞。整个小区里很暗，偶见蜡烛在黑色的空间里跳舞，有人在微弱的光线里写作业，有人在收拾厨房里的碗筷，叮叮当当，格外刺耳。喜欢唱歌的人因为停电，放亮了嗓子，大胆，豪迈，肆无忌惮。手机也开灯了，它看见楼道里扶梯或深或浅的影子，异常兴奋，因为今晚它大概要唱主角了。

终于，房门被打开了，手机继续放出它那四平方米的光，先是电视柜，后是茶几，再后是书房，它找啊找啊，也没有找到上次剩下的半根蜡烛。它甚至有些恐慌，为了主角光环，为了终于被派上用场。

其中有几秒钟，它路过一面镜子，发现里面的自己，竟有些狼狈不堪。

选自《山东文学》2020 年第 8 期

毛毡里的马槽子

小　七

我目不转睛地盯着篱笆墙边的马槽子，来回走了两圈。这是有点历史的老物件，大概有个七八十年的样子，可能还更久远。也许牧民已经嫌弃它老旧和笨重，可是它的魅力使我久久不能平静。

隔着栅栏门，看到屋内走出一位老人。他扬起他那顶破旧的毡帽，热切地迎过来，毡帽随手被挂在了身边的篱笆墙上。

“嗯？你在看这个？”

我点头称是。

他表情神秘地凑过来。“这是我外祖父年轻时，在深山里捡到的红松，那是被雷劈倒的，他就拿着刀子、斧头掏了十几天，才搞成这个样子。现在，可没有这么老的东西了。”

我同意他的说法。这个马槽子的确是难得一见，这是代表草原游牧文化的老物件了。我估摸着，它可能值上两三千。我抬头看了老人一眼——他正盯着我，指尖轻触嘴唇做思考状。

寂静片刻之后，他开腔了：

“如果你想要的话，必须来个一百块才行！”他冲我打了一个响指，一脸豁出去的表情。

他见我面无表情，又停了半晌。我瞄到他迷失在疑惑之中的眼神时，赶紧把头抬起来，瞧着天空。同时，我的心里发出“咯咯咯”的欢笑声。

“这是红松马槽子，劈成柴火，够你烧一个星期的奶茶啦！”我用余光看到他抬起脚，朝马槽子跺了几脚。我的心随着他的脚上上下下猛跳了几下——要是再不把这个马槽子运走的话，他真会把它烧火做饭了。

我听到自己的声音脱口而出："我要了！"

"好！要不是这硬得像石头的红松木，我早用斧头劈了！"说完，他长舒一口气。

简直不可思议，这个文物般的马槽子，是我的了，并且只花了一百元。我等老人从院子里拖出一块旧毛毡裹住马槽之后，按压着喜悦付了钱。

各位都知道红松木很重，所以，当我弯下腰提起马槽时，发现它纹丝不动。当我跟僵硬的旧毛毡搏斗了一番之后，终于抓住了合适的部位，这才眼睛鼓胀、满脸通红地提起了马槽。

我蹒跚着，往家挪去。

刚到马路边，毛毡的一头突然开裂，于是像一块石头般砸到地上。我跳了两三下，才没砸着脚趾。惊慌失措中，我哇啦啦喊叫了半晌，才控制住自己，不再惊慌。

费了好大劲，我才重新把毛毡裹在马槽上。又坐在上面，喘了足足有十分钟。

世上的事儿就这么凑巧，再次提起马槽时，一群羊像是从天降落似的，突然出现在马路对面的树林里。牧羊犬首先发现了我，它哈着气，兴奋地冲了过来，好像我是一根久违的肉骨头。牧羊人"咻——咻——"几声口哨，才喝退了它。

当我准备横穿马路时，羊群也潮水般涌过来。我在羊群中钻进钻出，旧毛毡的另一端又裂开了，连同我一起摔倒在地上。这回非同小可，因为我和马槽处于闹哄哄的羊群之间。

我在挤来挤去的羊群间和牧羊人的吆喝声中，来回爬了好一阵，才站起来。又在羊群的东撞西搡之下，再次将毛毡裹好，咬紧牙关，使出每一束肌肉的拉合力，拖着马槽，跌跌撞撞冲下路基。慌乱中，我瞥见几辆汽车等在路边，其中一辆像是警车。并且，好像一个警察模样的人，正缓缓朝我走来。

我逃离羊群，如释重负扔下马槽。现在我不必再担心被羊群踩踏了，因为我已经逃出好长一段距离，并且还躲在了几棵白桦树的后面。我回头望了一眼还在路上纠缠着的羊群，跌坐在地上。低头看双手时，发现粗糙的旧毛毡几乎刮掉我的指甲。

幸好最糟糕的时刻已经过去了。我脱下身上的衣服，跪在地上，捆着毛毡裂开的那一端，又取下围巾仔细包上另一端。可是在我做完这一切时，一只大手拦在了我的面前。

"嗨，你包着个撒东西！"一个厚重的声音，带着浓浓的新疆口音——是那高个儿警察。此刻，他正从他的帽檐下杀气腾腾地盯着我。一边的嘴角上扬，似笑非笑。看那模样，好像他早已看穿我的内心，故意要看我接下来弄出什么洋相似的。

"马……马槽……而已……"说这话时，我偷瞄了一眼那牧羊人，发现他站在路中间向这边回瞧着，似乎暂时忘了他的羊群。我暗暗祈祷，希望他不认识我这个在牧民中"赫赫有名"的小作家。因为现在这个场景，很容易让人产生不好的联想。

"马槽子？你用毛毡包着个马槽子？你说的可是喂马吃草的那个木头疙瘩子？"

"嗯，嗯……对啊……"我坐在还未落定的尘土中，挥去额头的汗水，仰望着他，露出讨好的笑容。

"不要再费口舌了，到那边去，"他指指停在路边的警车，又指指在我脚边绑得结结实实的木乃伊般的物件，"还有，这堆东西一起搬过去。"

我挖空心思想找些话解释，但完全想不出一句合适的。于是，我只好硬着头皮提起那堆东西，把重心从一条腿移到另一条腿，再由另一条腿移回来。这样反复交替着，朝警车边挪去。

"你知不知道，这么做是违法的！"他终于打破沉默。

我还来不及感到诧异，他又接着说："一个女人，怎么可以做这事儿？"

“啊？不是，买马槽子……违法吗？”我将那堆东西扔到警车边，露出讶异的表情，“这个？我可是花一百块……”

我一定是表现得太摸不着头脑了，因此他用脚踢了一下木乃伊，朝上挥了一下手。“行了撒，先别说那些没用的！”他满脸不耐烦地喊道，“老实交代吧！”

“哦，哦，对不起，你是说这块旧毛毡？这是买马槽送的。”我显得有些手足无措起来，只能深呼吸一口，设法让自己镇定下来。

“我说的不是毡子，”高个子警察的下巴抬得比先前更高了，“我说的是那里面包的是撒东西？”

我怀着不相信法律还规定买马槽子也违法的疑问，不情愿地解开毛毡两头捆绑结实的衣服和围巾，然后低着头，瘫坐在了地上。一副管他呢，随他去吧的放弃模样。

这时正是中午，骄阳似火，热浪翻腾，路面也被烤得热烘烘的。糟糕的静谧，延续了十分钟之久。热风扑到我脸上，我感觉嗓子干涩、呼吸困难，汗水从发根悄无声息流淌出来，一阵阵流到衣服里。天哪，从鼻尖到全身上下，我已经统统泡在了汗里头。

一阵马蹄声打破了沉默。

“是小七老师吗？”好像是牧羊人认出了我，“我们的大作家，您怎么这样……”

听到有人叫我作家，我立即来了精气神。清了清嗓子，也没忘记拍拍腿上的灰尘，理一下衣领，还把垂到眼前的头发收拢到耳后。

有人开始侃侃而谈，起初一段时间，我竟然不知道那个人就是自己。说的内容很熟悉，但感觉上好像发自我身体以外的地方，上气不接下气的，缓缓的，故作镇定的。我甚至不敢相信我坐在一摊油污搅拌着尘土的路边，而且竟然还一本正经板着脸和他们侃侃而谈。汗水模糊了我的视线，朦胧之中，只见骑在马上的牧民温和地低头注视着坐在路面上的我。还有警察，从盯着毛毡里的马槽上移开的眼睛，大张的嘴，不好意思的眼神望着我。

说教式的措辞不断从我的嘴里冒出来——“保护游牧民族的文化……马槽是游牧文化最直观的一部分……不带走，就会被人当柴火烧了……最能说明百年游牧历史……尤其旧的需要保护起来，旧的最有说服力……”牧民和警察低着头，望着坐在路面上的这个满身灰尘的作家，不停地微笑，频频点头。

不记得我是怎么结束这场坐在马路上的宣讲的，在我慢慢恢复平静的当口，听到牧民说话了：“太感谢了，小七老师。大家都说您在保护我们的文化。”

又是一阵沉默之后，警察也开口说话了：“刚才，作家拼着命提着马槽子的样子，真是叫人感动啊！”

“的确，不容易啊！”牧民附和着。

“真是使出了全身的力量啊，没见过这么为别人着想的——看看，满脸的汗，浑身的土……”

“嗯嗯，对，对，看到了，看到了……”

“对，对，一个女人，难得啊，难得！”又是一阵停顿之后，警察说道：“你知道吗，我还以为作家毛毡里包着别的什么。”

“什么？”牧民满眼疑惑。

“她从羊群里披头散发钻出来的时候，”警察强忍住不敢笑的样子，用手盖住嘴瞄了我一眼，朝着牧民压低声音说道，“我以为她偷了你的羊。”

选自《光明日报》2020年1月10日

看得几多满月

散文五题

刘亮程

扔掉的路

路像河道一样嵌在村子里，至少沉下去半米。我在的时候路和地面是平的，只有两道浅浅车辙。现在上面淤满烫土，似乎我们搬走后路上过去一些大东西、重东西。其实，我知道不会有比一个家、一个人的一生更重大的东西经过这地方。

是人把路压下去了。

路磨人时人也在磨损路。那些烫土被人和牲畜踩起，随风飘落到远处。也落到人头上脊背上。那些背柴的人、背草的人、往回背粮食的人，不知道自己一辈子背回来最多的是路上的尘土。

尤其下过雨，路上的泥被那些脚和蹄子带到各自的去处。这样路便越走越深。深到望不到两旁的东西。深到人走不出去。这一路人便消失了。

另一条路出现在地上。另一些人和牲口开始来来去去地走动。也是永远都走不远。走出去一里，又走回来一里。

最终也会走得找不见。

我看见过一条扔掉的路，像一条渠沟夹在旧庄子中间。沟里长满碱蒿子，我一下去就半个身子不见了。父亲说那是条走坏的路。扔掉七八十年了。我不知道是路先坏的还是旁边那些房子先破的。现在看来，似乎所有东西都不行了人才会被迫搬走。

如果我在黄沙梁一直住下去，我一样会看到这个村里的一切最终破败到底：

锨刃磨钝，镰刀变成一弯废铁，墙倒塌井水枯竭，木门和家具被虫蛀朽，虫老死，牲口剩下出气的力气。

也许我看不到这些。一个村庄彻底破败之前，会有一批人老死在村庄里。我会是其中的一个。一根锨把折断前就有人病死。一截麻绳磨细时就有人老死。我在黄沙梁还没活到一棵树长粗

已经经历了五个人老死。那时全村32户，211口人，我13岁，或许稍小些，但不是最小的。我在那时看见死亡一个人一个人向我这边排。

剩下的事情

他们都回去了，我一个人留在野地上，看守麦垛。得有一个月时间，他们才能忙完村里的活儿，腾出手回来打麦子。野地离村子有大半天的路，也就是说，一个人不能在一天内往返一次野地。这是大概两天的路程，你硬要一天走完，说不定你走到什么地方，天突然黑了，剩下的路可就不好走了。谁都不想走到最后，剩下一截子黑路。是不是？

紧张的麦收结束了。同样的劳动，又在其他什么地方重新开始，这我能想得出。我知道村庄周围有几块地。他们给我留下够吃一个月的面和米，留下不够炒两顿菜的小半瓶清油。给我安排活儿的人，临走时又追加了一句：别老闲着望天，看有没有剩下的活儿，主动干干。

第二天，我在麦茬地走了一圈，发现好多活儿没有干完，麦子没割完，麦捆没有拉完。可是麦收结束了，人都回去了。

在麦地南边，扔着一大捆麦子，显然是拉麦捆的人故意漏装的。地西头则整齐地长着半垄麦子。即使割完的麦垄，也在最后剩下那么一两镰，不好看地长在那里，似乎人干到最后已没有一丝耐心和力气。

我能想到这个剩下半垄麦子的人，肯定是最后一个离开地头。在那个下午的斜阳里，没割倒的半垄麦子，一直望着扔下它们的那个人，走到麦地另一头，

走进或蹲或站的一堆人里，再也认不出来。

麦地太大。从一头几乎望不到另一头。割麦的人一人把一垄，不抬头地往前赶，一直割到天色渐晚，割到四周没有了镰声，抬起头，发现其他人早割完回去了，剩下他孤零零的一垄。他有点急了，弯下腰猛割几镰，又茫然地停住，地里没一个人。干没干完都没人管了。没人知道他没干完，也没人知道他干完了。验收这件事的人回去了。他一下泄了气，瘫坐在麦茬上，愣了会儿神：尿，不干了。

我或许能查出这个活儿没干完的人。

我已经知道他是谁。

但我不能把他喊回来，把剩下的麦子割完。这件事已经结束，更紧迫的劳动在别处开始。剩下的事情不再重要。

以后几天，我干着许多人干剩下的活。一个人在空荡荡的麦地里转来转去。我想许多轰轰烈烈的大事之后，都会有一个收尾的人，他远远地跟在人们后头，干着他们自以为干完的事情。许多事情都一样，开始干的人很多，到了最后，便成了某一个人的。

远离村人

我每天的事：早晨起来望一眼麦垛。总共五大垛，一溜排开。整个白天可以不管它们。到了下午，天黑之前，再朝四野里望一望，看有无可疑的东西朝这边移动。

这片大野隐藏着许多东西。一个人，五垛麦子，也是其中的隐匿者，谁也不愿让谁发现。即使是树，也都蹲着长，躯干一曲再曲，枝丫匐着地伸展。我从没在荒野上看见一棵像杨树一样高扬着头，招摇而长的植物。有一种东西压着万物的头，也压抑着我。

有几个下午我注意到西边的荒野中有一个黑影在不断地变大。我看不清那是什么东西，它孤孤地蹲在那里，让我几个晚上没睡好觉。若有个东西在你身旁越变越小最后消失了，你或许一点不会在意。有个东西在你身边突然大起来，变得巨大无比，你便会感到惊慌和恐惧。

早晨天刚亮我便爬起来，看见那个黑影又长大了一些。再看麦垛，似乎一夜间矮了许多。我有点担心，扛着锨小心翼翼地走过去，穿过麦地走了一阵，才看清楚，是一棵树。一棵枯死的老树突然长出许多枝条和叶子。我围着树转了一圈。许多叶子是昨晚上才长出来的，我能感觉到它的枝枝叶叶还在长，而且会长得更加蓬蓬勃勃。我想这棵老树的某一条根，一定扎到了土地深处的一个旺水层。

能让一棵树长得粗壮兴旺的地方，也一定会让一个人活得像模像样。往回走时，我暗暗记住了这个地方。那时，我刚刚开始模糊地意识到，我已经放任自己像植物一样去随意生长。我的胳膊太细，腿也不粗，胆子也不大，需要长的东西很多。多少年来我似乎忘记了生长。

随着剩下的活儿一点一点地干完，莫名的空虚感开始笼罩草棚。活儿干完了，镰刀和铁锨扔到一边。孤单成了一件事情。寂寞和恐惧成了一件大事情。

我第一次感到自己是一个，而它们——成群的、连片的、成堆的，对着我。我的群落在几十里外的太平渠村里。此时此刻，我的村民帮不了我，朋友和亲人帮不了我。

我的寂寞和恐惧是从村里带来的。

每个人最后都是独自面对剩下的寂寞和恐惧，无论在人群中还是在荒野上。那是他一个人的。

就像一粒虫、一棵草在它浩荡的群落中孤单地面对自己的那份欢乐和痛苦。其他的虫、草不知道。

一棵树枯死了，提前进入了比生更漫长的无花无叶的枯木期。其他的树还活着，枝繁叶茂。阳光照在绿叶上，也照在一棵枯树上。我们看不见一棵枯树在阳光中生长着什么。它埋在地深处的根在向什么地方延伸。死亡以后的事情，我们不知道。

一个人死了，我们把它搁过去——埋掉。

我们在坟墓旁边往下活。活着活着，就会觉得不对劲：这条路是谁留下的。那件事谁做过了。这句话谁说过。那个女人谁爱过……

我在村人中生活了几十年，什么事都经过了，再待下去，也不会有啥新鲜事。剩下的几十年，我想在花草中度过，在虫鸟水土中度过。我不知道这样行不行，或村里人会把我喊回去，让我娶个女人生养孩子。让我翻地，种下一年的麦子。他们不会让我闲下去，他们必做的事情，也必然是我的事情。他们不会知道，在我心中，这些事情早就结束了。

如果我还有什么剩下要做的事情，那就是一棵草的事情，一粒虫的事情，一片云的事情。

我在野地上还有十几天时间，也可能更长。我正好远离村人，做点自己的事情。

最大的事情

我在野地只待一个月（在村里也就住几年），一个月后，村里来一些人，把麦子打掉，麦草扔在地边。我们一走，不管活儿干没干完，都不是我们的事情了。

老鼠会在仓满洞盈之后，重选一个地方打新洞。也许就选在草棚旁边，或者草垛下面。草棚这儿地势高、干爽，适合人筑屋鼠打洞。麦草垛下面隐蔽、安全、麦秆中少不了有一些剩余的麦穗麦粒，足够几代老鼠吃。

鸟会把巢筑在草棚上，在长出来的那截木头上，涂满白色鸟粪。

野鸡会从门缝钻进来，在我们睡觉的草铺上，生几枚蛋，留一地零乱羽毛。

这些都是给下一年来到的人们留下的麻烦事情。下一年，一切会重新开始。剩下的事将被搁在一边。

如果下一年我们不来。下下一年还不来。

如果我们永远地走了，从野地上的草棚，从村庄，从远远近近的城市。如果人的事情结束了，或者人还有万般未竟的事业但人没有了。再也没有了。

那么，我们干完的事，将是留在这个世界上的——最大的事情。

别说一座钢铁空城、一个砖瓦村落。仅仅是我们弃在大地上的一间平常的土房子，就够它们多少年收拾。

草大概用五年时间，长满被人铲平踩瓷实的院子。草根蛰伏在土里，它没有死掉，一直在土中窥听地面上的动静。一年又一年，人的脚步在院子里来来去去，时缓时快，时轻时沉。终于有一天，再听不见了。草根试探性地拱破地面，发一个芽，生两片叶，迎风探望一季，确信再没锨来铲它，脚来踩它。草便一棵一棵从土里钻出。这片曾经是它们的土地已面目全非，且怪模怪样地耸着一间土房子。

草开始从墙缝往外长，往房顶上长。

而房顶的大木梁中，几只蛀虫正悄悄干着一件大事情。它们打算用八十七年，把这棵木梁蛀空。然后房顶塌下来。

与此同时，风四十年吹旧一扇门上的红油漆。雨八十年冲掉墙上的一块泥皮。

厚实的墙基里，一群蝼蚁正一小粒一小粒往外搬土。它们把巢筑在墙基里，大蝼蚁在墙里死去，小蝼蚁又在墙里出生。这个过程没有谁能全部经历，它太漫长，大概要一千八百年，墙根就彻底毁了。曾经从土里站起来，高出大地的这些土，终归又倒塌到泥土里。

但要完全抹平这片土房子的痕迹，几乎是不可能。

不管多大的风，刮平一道田埂也得一百年工夫；人用旧扔掉的一只瓷碗，在土中埋三千年仍纹丝不变；而一根扎入土地的钢筋，带给土地的将是永久的刺痛。几乎没有什么东西能够消磨掉它。

除了时间。

时间本身也不是无限的。

所谓永恒，就是消磨一件事物的时间完了，但这件事物还在。

时间再没有时间。

野兔的路

上午我沿一条野兔的路向西走了近半小时，我想去看看野兔是咋生活的。野兔的路窄窄的，勉强能容下我的一只脚。要是迎面走来一只野兔，我只有让到一旁，让它先过去。可是一只野兔也没有。看得出，野兔在这条路上走了许多年，小路陷进地面有一拳深。路上撒满了黑豆般大小的粪蛋。野兔喜欢把自己的粪蛋撒在自己的路上，可能边走边撒，边跑边撒，它不会为排粪蛋这样的小事停下来，像人一样专门找个隐蔽处蹲半天。野兔的事可能不比人的少。它们一生下就跑，为一口草跑，为一条命跑，用四只小蹄跑。结果呢，谁知道跑掉了多少。

一只奔波中的野兔，看见自己昨天下午撒的粪蛋还在路上新鲜地冒着热气是不是很有意思。

不吃窝边草的野兔，为一口草奔跑一夜回来，看见窝边青草被别的野兔或野羊吃得精光又是什么感触。

兔的路小心地绕过一些微小东西，一棵草、一截断木、一个土块就能让它弯曲。有时兔的路从挨得很近的两棵刺草间穿过，我只好绕过去。其实我无法看见野兔的生活，它们躲到这么远，就是害怕让人看见。一旦让人看见或许就没命了。或许我的到来已经惊跑了野兔。反正，一只野兔没碰到，却走到一片密麻麻的铃铛刺旁，打量了半天，根本无法过去，我蹲下身，看见野兔的路伸进刺丛，在那些刺条的根部绕来绕去不见了。

往回走时，看见自己的一行大脚印深嵌在窄窄的兔子的小路上，突然觉得好笑。我不去走自己的大道，跑到这条小动物的路上闲逛啥，把人家的路踩坏。

野兔要来来回回走多少年才能把我的一只深脚印踩平。或野兔生气，不要这条路了。气再生得大点，不要这片草地了，翻过沙梁远远地迁居到另一片草地。你说我这么大的人了，干了件啥事。

过了几天，我专程来看了看这条路，发现上面又有了新鲜的小爪印，看来野兔没放弃它。只是我的深脚印给野兔增添了一路坎坷，好久都觉得不好意思。

选自《湖湘文学》2020 年第 6 期

杂草的故事

陆春祥

我们都要将杂草除之而后快。

在水稻生长季节，有稗草混杂其间，起初，人们还识不清它的面目，拔节时，稗的尾巴就露出来了。它显然比稻粗壮，且颜色越来越青，稻已经开始谋划孕育生命，稗却只顾抢夺稻田的养分。迅速拔掉，坚决不能让它伤害稻类。稗，虽然也是禾类，但它已是身份卑微的象征，和卑有关的词，都不怎么有地位，婢女，即便陪主子睡了，也很难成为夫人。

稗草是典型的杂草，人们虽尽力除稗，但它仍能让自己的种子混进稻种里，在来年一起被播种。还有野燕麦，也一样能混进麦粒中而不被发现。人们只是不断陈述杂草的危害程度，却不太了解它的前世今生，更不知道无数杂草有着怎样的命运。其实，细细体味，杂草的生长，很有些哲学含义。

英国博物学家理查德·梅比，他的《杂草的故事》，从园艺、文学、历史的角度，探究了许多杂草的来龙去脉，让我们重新审视那些不起眼的杂草。

顺着梅比的思路，我们来厘清几个关于杂草的概念。

一

杂草其实是出现在错误地点的植物。

这个观点，如同我们指称垃圾，垃圾是放置错误的有用之物。杂草也是这样，这个地方是宝贝，换个地方就成了杂草，反之亦然。

例子比比皆是：独脚金，原产地肯尼亚，它的花朵被用来铺撒在迎接贵宾的道路上，而在美国东部，却使上万亩农田颗粒无收；罗马人把宽叶羊角芹引入英国，因为它有缓解痛风的药效，还可以当食物，但两千年过去，这种植物再无药用价值，变成了英国花圃中，最顽固、最难除的令人厌恶的杂草。

二

杂草只是没有被人类驯养。

我们很自然地将叫不出名字的植物统称为杂草。

但对于那些已经知名的草，却有一种莫名的崇拜。端午刚过，许多人家门上还插着干枯了的艾叶。古罗马哲学家阿普列尤斯，他的《植物记》中，这样讲“艾草”:若将此草之根悬于门上，则任何人都无法损坏此房屋。关于“蓖麻”，他这样写：将此植物种子置于家中或任何地方，可保此地不受冰雹袭击，若将此种子悬于船上，则可平息任何暴风雨。

我居住在大运河杭州终点的拱宸桥边，运河两岸，长着无数的花草，有人工种植的，也有自然生长的，简单数数，不会少于一百种。可我只认识很少的一些，我的内心，常常将那些叫不出名的，称为杂草杂花。其实，在农艺花木专家眼里，它大部分应该是有名字的，只是一般人不知道。

所以，被称为杂草的植物，其实遍布每一个植物类群，哪里有人类，哪里就有杂草。且，总是那些叫不出名的杂草，生长得最旺盛，你虽然不去刻意照顾它，它却吸吮雨露，沐浴阳光，长得欢快，欣欣向荣。梅比观察说，如今世界上杂草生长最繁盛的地方，正是除草最卖力的地方！

这就很让人思考。杂草与人类比邻而居，人类与杂草，保持着共生关系，它意味着，人类从杂草中得到的好处，一点也不比其他植物少。杂草是最早的蔬菜，是最古老的药材，是最先使用的染料。《诗经》中一百多种植物，在先民眼里，就是杂草。

立即想到，我们身边的那些动物，命运也和杂草一样，是不断驯化的结果。

如鸡，如狗，就是从“杂鸟”“杂兽”驯化来的。

三

嫌厌杂草，甚至觉得杂草可怕，纯粹是人类的短视。

现实世界，危害极大的杂草确实存在，但杂草的危害力，也是人类对自然世界的破坏造成的。一种植物成为杂草，且凶狠勇猛，纵横多国，是因为，人类把其他野生植物全部铲除，使这种植物失去了可以相互制约、保持平衡的物种。

我们来看，世界危害最大的杂草，排名第七的丝茅。

1964 到 1971 年间，美国向越南喷洒了 1200 万吨的橙剂。此剂臭名昭著，是因为它让雨林树叶脱落，美军洒剂，就是为了使越共部队无处藏身。差不多半个世纪了，当年茂密的雨林地带，现在却生长着坚硬的丝茅。每当树木脱叶，丝茅就会旺盛生长一段时间，待树荫重新遮住阳光，丝茅才暂时退去。越南人一次又一次烧丝茅，丝茅反而长得越旺。越南人尝试种植柚木、菠萝甚至强大的竹子，以遏制丝茅，终归于失败，只能无奈地骂它为“美国杂草”。

有消息说，丝茅躲在亚洲出口的室内包装里潜入了美国，如今，正在美国南部各州疯长。这真有反讽的意味。

其实，丝茅是东南亚森林地表植被的组成物之一。在我们周围，丝茅到处都是，可以说，那些绿化不太好的地方，贫瘠的山沟地边，裸露的岩石上，到处都长着丝茅，顽强得很。这种被越南人必欲除之而后快的植物，其实大有用处。我在中学读书的时候，节假日就割过这种茅草，收购站会收，和芒秆一样，造纸用。

丝茅青青，它的茎叶，牛羊也要吃。

中医里，草和药同源，丝茅也有药用价值，利尿，清热。

四

杂草顽强，无所不在的生命能力，仿佛有从神话中得来的无穷力量。

英国植物学家爱德华·索尔兹伯里，成功地将从蝗虫粪便里提取的种子种活，他还从一只红腿鹧鸪伤腿上的泥巴里，培育出了八十多种植物。他很出名的一个举动是，从自己裤脚卷边带回的零碎中，培育出了二十多种计三百株杂草。

科学研究表明，一棵颇具规模的毛蕊花或小蓬草，能够释入超过四十万粒种子。风滚草的种子，能在三十六分钟内萌发。千里光从播种到开花再到播种，整个生命周期，只需要六周。

种子可以休眠，二年、三年、五年、三十年，甚至三百年，数千年。一英亩的农田中，可能含有一亿粒休眠的种子。土地中杂草的种子，永远除不干净。我看过一个纪录片，说是有机构在南极建立了一个种子库，里面有数千上万种人类生活需要的种子，种子可以存活一千年以上，如果哪一天，地球发生毁灭性灾难（肯定不是地球没了），这些种子就可以帮助我们重建家园。

难怪，杂草无处不在，即便在光光的岩石上，千年的枯枝中，只要迎风有雨，就会蓬勃生长。

五

杂草也是有文化的。

在中世纪，至少有二十种杂草，被人们赋予魔鬼的恶名：春黄菊——魔鬼雏菊；菟丝子——魔鬼的线；荨麻——魔鬼之叶；蒲公英——奶桶。

有恶草，就会有仙草。车前草，就称为“百草之母”，几乎所有的古老药方中，都有车前草的身影。不仅如此，车前草，还是一种占卜草，可以帮助人们预见未来。

1694年的6月24日，英国自然哲学家约翰·奥布里在散步时，看到二十几个女子，她们中的大部分人，衣着光鲜，跪在地上，十分忙碌的样子，像是在除草。一问，原来她们在找爱人：她们在找车前草根下的木炭，晚上把这些木炭放在枕头下，就能梦见未来丈夫的模样。

三色堇，又叫静心花，一种常见的农田杂草，却成了爱情的象征，引发人们各种浪漫的想象。它的花，像一张沉思的小脸，有两道高高的眉毛，两颊，一个下巴，上面还有看起来很像眼睛或者笑纹的细线条。

三色堇的形状，在浪漫的法国人看来，则像两张脸，两个嘴唇在接吻。于是，代名词和形容词如潮涌来：吻我然后抬起头来，花园门后的吻，在花园门口给我一个吻，给我一个蜻蜓点水的吻，跳起来给我一个吻，去门口迎接她然后在地下仓库里吻她……法国人似乎整天生活在感情的海洋中，太能想象了。

六

杂草的故事，还有许多隐喻。

孤独的野外，默默地开着的，是一朵朵不起眼的小花，因为无名，被人忽略，于是活下来撒播种子，来年，它们又子孙满地，风轻扬，倔强地生长。

人类不一定非要将自然世界，拆分成野生与驯养两大部分，杂草至少在提醒我们：生活不可能整天整洁光鲜，一尘不染，人类应该像杂草一样，学会在自然的边界上生存。

此刻，雨后，我到楼下，在壹庐的院子中仔细看了看，这里也有好些不知名的杂草，摇曳婀娜，估计它们是去年藏在各种花木的泥盆里一起迁来的。都是客人，我决计不清除它们，让其自由生长，它们原本也是有名字的，就如茫茫人海中的陌生人，只是我不认识而已。

选自《而已》上海文艺出版社

雪落大地（外一篇）

刘　厦

下雪了！

无声的雪花，在天地之间，飘飞出最大的声响，落在我熟悉的这片土地上。

离这里最近的山，是太行山，离这里最近的海，是渤海。这一片华北平原像敞开的胸膛，宽阔而坦荡。如果说大山里下雪了，那跌宕起伏的曲线，可以让人的目光翻涌起无数波浪，那么大雪覆盖的一望无际的平川，便可以让你的目光最大限度地伸展和飞翔。尤其是在没有高楼的农村，比如我的村庄。站在大雪覆盖的田埂上，喊一声，声音就被风带走了，因为没有障碍，就带远了，远得连自己也听不见了。这里更不知道什么叫隐藏，所有的田野，敞开的院落，每一条大路和小路，以及路边自在的老磨盘，都面朝苍天，都接受着上苍赐予的洁白。

这里镌刻着很多慷慨悲歌，走出过很多名人大家，但这里更多的是如庄稼一样，一茬一茬生长的老百姓。

如果快速地播放这里的历史，就会看见，他们在这里盖起平房，升起炊烟。他们把路趟开，再淹没。他们垒起墙头，又推倒。他们走不了多远，就会回来。他们说过的话，还会反复说。他们让大片的田野绿了又黄，黄了又绿。他们在雪地里，披红挂绿地迎亲。他们在草长莺飞的季节，穿白戴孝送别掉落的亲人。他们在这里经受着四季的轮回。

他们死去了，就像没活过一样，就连坟头也没有一块墓碑。茂密的衰草覆盖着那稍稍隆起的坟头，那隆起的部分是他们经历过的传奇，领悟出的真谛，是一段段鲜活的历史。然而，他们无声的故事只有大地记得，他们是大地的一部分，他们就是大地。

他们当中有我的父辈，有我不知名的先人，然而，我又何尝不在其中呢。

我看见，我坐在窗前，是那个眼睛因为雪光而更加明亮的孩子。我不知道我在期待什么，但我内心充满期待的欢喜。

在大雪覆盖的早晨，除了跳动在雪地和枝头的麻雀，第一个在雪地踩出大脚印的是我的祖父。他穿着一双大草鞋，以及只有最冷的时候才穿的，套棉衣的黑色袄罩裤罩。他带着脚印去房外的柴火垛边、废弃的小院和村外的地里观察，因为这雪会把各种动物暴露无遗，祖父总能在野兔、刺猬、田鼠的各种爪印中发现黄鼠狼的踪迹。这让我总觉得祖父和雪有一种神秘的约定，他能知道雪深处的秘密。

但雪给我更多的是亲切的记忆。每当大雪初停，父母和邻居们都会上房扫雪，那时候看不见楼房，相似的平房因为大雪就更加像了。它们整齐、谨慎，一排紧挨着一排，足够生活行走的小路将它们连接着。没有个性，更谈不上创意，就像这里的人一样，更愿意做群体中的一员，和别人一样地活着。

扫雪是很热闹的，人们在屋顶上见了面，总会你一句我一句地说笑。我日后才发觉，那声音，是平原造就的，发声点儿不在口腔，而在胸膛，是通过喉头的推送，直接出来的，是拐弯最少，修饰最少的腔调。虽然现在我觉得普通话要比我们的方言省劲儿，也好听，但我仍然认为只有这样的土音是最适合说实话的。

我也曾在那屋顶上瞭望，我看见了世界的大，我可以俯视远比我高的大人们，我相信那是最高的地方。多年后，当我看见了这平房的矮小之后，当我攀登了一座又一座高楼之后，当我用岁月丈量了世界的大之后，当我再次站在平房之上眺望，我就更加相信，这平房之上是最高的地方。这里离天空和飞鸟最近，在这里眺望是最长的目光。

大雪覆盖的村庄又是暖和的。院中，不走动的地方都堆着雪白的雪，雪堆看着走动的人，守着平庸的日子。直到院中的过冬葱绿了，才彻底化尽，化尽的时候也是雪白的。

母亲像这里的每一个女人一样，掀开雪下的麻袋片，抱出水桶一样的白菜，母亲一层一层剥掉青帮老叶，沉默的白菜就露出了新嫩的面容。母亲就这样在陈旧的生活面前拨开每一个新鲜的日子，喂养着我的时光。

父亲像这里的每一个冬天一样，掀开压着雪的瓮盖，拿出一斤腊月就买下的猪肉，年就真的到了。

在我的印象中，过年就是两种颜色，红和白。红色的对联贴在两堆雪之间，红灯笼映照的雪泛起红光，红色的炮仗皮落在雪地上。

父亲说：谁谁回来了，谁谁家的谁谁回来了。雪听着一个又一个在外的人回来的消息，我看着他们带回来的熟悉和陌生。多少年都是这样，我和这个村庄一样，是留守者、迎接者、目送者和期待者。所以，过年回家这句话对于我来说，不是迢遥的归途，而是窗前的眺望。

有时候我想，若不是我被疾病强行留在了这里，我一定也是这个村庄的背叛者，我也会留给这里一个背影，留给这里一小块空寂。一边向远处走，一边想念这里，在异乡用一份乡愁疗伤。

但我被留在这里三十多年了，这是这片土地对我的偏爱吗？

让我和它一起感受这里的四季，看着这里的孩子长大，看着他们长大之后离开，看着他们在大雪覆盖的时候回来，看着他们回来得越来越少，看着这里空房子越来越多，看着这里的老人在被遗忘的时间里坚守着别人和自己的记忆。因此，我和这片土地有着同样的角度，我仿佛最能了解这个村庄的心。

目送，目送，一次又一次目送，仿佛一切都是过客，一切都过去后，这里还有什么呢？我看见，无尽的爱已经伸展到了远方。

我也曾从远处回来过，准确地说，回来的那个我，是从坐在窗前的那个我眺望的目光所能及的地方回来的。我在大雪覆盖的时候回来，带着喜悦或悲伤回来。在白茫茫的一片片田野间越走越深，在一段段路程中越拐越熟。我问自己，我这是要去哪儿？空荡的公路通向一个村庄，村庄中有一个院落，院落中有一盏灯。无边的世界中我只需要那个微小的归宿。我突然看见，那个终点是我活着的和死去的亲人的目光，是那些老物件和记忆的目光，是窗前的那个我期盼的目光。

那些目光足够容纳我所有的悲伤，足够回应我所有的荣光，足够安慰我所有的病痛，足够呵护我所有的梦想。正是那些目光，一次又一次催促着我远行，然后期待着我归来。那些目光聚集的地方就叫故乡。

无论走多远，一个人永远属于一个地方。我永远在我的村庄看世界，用这里的土音对生命表白。

然而，每一个游子又何尝不是一块流动的故乡呢？仿佛故乡长了腿和眼睛，并可以用独一无二的乡音说话。在繁华的世界里，带去某一个地域的灵魂，在异乡流浪着无数的“村庄”。

对于华北平原上平凡无奇村庄里的孩子来说，在大雪飘落的时候，都该归位了，下雪了，就该回家了。一场大雪，就是一场浩荡的召唤，召唤着每一个远行的人，召唤着人们回到来处，回归那一片初心。

我在辽阔的雪地上走一走，印出两行车辙，就知道该往哪儿走了。

造　访

虽然只需一个多小时就能到，但那是远方。远方不是地域上的距离，而是在你身边，你却从未到达过，而是在你的生活附近，你却从来不曾体验过的一种存在形式。

就像我生活的村庄，一些地方我至今没有去过；就像我善良热情的邻居，我无法理解她对老年痴呆的婆婆依然恨得那么切齿；就像与我血肉不分的生母，她小时候的所见，将是我与她之间的距离。

很多地方我永远也不能抵达，那是一个人的生命局限。

但还有很多地方是我可以抵达的，只是我一直忽略了。

或许那些地方可以找到我缺失的部分，可以找到我迷茫的解药。

我来学校的时候，正是初夏，天气正好，人的心情也跟着好，仿佛什么美好的事就要发生。

灰色的楼群，朴素又高贵，那灰是我从未见过的灰，它不是沉闷，更不是故作低调，而是一种不用任何表现，也不需任何遮掩的优越。宽敞的道路，让我不敢相信它是在这个拥挤的城市里，在找不到位置的时代，它却有如此富足的空间。路旁新移过来的树，说明这个校区建成也不过几年，让一百多年的师范大学焕发出年轻的容貌。理工楼、公共教学楼、行政楼、时光塔，看到这些名称，我感觉特别的新鲜，更特别的是，我和这里新鲜的一切有了关系。

我多么希望能够像其他人那样，不声不响地走进大学，独自穿行在宿舍与图书馆之间，默默坐在教室的后面做着笔记，惬意地漫步在竹林婆娑的小径中。让它完全成为属于我个人的体验，而不是随时需要我表达符合大众期待话语的媒体事件。让我真正成为它的一员，而不是它的垂青才允许我逗留的一个过客。

但那或许就是我为之向往却永远无法抵达的地方吧。

后来，我每天路过它们，或出入其中。

在太阳刚出来的早晨，母亲推着我走在去听课的路上，安静的校园路上，凉爽湿润的空气吸入了我全身的血液，让我轻快得仿佛只剩下无名的喜悦。行人还很稀少，音乐楼里已飘出了歌声，我也跟着唱了起来。如果人生是一个被命运挟持的过程，那短暂的自由也是极为难得的。这样我就记住了理工楼、行政楼那轻松愉快的表情。

在月亮升起的秋夜，我去听一位知名作家的讲座，我走在金黄的落叶之上，一阵风吹来，路两旁的树闪着金色的光，飘飘洒洒的树叶落在我身上，一种无声的美将我惊住。我记住了这里壮丽的秋夜。

在熙攘的中午，我停在了食堂门口，因为母亲说面条煮芹菜、面条煮青椒吃得实在不是味了，便进去买了几个馒头和一份饺子。几分钟的等候时间，让我一看到食堂就想起了在这里生活的不便。

我慢慢领略了它们的各种表情。那表情与我的记忆相连了，与我的悲喜融为了一体。这让我看见了它们又一种容貌。就像认识一个人，第一面的印象和熟识后的印象是不一样的。离开的时候我才知道，我与这里的关系已从我是走进这里的外来者，变成它们是我的一部分了。

我的住处在两千亩学校的东南角，一座叫国培大厦的楼里，这座十九层高的楼是用来接待短期培训全国各地的老师们的。还记得我刚来那天，一进房间门我一阵惊喜，因为它的布局不是普通宾馆的样子，而是学校宿舍的模样，上下铺，四张床，四个桌子，四把椅子，真的要给我造成一种自己是真正的大学生的错觉了。

或许这个有上下铺的房间，就是我缺失的部分——人间一个普通的位置，可以拥有被接纳的幸福和被忽略的孤独。

朝南的窗户很大，让房间阳光充沛，我们的窗口正好在对面两座住宅楼之间，在十三楼的窗口望去，视野开阔，只是不知道那些地方是何处，那些建筑是什么。有大片裸露的土地，有貌似厂房的建筑，有不知做何用的烟囱，有不知归处的飞鸟。有一条白色的长宽地带，两头被建筑物挡住了，母亲说那是水面，父亲说那可能是一条新修的公路，但又觉得都不太像，他们经常没事的时候坐在窗前研究。父亲还把我抱起来，举到窗前，以求鉴定。我说那不是一堵墙吗？后来为了揭开谜底，父亲专门跑了过去，就在我们的窗口可以看到的那个不明物的地方打来电话，说那的确是一堵墙。我和姐姐大笑了起来。

来到一个地方之所以感受到陌生，是因为收留你的住所周围是陌生的，陌生的建筑，陌生的人群，陌生的声音，陌生的生活。

弗洛伊德说过，两个人一起去旅游，回来后却讲出了两种完全不同的所见。这就是说世界摆在你面前，你所能看到的只是你熟悉和感兴趣的。

就像来到国培多日后，我才清晰地了解了这座楼的结构，我才知道了它周围的环境，我才看到它对面的住宅楼上就是那群鸽子的家，才看见三楼的窗口里，每天晚上都有一对十几岁的姐弟在那里不亦乐乎地玩游戏。才在某一个傍晚，母亲推我们在楼下的空地上透气的时候，发现楼前的短墙和墙根的杂草间竟有一个人出来了，原来那有一条不算路的小路，我们却不知道。从这里去买菜，母亲可以节省 60% 的路程。

一点点发现着视而不见的东西，一点点发现着深藏不露的东西，也就一点点发现着新的自己，这多像人生的特征。

或许人生就是一个求知的过程吧。因为好奇，因为无知，必然有这一遭。

多少次，在夕阳落尽的时候，路过一盏盏灯，我很庆幸，我有一个房间的房卡，一扇门可以被我打开。我可以在其中写作、失眠，可以在其中消化白天的人和事。

一个初冬的深夜，寒流来临，大风让窗户缝发出山谷的咆哮，仿佛整座楼都在摇晃。我的房间就像一个小小的火柴盒，不知要被这大风吹向何处，我在其中，只能在沉默中听从命运的安排。

当我看到世界的广大，也就认识了自己的微小；当我置身于人流中，也就确定了我是个局外人。

世界并不是我的，在我和它之间，有呼呼的风吹着……

在这里的停留是短暂还是长久，又有什么区别呢，就像人生一样，我只是一个过客。

选自《散文选刊》2020 年第 1 期

斑 鸠

王 族

现如今的斑鸠，看上去很可爱，尤其是一身灰色的羽毛，以及那双颇为传神的眸子，看上去极为温顺，是不惹是生非的鸟儿。

但在古代，斑鸠却被说成是奇鸟。晋人张华等人撰写的《博物志》中记有一事：越地深山中的鸠鸟，穿通大树做出的巢，像一个器皿。不仅如此，它们还在周围用白色涂饰，红白两色相间隔，图案跟箭靶一样。伐木的人见到这种树，就避开它走了。有时天黑看不见夜鸟，夜鸟也知道人看不见它，便叫唤说：“咄，咄，上去！”第二天就应该赶快到上面去伐木。它叫唤说：“咄，咄，下去！”第二天就应该赶快到下面去伐木。如果它不叫唤，只是笑个不停，人就要停止伐木。若是有污秽不干净，以及它叫停止伐木时，就会有老虎通宵来看守，伐木的人不离开，老虎就会伤害他。这种鸟，在白天看它的形状，是一只鸟；夜晚听它的叫声，也是一只鸟。间或有喜欢看热闹的，它就变成人形，长三尺，到水涧中去捕捉螃蟹，放在火上烧烤，人们不可以去侵犯它。张华考证，越地的人说这种鸟，是越地巫祝的祖先。

古代的斑鸠，是否如上面所说那样离奇，今人已无法考证。也许此一类文章，看个热闹即可，是不必细究的。

如今的斑鸠，别称有麒麟鸠、雉鸠、麒麟斑、花翼等。

关于斑鸠，常说的话题有两个，一个是斑鸠吃东西，另一个是人吃斑鸠。斑鸠是为了活而去寻找吃的东西，所以就必须去挣扎和努力；人吃斑鸠是为了享受，但必须先进行一番猎捕，才能使一只斑鸠被烹饪后端上饭桌。无论是斑鸠吃东西还是人吃斑鸠，既然能成为人们经常谈论的话题，那么必然就会包含着层出不穷的传奇。

先细说斑鸠吃东西。

它们主要吃各种植物的果实、种子、草籽、嫩叶、幼芽，也吃农作物，如稻谷、玉米、高粱、小米、黄豆、绿豆、油菜籽，吃幼小螺蛳等，有时还吃鳞翅目幼虫、甲虫等昆虫。它们的头小，因此嘴便也显得小，人们很难见到它们啄食时的样子。但它们啄食的速度很快，尤其是啄食谷物种子时，头一闪将其叼入嘴里，如果没有注意看，便很难发现它们的动作。

它们觅食多在三个地方：林下，地上，以及林缘地带。林下是指树下，那里在秋末是天赐的“粮仓”，树上的果实纷纷而落，有时候甚至会在地上铺上厚厚一层。这是一个让斑鸠们增肥的季节，它们往往毫无节制地吃，导致大雪纷飞的冬天来临时，它们已一身赘肉，以至于连飞翔也变得困难。但增肥有利于过冬，在整个寒冷的冬天里，它们因为充足的脂肪和热量，反而比别的鸟儿要容易抗寒。万物规律，皆有天数。也许上帝在冥冥之间早已将一切安排妥当，譬如斑鸠的贪食，有失必有得，有苦必有乐。

斑鸠在地上觅食，主要是吃各种庄稼的种子，或者庄稼成熟后结出的粮食。但这一种觅食却必须偷偷进行，在人们放松警惕时，进入庄稼地疯狂偷窃一次。因为是偷食人的庄稼，便常常会遇上危险，譬如被下毒、陷入捕兽器，或被枪击，轻则受伤，重则丧命。但斑鸠久已养成偷食的习惯，哪怕曾经与死亡擦肩而过，但再次看见粮食仍然会铤而走险，为了一口吃食把生命冒险推向极致。

至于斑鸠在林缘地带觅食，主要是吃植物的草籽、嫩叶和幼芽，此时的觅食是安全的，它们悠闲地落在树枝上，把嫩叶和幼芽吞入嘴里。虽说斑鸠在这个季节如此觅食对树有害，但它们却不会制造大规模的啃食，在每一棵树上啄食一两根嫩叶，然后就会转移向别处。

说起来，斑鸠是最接近人的鸟类，当林中食物被吃完，它们便悄悄接近开阔农耕区、村庄及房前屋后，或小沟渠附近，取食地面谷物。它们觅食时十分活跃，常以小步迅速前进，边走边觅食。地面上可食的东西不少，它们因此迎来觅食的黄金季节，终日饱食，过得无忧无虑。

有一人见两只斑鸠在草地上觅食，其中一只被捕兽器夹住爪子，另一只惊飞后数次飞回原处，不停地盘旋鸣叫。它两翅鼓动频繁，滑翔接近那只斑鸠，但那只斑鸠已被死死夹住，它几次都无法救下那只斑鸠。过了一会儿，它飞到树上，然后低飞到了那只斑鸠跟前，一头将那只斑鸠撞得脱出夹子。它们低沉鸣叫几声后，一起飞走。

到了大雪飘飞的冬天，斑鸠就可怜了。庄稼已被人们悉数收尽，各种植物果实亦少之又少，它们把久久寻觅终无收获的头颅抬起，茫然地望向远处。远处已一片白茫茫，想必那里亦无一粒可食之物，它们便无奈地向别处飞去。

老天爷在冬天撒下了饥饿大网，它们无力冲破，只能到处碰运气。有一位牧民在雪野中放羊，羊群在积雪中找不到枯草，便咩咩哀叫。那牧民哀叹，我的羊啊，可怜得像斑鸠一样，找不到一口能吃的东西。但斑鸠的运气不错，乌鸫吃掉樟树籽后，将硬籽核吐出，于是便成为斑鸠的食物。

熬过寒冬，便到了幼斑鸠出生的季节，雌雄斑鸠轮流孵卵，此期间它们甚为警觉，有人或动物在巢下走动或停留，它们便屏息挨着，无论怎样都不离巢飞走。如果幼斑鸠没有食物吃，雌雄斑鸠便从嗉囊中吐出半消化乳状食物，喂入幼斑鸠口中。这种取食方式被称为“鸽乳”，在斑鸠身上常常可见到。俟到幼斑鸠长大，雌雄斑鸠便弃它们而去，让它们在大自然中自食其力，能活便活出斑鸠的优雅，活不了便悄无声息地死去，不在这个世界留下一声凄楚的惨叫。

因为斑鸠敢于接近人，所以常常被人们果腹。

于是就说到人吃斑鸠。

斑鸠白天觅食，但到了晚上有一个习惯，即上树消化。它们落脚的树林，视野一定要开阔，以备第一时间发现天敌。猎人掌握了斑鸠的这一习性，知道落在树上的斑鸠被树枝遮挡，不利于射击，便在蹲点设置好角度，等待它们发出声音后确定准确位置。但斑鸠性情稳重，如果没有惊扰，它们可以在树上待数小时不动，这就需要猎人耐心等待。猎捕斑鸠，或许比的就是谁有耐心，耐心最好者，必把对方熬倒。

斑鸠终究熬不过人，它们在树枝上站得久了也会累，或者肚子饿了，便四下观察一番，在树枝上开始走动。它们的走动拖泥带水，不停地带出拍翅声。猎人循着声响确定它们的位置，便瞄准它们稳稳击落。

关于人吃斑鸠，还得说到冬天，下雪天会使斑鸠的视线变弱，隐蔽意识也随之减弱。它们下地觅食的时间少，待在树上的时间多。猎人有时懒得和它们比耐心，便在树下故意弄出声响，斑鸠便在树上慌恐乱窜，很快就又被猎人确定准确位置，枪响过后，它们便成为猎人微笑着抓在手中的猎物。不仅如此，它们在冬天还有一个致命的弱点，肚子一饿便乱叫。这一叫就麻烦了，很快就暴露在猎人的枪口之下。

斑鸠肉极鲜，食之酥软嫩滑，无论是爆炒、红烧、清炖或烧烤，都味道醇香，口感独特。与斑鸠有关且常见的菜品有生炒斑鸠、辣炒斑鸠、油淋斑鸠、炸熘斑鸠、冬菇焖斑鸠、热炝斑鸠、党参炖斑鸠、雪球斑鸠、煎酿斑鸠等。最常见的是清炖斑鸠汤，炖熟后用盅盛上，一人一份，食之颇为有趣。

斑鸠并非是温顺的小鸟，它们虽然经常丧命于猎人的枪口，但偶尔也会制造出惊人的奇事。有一位猎人，一晚上未猎得一只斑鸠，他生气地诅咒了几句，怏怏然提着猎枪返回。半夜，他家屋顶上突然响起一片鸟儿的厉嚎——是斑鸠的声音。那猎人听得胆战心惊，似乎有一只看不清的黑色大手，要伸入屋内一把将他拽走。他不敢出去，挨了一个多小时，那叫声才弱了下去。

此事迅速传开，但斑鸠为何会那样嚎叫，却没有人能说清楚。

选自《伊犁河》2020 年第 1 期

看得几多满月

沈书枝

在乡下，月亮是不可忽视的。李白说“小时不识月，呼作白玉盘”，是从幼儿时期便有的熟视，如今的人若想拥有古人这份未曾隔绝的经验，恐怕只有在乡下才能实现。因为月亮固然大而常见，不像星星的光芒那样细弱，轻易被大气层中的灰尘、气体、光污染所遮蔽，城市的夜晚却到底有太多光亮的东西了。中天一轮清冷的半月，带给一个小孩的感受，有时大约不超过路边一盏路灯，或是对面人家楼房里明明灭灭的灯火。而乡下则不同，在夜晚广袤无垠的黑暗中，在绵延起伏的田地、水塘与山坡上，月亮的存在直入人心。无遮无挡、出门即天地的环境，使得无论是黄昏或暗夜，只要在外面，就很难不注意到那天空里唯一显著的明亮光源。

月亮是一个在乡下长大的小孩最初认识的事物之一，是如同爸爸妈妈、小猫小狗那样亲近的存在。吾乡的人过去教小孩指认月亮，有专门的歌谣，开头曰“月亮月亮粑粑”，后面如今则已不复记省。粑粑是用糯米粉和籼米粉调和焖煎而制成的圆饼，地方有腌菜粑粑、蒿子粑粑、南瓜粑粑、糖心粑粑诸种，是一年四季中大受小儿欢迎的零食，“月亮粑粑”的称呼，因此别有一种与日常生活相关的亲密在其中。

我小的时候，很喜欢跟随大人去亲戚家吃饭，因为喜欢回来走夜路，有逸于常规的快乐。倘若是吃晚饭，回来时天已黑透，便很高兴，心里充满不为人知的欢喜。乡下没有路灯，手电筒就是我们那时候生活里最有趣的人工光源了，我小时候常常怪父母不让我打手电筒，说打手电筒的人走路反而看不清。自己走了几步，才发现他们说的是真的，打着手电筒走在弥漫的茫茫白光后面，反而不及跟在打手电筒的人后面走看得清楚明白。

没有带手电的冬天夜晚我们有时也会打火把。路边已收割的稻田里，到处堆满一堆一堆圆圆的、盖出锥形顶的干草堆，去这样的稻草堆上抽两把稻草，夹在腋下，抽一束稻草出来，用抽烟的火柴点成火把，就这样擎在手上，一路燃着照着，一束将尽便抽出另一束来续上。火光灼灼，照在人的脸上头上，烧尽的黑灰飞舞，是非常有意思的事。冬天早上我们去上学，常常可以看到大路上散落的未燃尽的最后一点稻草把子，每隔一段便一小把，稻草梗的端头烧得黑黑的，夜里很冷，地面上一层厚厚的白霜，稻草上面也缀满了雪白的霜花，等到太阳一出来，就晒化了。

这是没有月亮的夜晚，等到月亮出来，甚或很大，这些照明的手段便全不需要了。有月亮，走夜路的感觉便大不相同。大家不用再低头凝神，一心一意注视着脚下可能的坑洼，追逐着前面的人手里的光源，尤其在大路上，可以松松散散地拉开，一面自顾自慢慢走，一面举目四望这月下的田野。月亮是太亮了，轻薄的光洒在举目的田畈上，稻禾绵延，一片又一片，又密又齐地挤站在一起，绿色几乎消隐，只不那么纯粹地黑。近处的花与叶还看得清，远处的山影则是深重的浓黑。总是有声音，春天的青蛙，夏秋的细虫，冬夜里格外动人心魄的事，是经过的人家门口伏睡看家的土狗的吠鸣。大人们一面走一面说话，小孩子跟在后面，一不留神已落到最后一个，前面刚刚经过的万家的坟，会有鬼魂追上来吗？吓得心里一抖，赶紧拔足紧走几步，赶到大人中间，才又若无其事地走起来。

相较于升在半空、已变得晶光皎皎的明月，我更爱初升或将落时红红的月亮。初三初四夜细如铜钩的新月，红得如同咸鸭蛋黄颜色，黄昏时倏然在西边深蓝山影上亮起来，要到这时候，才能注意到它的存在，还以为是才升上来的。晚霞粉红深紫的颜色逐渐消去，暮晚的深蓝遮盖一切，云黯淡下去，月亮越发红起来，很快落进山下，沉沉不见。这纤细的红色落月的滋味，小时候的我并不懂，“可怜九月初三夜，露似珍珠月似弓”，只是那样背过去罢了，不觉得有任何不同。一直要到近三十岁，有一年过年回家乡，正月初三的夜里出门倒水，一眼望见天边一钩新月，将落未落，如同灯火照耀后的橘梓红。满天星星密布，过往儿童时期所见与成人后的情感体验同时涌上，在那一时给我以启予，使我明白自然之辽远与伟大，可以在人心上种下多么坚强的种子。这种子即或在很长一段时间里沉睡，到了将来，在时间与地点合适的时机，还是会即刻醒转，传递给人那自古昔以来人们共通的忧郁和对美的领悟。

此外是白天的月亮。半上午或半下午时印在天上一枚粉白的月亮，看不到一丝夜里那样耀眼的晶光了，只尽是收敛、温润，在淡蓝晴天上，犹如遗忘在黑板上的一幅粉笔画，被人不小心用手掌蹭去了下面一小部分。这样的月亮，也令人动容。到北方生活这几年，难忘的是有一年秋天，和朋友们去远处游玩，回来经过沽源与独石口，路边多土豆与燕麦，在远远的山坡上如丝带一般延展开来，呈现着黄绿交错的秋色。是中秋后第二天，在独石口一段倾圮的土城墙上，傍晚巨大的圆月，带着一点点盛极而后的虚缺，正在天边升起。远处北方丘壑分明的重重山脊上，月亮越升越高，终于在深蓝的天空中变得冰冷明亮。山风极冰，身边巨大的风车缓缓转动，发出轰隆隆的声响。虽然被冻了个够，这样无有所求的自由，也已经珍贵如同遥不可及的月亮了。

人们常说一生看得几回花，实际人的一生中，又能看得几多满月呢？

选自《文学报》2019 年 10 月 17 日

雀泛

杜柯

所有的麻雀在我眼里都一个样，我弄不清这只与那只的区别，它们之间有什么不同，它们只是一个个复制品而已。同理推测，咱们人类在麻雀眼里大约也一个样，是一个模子倒出来的，相差无几。

在中国广袤辽阔阡陌纵横的大地上，无处不见麻雀的身影。甚至在整个地球上，麻雀都是最常见的一种鸟类，它差点成了“普通”的代名词，想必麻雀在其他语种中或许另有种含义就是“普通”吧。可怜的麻雀，做梦都在祈祷自己变成凤凰。凤凰就是它的宗教。——其实凤凰太遥远，那只是一个传说，自从盛世崩衰最后一个凤凰涅槃后世间就再无凤凰了。那就来世做个鹰吧，这家伙可是天空之王。或者做只孔雀也好，当美丽的翎羽一开屏，博得多少掌声与赞美！再不济做只猫头鹰吧，虽然没有鹰的权威，但人们无不对它敬畏有加。实在没辙了，做只乌鸦也行啊，起码乌鸦有个性。

以上只是我的推测，可谓以人之心测麻雀之腹。事实上，麻雀虽小五脏俱全。麻雀是非常精灵的一种鸟，它和人类相亲相近、依傍而生。在所有鸟中，麻雀和燕子是最有人类气味的，麻雀的身上就具有这种“人气”，可以和人一通款曲。但是鹰的身上就没有人气了，这家伙桀骜不驯，高高在上，和人保持着十万八千里的距离。麻雀是大地上的生物，鹰是高空中的生物。

麻雀更多时候喜欢群体活动，为此专门有个词汇叫：雀泛。它们飞起来如一团云，落下来如一把沙子，纵情随性，顺风而至，混乱中透着整齐。它们泛而不滥，机警灵敏，快捷异常，往往一大群麻雀从草丛间、树林间穿过，如一面流动的筛子，空灵通透，八面来风，又如凌空撒出的一张网，这张网在空中收缩自如，翻飞旋转，流动而不破乱。这张网网不到鱼，只能收获空气。

是的，没有人知道麻雀为空气而活。它们向往着蓝天，向往着自由意志，它们有人类的同一秉性。有种麻雀甚至只有拇指大小，它们有在狭小空间生活的能力，但如果把它们捉来关在笼子里，往往一天半夜都养不过。它们属于自由，属于无碍，属于自己，不愿意被束缚和奴役，更不愿以靓羽美喉来献媚取悦于人。尽管在高远的天空中，它们飞不了多高，也飞不了多远，甚至寿命也很短暂，却无不生机勃勃、浑然忘我地活着。

麻雀的确是非常平凡但很有人气的一种鸟。人很容易和麻雀建立起一种信托关系。有不少老人、小孩、傻子和寂寞者，往往爱给鸟雀撒食，和麻雀做了朋友。人最容易与麻雀产生一种交流，这种交流是跨越物种之间的一种信任，一种生物本具的善意，它们和人之间互动、呼应，那种友谊，极易打动人。纵然鹦鹉会说人话，黄莺歌喉婉转，孔雀屏扇美丽，白鹭高洁潇洒，可是最先给人以信任愿意相信人的却是麻雀。

在我还是学生的多年前一个午后，我一人走出家门，信步来到田野上。时值深秋，苍穹阴阴低垂着，沉默无语。秋气似剑横扫大地原野，一种凉爽的干燥弥漫在周际。我寂静地行走，被自然的一种博大力量所包裹，感受到一种无言的情绪。然后，我看到了一群麻雀，它们从天际飞来，如一片云，一阵风，唧唧叫着，鲜活着生命小小的喜悦，刹那间打破了田野的宁静。麻雀们投落于我眼前草地上，群蜂一般“游”走，倏地集体飞起，又倏地集体落下，这样停顿、弹跳了四五次，而后集体发出一声鸣叫，迅疾消逝在苍茫云天里……

我凝视着麻雀天边远去的踪影，耳畔久久回响着它们的清音。有时候，人们觉得麻雀声音聒噪，但这时候，在这清寂空旷的原野上，我觉得那声音十分撩人动听。

那群麻雀从我生命里飞过去了。

它们都不认识我——这个人，与其他的人类有何不同。正如我记不清它们彼此面貌的差异。但此时此刻，它们的确从我生命里穿越过去了，永不回头。

选自《浙江散文》2020 年第 1 期

夜 行

方英文

阴历下旬的夜，是黑的。漆黑漆黑的。若是阴天，那就比漆黑更漆黑了。如果此时必须出行，又不能让外人知道，那就不能打灯笼。家里有手电筒，也不能带，即使带上也不要用。当然同时，需要等待周围所有人家熄灯睡了之后，才可出门。

我要母亲继续睡，别起来送，儿子大了，不必操心。但我知道，母亲一定抬起身子，从窗洞里看着外面。

刚一出门，当然是伸手不见五指，却见一对珠子，忽明忽绿地转动着，挪到我脚前，轻轻“汪”了一声，是黑狗。这声“汪”的意思是发问：夜深了你去哪呀？我蹲下身子，抚摸狗头，嘴巴尽量挨近狗耳朵：你莫吱声，我要去远方，白天不便走呢！黑狗蹭了蹭我的裤管，打个喷嚏，卧回草窝了。

站起身子，发觉变化了，因为方才出门什么也看不见，只经了一蹲、一起这么一会儿工夫，门前的小路就恍恍惚惚呈现在眼前了。而在过去，在如此的暗夜出门，那是必须打灯的，否则根本看不见！

眼睛与黑夜，有个相互妥协适应的过程，尽管过程不长。

路两边的庄稼地，有微微的气息氤氲出来，皱皱鼻子，香，暗香，带着一丝丝淡淡的麻味香，那是洋芋的味儿。再有几天就是端午节了，可以尝新洋芋了。一个洋芋种子，可切开两瓣或者三瓣。眼儿多的洋芋，能切四瓣。每瓣至少得有两个眼儿，以确保发芽。时候到了，刨一窝洋芋出来，如果结得好，大大小小五六个呢！而这个，只需地里生长一百天，便有了如此的收获奇迹！若是种一块钱在地里，一百天后挖出五六块钱来，谁还要外出谋生呀！

小路斜到坡根，那里长眠着慈祥的祖母，紧邻着别家的老坟，飘浮着松柏的异香。给祖母深深三鞠躬，心里说：奶，你孙子要出远门了！脚被绊了一下，是个棍儿——怪呀，白天路过没发现棍儿吗，是祖母给我防身用的？就捡拾起来，不粗不细，拄着刚好。

家门外三十里路，哪里过河，哪里拐弯，哪处有棵树，哪处路面有个凸起的塄儿，都熟悉得如同自己的手心手背。不过夜里走路，拿个棍棍，也还是有必要的。瞎子就带个棍儿，棍儿是瞎子的眼睛：脚前点三下，三角形探测是否可行，这才迈前一步。

到了大路上，能见度好多了。大路在川道的中央，与两边山根下的人家保持着较远的距离。孩子啼哭的方向，一个窗口亮了，不久又灭了，应是给孩子端了尿，啼哭由强到弱，安静了。

这时的声音，唯有小河的流水声，汩汩的，小河看上去如同微风里没有洗干净的长长的手帕。原以为天上的云乌黑呢，仰望了一下，那云不是太黑，厚薄也不甚均匀，如同小姑娘第一次学摊的煎饼，荞面煎饼。

左边坡根一处，一团浓重的黑，那是一户人家门前的两棵大槐树，突然一闪两点红。是什么爬树动物的眼睛吗？还是吊死鬼？不由一个惊战，将挎包挪到另一侧，一手攥紧棍子，一手抚摸挎包沿上的喷漆字“红军不怕远征难”。挎包里装着唯一的换洗衣服，还有一个苞谷馍干粮。

距离家门远了，心理顾忌大为减弱，即便碰见个谁，也没啥关系，人家才懒得管你去干啥呢。不过这等深更半夜，也不会碰见人的，碰见的大概只能是鬼吧。想着鬼，好像鬼真的来了——

河流被一个山嘴改变了流向，弯折到对面山坡下，那里便有一个废弃的油坊。柴油机出现后，人工榨油就退出了历史舞台。正胡想时，分明看见一个单腿人影蹦出油坊门，又迅速退回去，同时“笃笃”两响——鬼吗？棍子在空中抡了一圈，脚步并未停，而是加速。加速经过油坊门口时，闭上眼睛，使劲大声：呸、呸、呸！传说鬼怕唾沫。

闭眼走过两丈远，睁开眼睛，不睁眼看不清路。可是这一闭一睁的工夫，黑夜更黑了，如同泼了一桶墨汁，黑稠得什么也看不见了，还带着一股臭味！我当然清楚，这是另一户人家的猪圈，同时传来猪的两声“哼哼”，过去以为猪睡得很死呢！棍子探路，全然成了瞎子，加速，脊背渗汗，几秒钟后视觉恢复，没敢回头。

绕过这个山梁，地势再次开阔了。庄稼地里发出“嗖嗖”声，不可能再是鬼吧？不管不顾，走自己的路要紧。两面的、高高的山坡地上，有几处忽明忽暗的火光，那叫“煨火粪”，因为太高，粪尿无法驮上去，只能就地采取杂草腐土煨烧火粪。海拔高，气温低，玉米下种迟。

但是那几点火，也可能不是粪火，而是自然磷火，白色，或者蓝绿色的火，人们叫它鬼火。狗的叫声传来，再黑的夜里，狗都能看见一切。狗叫是狗说话，可是没有人能听懂。但是人的话，狗是能听懂的。狗能看见各式各样的鬼，于是大叫小叫，急叫缓叫，等于给人报警。

狗叫声一停，过那么一阵子，便听见了夜虫们唧唧溜溜，密密麻麻的、细细弱弱的声音，织网了神秘的山川土地之夜。

右边，是一片广大的稻田，因为秧苗刚插没几天，水光与苗影杂糅一团，再过一段时间，就看不见水光了——秧苗长高了，叶片蓬松开了。隔着这片水田，便是一家大地主的宅院，当然早被贫下中农分了住。宅院外面的树木，竹园，黑乎乎的，传出一串鸟叫，相当好听。

沿着河流往下游走，河流不断地接纳小河流，水声就越来越大了，像是很多人开会，争抢着发言。由于地势平缓，这些发言声显得不急不躁，亲切和蔼。过河时，石磨大的列石铺过河床，棍子先去敲一声，随之跨过去。列石之间水流粗，急，声音也大，像是给我说话：小伙子，大胆走，没啥可怕的！

子时过了丑时来，到了寅时，感觉渗凉了，便从包里取出衣服，套上身。这时发觉天要亮的样子，因为景物分明清晰了许多。一抬头，不是天要亮，而是云层篷顶的天空忽然开了一个很大的洞，星星们暴露出来，如一捧捧淡淡约约的银粉撒落下来。想起前年经过这里时，看见一个大辫子姑娘河边洗衣服，扬起棒槌“啪啪”的捶衣声。怎样的地方，生出这么好看的姑娘呢？原来是河流弯曲有致，河水清明泛绿，四面的山形花草也是分外地悦目喜人，可惜现在看不清，只是一些模模糊糊的廓影。

当东山显出一痕浅浅的白，便知道天要亮了，太阳快出来了，县城也不远了。又过了十几分钟，便看见草木挂满了露珠。在快要踏上公路时，一家门“吱呀”响了，男人出来使劲吐口痰，然后折回去，担了一担水桶出来。

这是1975年的夏季，我十七岁时的一次夜行。父亲在一个镇上教书，他跟当地领导关系好，要我去当代理教师。担心被生产队阻拦，母亲让我夜里偷着走，生产队的事由她周旋，解释。

二十年后我去香港，从酒店的高楼里看窗外，世间竟有如此的灯火灿烂，简直神话得不可思议！当时就想起少年时的那次夜行，不通车，没有电，纯粹是黑夜。然而与不夜城对比，还是黑夜里独自行走在秦岭深处更令人惊叹，天地间唯我一人，那奇妙的声音，那异样的气味，那刺激灵魂扩张奔流的河山能量，生生不息，动人心魄，如同读了半部天书，是大白天里永远也看不到的，永远也感受不到的。

选自《散文百家》2020年第6期

一个人要遇见多少荒芜才算够

雍　措

不知去向的老

自我出生，就从来没见过这么大的阵势。一百多匹老马聚在坝子里，一百多双老眼齐刷刷地盯着我看，那一双双浑浊的眼睛呀，看得我整个身体里的骨头都在酸痛，仿佛自己也跟着它们老得不行。

如果不是今天这样的场面，我还不知道凹村竟然还隐藏着这么多匹老掉牙的马。平日里，下地干活、婚丧嫁娶，出现在场面上的马都是些光鲜年轻的马匹，它们各个皮毛油亮，见人高昂着头，让我误以为凹村所有的马都是一副高高在上的样子。

对于那些高高在上的马，偶尔在路上遇见它们，我也做出一副高高在上的样子，我心想，人活大半辈子，还能输给一匹下地干活的牲口不成？等我们的高高在上在路上擦肩而过后，走不了几米，我时常会偷偷地回头望那些在我面前高高在上的马在我背后是否还保持着原有的样子。有好几次，我惊奇地发现，在我回望它们时，它们在我后面的样子竟然一反常态，垂着头走在我身后，跟做错了一百件事情一样沮丧着。还有几次，当我回望它们的高高在上时，有些马也偷偷回头看我。当两个偷看的眼神彼此遇见，我和马都乱了脚下的步子，我们先是躲避对方的眼睛，实在躲不开的，我假装丢了东西回头找，马假装踩着了绊脚石左一脚右一脚地踢。做这些事情要不了多久，过后我们又恢复了原有高高在上的样子，扭着头大踏步向各自要去的方向走。

从我好几次的经验里，我知道一匹马的高高在上大部分时候是做给人看的。

人要面子，一匹马长久地和一群要面子的人生活在一起，不学坏也不行。

从什么时候开始人与马之间处成了这样？一匹自家的马和主人之间很多时候都在伪装着自己，这样不能真心相对的日子里，一匹马是怎么想的？俗话说，吃别人的嘴软，拿别人的手短，何况一匹马要在一辈子里都干这种吃别人嘴软，拿别人手短的事情，它怎么还能在人前面一副高高在上的样子呢？

这件事搁在我心里好长一段时间。很长的时间里，我都在想有关马的事情。一匹马在它的一辈子里，到底是怎样度过的。我们看见它们的时候，它们似乎都有事可做，后来我仔细想了想，凹村一年四季真有那么多事情让一匹马去做吗？

除了马，凹村还有驴和牛。牛干的活马做不了，牛常年耕地，背上的老茧一层一层地掉。牛把地耕完了，空闲下来还要为马和驴分担驮东西的任务。驴是干活的一把好手，别看它个子小，劲儿却使不完。凹村的人，也是一辈子的苦命，有些活明明可以分给牛马驴去干，非闲不住要自己去劳苦，背压弯了不说，还得了一身的痨病。

有人和牛驴为马分担了这么多事情，那么一匹马一辈子还有多少事让它操心呢？自从发现了这个秘密，我经常坐在远处观察马的生活。

一群马从早上出去到下午回来，它们脸上的表情是有一种松与紧的变化的。它们出去，有的时候是去干活，有的时候是主人怕马在家待久了发闷，把它们放到山上去散散闷气。马只要能走出门，尾巴都摇晃得厉害，它们的兴奋劲儿从有事没事对天长鸣一声就能看出来，一群马是多么想离开这个家，多想走向远方。

一家的马对天长鸣一声，整个凹村在马圈里的马心慌起来。它们故意在圈里“滴滴答答”地来回走，踩碎几根干细的棍棒，“唰唰唰”地撒下一泡大尿。还不见主人来，它们就用自己的长嘴把一堵石砌的墙弄得“咯吱咯吱”直响。圈如果是黄土做的，它们就用自己的后脚去踢土墙，土墙上的黄土自然经不起马这样的折腾，要不了多久，黄土就“稀里哗啦”往地上掉。

主人听见圈里的响动，也心慌得要命。在床上干坏事情的，马上停下来骂骂咧咧地先去处理马的事情，身后留下另一个热着身子的人在那里等；在地里忙着播种的人，把几个挖好的坑空空地放在那里，让一粒种子迟上一阵子才入到土里；树上摘果子的人，把刚要摘下来就差那么一丁点就可以放进筐里的果子让它在树上再挂一阵子，他们急急地滑下树，去放一匹马；正在锁门准备去放马的主人，听见马在圈里折腾，按到半截的锁扣忘记再按下去，就匆匆赶到马圈里去了。

因为一匹马或者几匹马在圈里折腾，凹村人很多手里的事情刚做到一半就断在了那里。

那天早晨在床上干坏事的两个人，每次再干那些事情的时候，总是要先问那匹马放出去了没有，这样的次数一多，另外一个人心里生出死结，他觉得那个问他马放没放出去的人，在乎一匹马比在乎他还要多一些，时间久了两个人自然生分了；那些比其他种子迟了一会儿才入土的种子，当收获的季节到来时，你会发现那些迟种下去的种子再等它成为一颗种子时，它始终比其他的种子要干瘪些，一粒种子在用它的一生抱怨那个迟一阵子播种它的人；那个马上就要摘下却没有摘下的果子，被主人在枝头上遗忘了一个冬天，它全身被蚊虫叮咬，被那些贪食的恶鸟啄食，身体里还藏着几片冬天的冰雪，悲伤地落到了这一辈子它都不想落到的地方；还有那把主人锁到一半就离开了的铁锁，等主人再回到家时，家里少了几样东西，那几样看得见的东西对主人来说其实并不重要，主人担心的是还有一些东西丢了，自己却一生都没有发觉。

发生这些事情的时候，很多马并不觉得愧疚，我看见它们还在暗地里咧着嘴笑。从外面回到家的马，它们虽然头昂着，眼睛却白天夜里地一直盯着回来的路看。一条凹村的泥巴路在一匹马的归家途中扮演着怎样的角色，只有一条路和一匹归家的马才最清楚。

当太阳从升起到落下，当一轮浑月从圆到缺，当一棵草被风吹得东倒西歪，当一条小河流经一片草原，当一只鹰飞过山顶，当旱獭对着月光孤独，当一场雪盖住另一场雪，一匹马的眼睛里到处都是悲伤。那深远的悲伤，只有它们独处的时候才流露出来。这种悲伤是我不忍心去打扰的，也是一个观察它们的人捉摸不透的。

直到今天，一百多匹老马站在我眼前时，那宏大的场面突然让我理解了那深远的悲伤。那悲伤是来自骨子里的悲伤，那悲伤是蓄意已久的悲伤，那悲伤是自始至终不想拿出来和别人分享的悲伤，那悲伤是一匹马不知去向地老去的悲伤。

那悲伤多像凹村人渐渐老去的悲伤，看着让人心疼，却什么也做不了。

一个人要遇见多少荒芜才算够

要朝哪个方向迈出一步，才能到达我想去的地方？那个我想去的地方，一直在远处等我，我却被困在一片长满荒草的山坡上，没办法脱身。

这片长满荒草的山坡困了我好长时间，我每想走出去一步，所有的草都向我挤来，所有的枯土都在脚下绊着我，远处的天突然用一片黑堵住我，还有一群不知名的小虫，费力地修一个坎拦住我。我告诉过那些不知名的小虫，它们没必要费那么大的精神修一个堵住我的坎，它们修的坎，只要我可以走动一步，不费一点力气就可以跨过。小虫不听我的话，白天夜里地修，几天下来，那个坎拦住了我，我再也无法跨过那个我以前认为自己可以轻轻松松就能跨过去的坎。

是谁把我带到这座荒坡又把我扔下就离开了，我一直在脑海里思索着这个人。我的熟人不会做出这样的事情，他们和我一样，一辈子死守着凹村，不敢轻易离开自己的村子去一个从来不熟悉的地方游荡。那么，带我来这里的人一定是个我不熟悉的外人，我不知道他们用了什么方法，模糊了我的头脑，蒙蔽了我的双眼，连我忠于凹村一辈子的心都舍得放下，跟着他们来到这里。我一点也记不清楚来时的路，只感觉现在的我浑身都在酸痛，我的右脚上起了好多水疱，大脚趾上还长了一层薄薄的茧。我的左脚一点事也没有，这让我想到，在来的路上，我的右脚肯定是先跨出去，它为我的左脚去掉了很多可以避开的障碍物，让我的左脚避免了没必要的麻烦。

我这一生没遇见过几个陌生人。那寥寥几个遇见的陌生人，他们都在我的脑海里清清楚楚。

我遇见的第一个陌生人是一位手拿镰刀的人。我遇见他的时候，他正在一条干枯的水渠边磨他那把锈迹斑斑的镰刀。听见有人走向他，他停下手里的活路，歪着头看我，那陌生而又坚硬的眼神，真像他手里握着的锈迹斑斑的镰刀。我想转身离开他，但在他锋利的眼神驱使下，我呆呆地站在原地。我大着胆子问他，你从哪里来？他不说话。我又问他，你要去哪儿？他还是不说话。他磨得光亮的刀口在阳光下泛着银光。他满脸都是细细的疤痕，有一瞬间，我觉得他的脸不像脸，像凹村秋天牛耕过的土地。我在那里闷闷地站着，心里七上八下，我想到逃。如果不采取点行动，我想我会死在他的刀下。当我的死真正发生时，我无力反抗，只能乖乖地等着。想着这些，我鼓足勇气一趟就跑开了，那一刻我的脚下生风。他没跟上来，我听见他在那条无水的沟渠边继续“哗啦哗啦”地磨他那把锈迹斑斑的镰刀。回凹村的路上我一直在想，像他这样的一个陌生人要用这把镰刀收割日子里的什么？

我遇见的第二个陌生人披着一头白发坐在凹村的村口。他背靠一棵大树，整天盯着一群蚂蚁在树洞里爬进爬出。树洞长成很多年了，凹村人没把一个树洞当一回事，就等它一个劲儿地长。很多路过的老人跟他说话，他回答别人的永远只有一句：那个树洞是我，我就是那个树洞。我跑到树洞那里去看，树洞很深，从树根一直通向树顶，仿佛是从地通到了天。我和那个白发的老人坐了一会儿，我们什么话也没说，就那样静静地坐着。等到下午，我知道一个树洞会慢慢隐藏在渐渐落下来的黑里，我起身就走了。老人还坐在那里，看一群蚂蚁从早到晚地爬。一个树洞里面隐藏的秘密，我永远无法说清楚。那个满头白发的老人在那里坐了三天，第四天不见了。有人说老人变成了一个树洞，还有人说这个老人走进了树洞，一辈子生活在一个通天通地的树洞里。

我遇见的最后一个陌生人，他说他是一个疯子。我说说自己疯的人往往不疯，他看着我嘿嘿地笑。他说你见过一棵歪脖子树上挂着两个人的脚吗？我说没见过。他说你听见过河水里有女人在唱歌吗？我说没听过。他说你知不知道天是有两个的？我摇头。他还说，你知不知道一个人活着其实是有很多人帮着他在活？我摇头。他哈哈哈地笑起来说："你看，我是不是个疯子？我就是个疯子。"他说的每一件事我都没有亲眼见过，但不知道为什么，我心里却很相信他说的话。

我的这一生只遇见过这样的三个陌生人。他们在我生命里并没有待很久的时间，就离我远去。我不知道他们去了哪里，有一天还会不会回来，这些我都从来没有想过。

今天我被困在一片我怎么也走不出去的荒芜里，我想到了他们。我想是不是那个手握镰刀的人，为我劈掉了一路的荆棘带我来到这里。我想是不是那个白发的老人把我从一个通天通地的树洞引到了这里。我还想是不是那个说自己是疯子的人，干了一件疯事把我领到了这个荒坡。他们每个人把我带到这里，就匆匆地走了，连一句嘱咐的话也没有，就那么走了。

这一生，我都没有遇见过这样的荒芜。面对一片荒芜，又一个落日即将落下。面对一片荒芜，我竟然一句话也说不出来。我知道一片黑会在不久之后来到我的身边，那个平时缓缓升起的月亮今天不会如约出现在天空。我还知道在这个孤寂的荒坡上，我又要独自一人面对又一次黑暗的到来，在这一生里，我是一个多么惧怕黑暗的人。

那群不知名的小虫还在即将到来的黑里，忙碌着修一个挡住我去路的高墙，我想告诉它们，它们修的这个高墙，挡住我的同时，也会挡住它们的去路。然而，我想说的话并没有说出口，有些事情还是要等它们自己明白才算真正地明白过来。

我坐在一片荒坡上，再无心去想一条去路了。就像眼前的这群不知名的小虫，就像一荒坡的枯草，就像即将落在我面前的黑，它们的去路在哪里，它们有没有去路可言，谁都不知道，也无法知道。

人的这辈子里，偶尔需要一片荒芜，我想。待在荒芜里，所有没想过的事情都朝你走来，所有你绝望的事情都在这里崩塌，所有的期望都在这里一次次地萌发，所有的快乐和悲伤都在这片荒芜里遇见和消失，然后你会发现，这是一片多么生机勃勃的荒芜，什么东西都可以在这里生长又可以在这里失去。

我还想，一个人只有处在一片荒芜里，才能更清楚地看见自己。看见自己的时候，一片荒芜将不是一片荒芜，是你走出去的一条路，那条路你将会用你后半生去感谢它，那时你会说，你是多么感谢自己这一生遇见的那片荒芜，那片荒芜让你得到了更多。

这一生，一个人要遇见多少荒芜才算够？

我想到我见过的三个陌生人，或许他们都是遇见过一片荒芜的人。经历过一片荒芜之后，他们终于活透了自己。

一棵树，一只鸟

我又见到了那只鸟。

那只鸟落在前年它落过的地方，学着前年来看我的样子，歪着脑袋、扑棱着翅膀，见我一人在院子修锄把，短而有力地隔一会儿叫上两声隔一会儿叫上两声。我修的锄把是前年它来时修的那把，锄把知道那只鸟停在前年落过的地方，越来越弯的身子一个劲儿地往那边蹭。我得松一松手，很多东西都要在握得紧紧的时候试着松一松手。

一把锄把认识那只鸟，那只鸟也认识锄把，虽然时隔一年，我们都认识彼此。

在我的一生里不知道有多少只鸟飞过，又有多少只鸟飞过之后，还想着再来深情地看看我。在凹村，我没告诉过任何人，我是一个多么希望有人来随时看看我的人，那个来看我的人如果嫌弃我的房子太老，不想进我的泥巴房，他可以站在门外不进我的屋，也可以就趴在那只鸟站着的地方，喊上两声我的名字，说上两句不相干的话，我嘴上不说，心里也觉得足够好了。

我感激一只鸟再来看我。我对着它笑。它骨碌着眼睛看我，接着扑棱起了它那对黑白相间的翅膀。它扑棱翅膀时，身上落下来很多尘土，那不是我家一堵老墙上该有的尘土，那些尘土是从一只鸟身上落下来的，黑沉沉地从它站着的地方飘到我前面。我心疼起这只鸟，我不知道这只鸟飞了多远的路程来看我，也不知道它在来看我的路上都经历了什么，我更不知在我们没见过面的一年里，一只鸟都干了些什么，这没见过的一年，是一只鸟对我的秘密。

那只鸟在一堵老墙上站了很久，再站不住了。它飞进我的院子，在我的院子里来回地走动，最后来到我的身边。它歪着脑袋看我。有很多年，没有一双这么认真的眼睛看过我。我把锄把放在地上，坐得直直地让一只鸟看。我想让一只鸟从心里记住我，那样的话，即使日子把我变得再老，它都不会错过几个村庄，走错一个院子，遇见几个长得像我的人就误以为那人就是我。

鸟看够了我，又去盯放在地上的锄把。

这根锄把陪我有好几个年头了，原来它是长在东坡的一棵松木树，那年我上山采松茸，刚把一朵大大的松茸装进口袋里，就看见了它。那时的它年轻气盛，见我就把满树的绿叶子晃得“哗啦啦”地响。我家里正缺这样一根又直又没有结疤的锄把。况且前阵子，刮过几场旋风，很多山上的大树小树都被风刮断了，而这棵松木树在我见到它时，还直直地站在那里，说明它骨子里的韧劲相当好。韧劲好的树最适合用来做一根锄把。

第二天，我就拿着一把弯刀去东坡砍这棵树。树是不大，倒是费了我好多力气在上面。那天早上，我把刀口磨得锋利，可砍了三下都没有进这棵小树的身，那三刀下去，松木树只掉了一点小皮。我有种被羞辱的感觉。

那一年，我一心想除掉一棵松木树。于是，我回家拿来挖锄，我想对它的根下手。但让我没想到的是，这棵松木树的根是老根，我越往下挖，根越粗，丰富的根系往凹村的四面八方延伸着。我沿着这些根系一直挖过去，先到了扎西家的羊圈里，再到了拉姆家厨房里，再到了尼玛家的家神那里，后又到了村长家的媳妇房屋里。我再不敢往下挖，再挖下去，我想我会发现一个凹村谁也不知道的秘密。

在一个月夜，我没告诉任何人，偷偷地掩盖好我挖进凹村的所有痕迹，重新回到那棵年轻的松木树那里。我用了三天时间，砍掉了它，我说过我是一心想要这棵松木树。我砍掉松木树的那天，凹村的扎西、尼玛、拉姆、村长媳妇都奇怪地染上了风寒，他们的咳嗽声通过一根树根传到我的耳朵里。那时，我正在用铲子埋老树根。他们一咳嗽，老树根轻微地震动着，旁边的黄土不用我铲，都窸窸窣窣地往下掉。我知道是自己惹了祸，扔下铲子，拿着半截砍掉的松木树跑回了家。

我没把这件事告诉过凹村的任何人，自己也很少朝东坡去了。我用带回家的这根松木树做成了一根锄把，从来没舍得用过一次，每年天气热的时候，就拿出来修整修整。

这只鸟飞到锄把上，来回地在上面走。它用嘴轻轻地啄那根锄把，锄把发出“咚咚咚”的硬响。我知道一根我几年前砍下的锄把比我的身体还硬朗着。我也知道我活不过一根锄把的寿命。如果有一天，我奔着西坡去了，留下一根锄把在我的屋子里，它将会怎样面对一屋子的空和暗。即使一个好心的人，心疼一根好好的锄把丢在屋子里可惜了，把它带回家，镶在一个新的锄头上，用他余下的一生去使用我扔在这个世上的一根锄把，我的锄把也不会幸福到哪儿去，它会想起我，一个一直爱它，每年把它拿出来修整修整的人。

一根锄把的想念远比一个人的想念要久远得多，认真得多。

那只鸟叽叽喳喳地叫着，它来回地从我飞向大门，又从一扇厚重的大门飞向我。我懂了一只来看我的鸟的意思，它是要让我拿着这根锄把走出大门，它要带我去个地方。我跟着一只鸟走出我的房子，我有种不知道哪儿来的感觉，一只鸟要带我去干一件大事。

鸟带着我来到那年我砍下松木树的地方，长出松木树的地面被黄土掩盖得平平整整，好像这里一如凹村的任何一块平地。一只鸟忙活起来，它用它的利嘴掏着平整的地面，过了很久，一个不深不浅的坑掏好了。鸟飞过来拉我，我走到那个鸟掏的坑前，它来回地晃动着脑袋，示意我把一根陪了我几年的锄把放进它掏好的坑里。

它是要让我重新把一根锄把种进它原来的地方。我握着锄把，舍不得放进去。这时跟了我多年的锄把也在我手里使劲，它在努力地往那个鸟掏的坑里蹭。从那时开始，我就明白我这辈子再也握不紧一根我想要的锄把了。

那天，在原来的地方，我种下了它。种下它时，我心里有说不出的酸楚。我离开了那个地方，那只鸟没跟着我回家，它待在锄把顶上叽叽喳喳地叫着送我。

第二年，凹村出奇地旺盛，人丁添了十个，雨水充沛，粮食丰收，村子一副大好的景象。

那一年，一只熟悉我的鸟又飞到我的院里来看我。它嘴里叼着一片翠绿的嫩叶，它把叶子放在我手心里，就飞走了。

又过了几个月，我在路上遇见几个闲摆的人说，东坡光了几年的土地上长出了一棵奇怪的树，树年初才发芽，年底就长了十几米高。还有人说，那棵树的树脖子一直伸得长长地望着凹村的某个地方，像在想念某个好久不见的旧人。

“还好，有只鸟在树上搭了一个窝。一棵树，有鸟陪着，也就不那么孤单了。”其中的一个人说。

节选自《花城》2020 年第 2 期

我总能遇到一些可爱的人

林语尘

赏花人

红花羊蹄甲是我很喜欢的南国花木，朴素，多花，还很香——香得毫不甜蜜，有肥皂的洁净感，十分特别。我家附近某条路栽满这种树，春节前后盛放，紫红落花混入鞭炮的红纸屑，行人过处，暗香满路。环卫工人每天都要将落花扫走，不然路面很快会碾出一层花泥。

有天傍晚，我和母亲经过那里，地上又积了不少花。我说着“好看”并停下拍照，母亲也兴致勃勃，帮我寻找花瓣更密的地面。忽听人说：“好看吗？我看过更好看的！”抬头看到一位环卫工人，把竹扫帚倚在树上，冲我们笑。

他略显生疏地翻手机相册给我们看。照片很模糊，都是凌晨天色未明时，路灯昏黄，各种遍地花瓣的场景。有几张照片，主体是顶着厚厚落花的一对垃圾桶，他指着乐呵呵说：“马桶开花！”不知是口误还是什么地方特有的俗称。

我们谢过他走开时，都挺高兴。我跟母亲讲起以前读的故事，白居易当地方官，在城外种了很多花树，一春好景，当地人却不来赏花。他独自流连其间，很陶醉，很自在，但也多少有点儿失望，觉得世俗之人呀，怎么都这么没有情趣。我说，真想让他跟今天这位环卫工人喝一杯。

饲　猫

居民区的野猫不少，喂猫的人好像更多。

玉簪花圃里，去年秋天有两只奶猫，姜黄皮毛，小小两团，在雪白的花下打滚晒太阳，像郎世宁的画儿。附近有阿姨一天三顿拎着饭盒来喂，寒来暑往，奶猫长成了满脸横肉的糙汉。

我家太后有时会盯着我感叹：“长得太快了，小时候没多给你拍点照片，真可惜。”我就打滚：“难道我长大就不可爱了吗？你不喜欢现在的我吗？”但是看看猫，我明白了她的遗憾。

有一天我看见野猫钻进快递车半开的门缝。快递员就在车边忙着分拣，只扫了一眼便不管它，像是老熟人。猫：“今儿个够冷的，我上你车焐一焐，你忙你的。”快递小哥：“得嘞。”

附近还有只玳瑁色的猫，是个烟嗓，叫声格外低哑。时常见它趴在井盖上，我若蹲下拍照，它便主动走来，显然也是常被投喂的主儿。我两手空空，每每在它期待的注视中窘迫而逃。

某个加班深夜，我看到有人跟它在一起，背着包，大约也是晚归的工薪族。那小哥捧着便利店的包子，没有刻意蹲下去喂猫，就站在那儿，自己吃一口，给猫丢一块。

邻居阿姨喂猫，像喂幼儿吃饭；他喂猫，像跟朋友喝酒。一人一猫，无声地推杯换盏，画一样镶在空寂夜色里。

遛狗者

立春，气温还是低，树木依然线条冷硬，颜筋柳骨，写不出春气。风倒是软了，不再像三九天那样割脸。白天太阳很好。

傍晚在外面走，看天幕一点点暗下去。西天有长长云带，正好悬在普蓝与金橙色过渡之处。这一片水平涂抹的色彩，又被挂着鹊巢、高而笔直的杨树剪影刺破。

路上有遛狗的老爷爷，对他的狗唠叨不停：“往前走往前走往前走，你老看我干吗呀？”“着什么急，仔细车轮子碾着你。”小狗看起来也上了年纪，不吵不闹，极为乖巧，走走停停，不时回头看他，黑眼睛湿漉漉的。

这是老伴儿型的人与狗。也有家长型的。人高马大的男子，边遛狗边玩手机。忽然小狗不肯挪步了，他拽两下没拽动，索性绳子一丢，单手把狗捞起来，夹在胳膊底下，健步如飞地走了。全程视线都没离开过手机。我目送着他潇洒的背影——臂弯里垂下一个毛茸茸的狗尾巴，跟着他的步伐摇晃。

还有一回，看到个姑娘牵着什么在走，姿态极小心，弯着腰、长发从一侧肩头滑下来。我被花坛挡着看不清，心想大概不是牵幼童学步，就是遛着爱犬。走过花坛，才发现人家遛的是花，手里一个小拖车，车上五六盆绿油油植物。

回去发了条微博，看见网友回复："我奶奶养了将近二十年的狗。最后一只离开后，她突然有天说打算养点多肉。我说网上买点吧，但咱家没什么阳光。她说没事儿，和遛狗一样，每天手里端两株出去晒太阳。"

家长与孩子

砖墙不高，上半截装了铁丝网，被绿藤蔓爬满了。里面是小学校的操场。老师好像在组织孩子们比赛，爬山虎里透出朗朗欢声。看到两个大人在墙外，把脑袋钻进绿叶丛，津津有味地围观着。大概是家长吧。

在小区里见到的家长和孩子都怪有意思的，家长很有童趣，孩子像小大人。

一回在楼下小店吃饭，邻桌母女边讨论菜单，边有一搭没一搭地聊天。小姑娘看起来十一二岁，拿着手机好像在刷淘宝，说："我好喜欢这个耳环，想买，没有耳洞我也想买。"妈妈问："哪个？我看看……哎哟！你能不能有点品位。"姑娘淡定地说："不能。"后来妈妈问，能看看你的笔记吗？姑娘也是一句"不能"。

妈妈撒起娇来："你让我拍张照片！住校我都见不着你，我给你拍张照片，平时我看照片还不行吗？"

姑娘大笑：“搞得跟你蹲监狱或者我蹲监狱似的。”

妈妈说：“是我蹲监狱！好吧？”

最后还是死缠烂打地拍照了。

还有一次，电梯里前后脚进来一对年轻母子，妈妈轻轻趔趄一下，立刻对儿子道歉：“对不起，妈妈把你的鞋子踩掉了。”“没有呀。”儿子若无其事地说。我余光分明瞥见那六七岁的小男孩儿，用另一个脚跟把鞋蹭上去了。

念　旧

我们那儿的腌橄榄是用箬叶包着、细线捆扎的，看着就像一条条麻花辫子。朋友给了一扎，我早晨出门顺手拿着，打算到办公室分。

进电梯就被不认识的老奶奶沉默地凝视，我不明所以，冲她笑笑，有点尴尬地坐完了电梯。没想到出小区短短几百米路，又收到许多爷爷奶奶相似的注视。终于有位阿姨过来问：“你拿的是茶叶吗？”

我说是橄榄。她一脸失望，说以前有这样的茶叶卖，用苞谷皮（玉米外面那层叶子）拧成包装，一颗骨朵儿里装的茶叶量刚好是一泡，又好喝，又便宜。“现在都没有了。好东西都没有了。”

我想起一路上遇见的目光，原来他们欲言又止的是这个。“好东西都没有了。”——我虽没见过他们说的那种茶叶，这句话竟也能懂。这种遗憾好像是永恒的，每代人，每个人，都有相似的感叹。

选自《文汇报》2020年5月18日

一辆牛车进城了

简　默

一辆牛车，不是牛拉的车，而是拉牛的车，进城了。

条条道路通县城。县城不大，像个螺蛳壳，就那么纵横几条路。有外地朋友来了，点上一支烟，自东走到西，又点上一支烟，从南走到北，临走再点上一支烟，憋住吐一大口烟雾，像一朵小小的云彩，算是挥手告别了县城，不忘说“这整个儿一乡村”。我像一头牛反刍着他的话，觉得他说的有道理，道路纵横如阡陌，我们都是偶数肢体的动物，路上不时可以看见拉着车子的驴子和骡子，埋头吃着吃着草就上了公路的羊群，除了红绿灯和斑马线这些散发着城市气息的东西，可不看上去就像个乡村。

这辆牛车，我至今说不清楚它是啥时从哪一条路开始进城的，这么些年，我一天一天地看着县城像一张水饺皮，越擀外延越大，内涵却越少，单薄得千疮百孔，一株一株挺拔如戟的玉米被连根拔除，一片一片浓绿似泼的麦子地被封存在了水泥下面，一棵一棵灿若云霞的桃树被电锯突突伐倒，木屑四溅如唾沫横飞，但两条腿的人代替了四条腿的牛羊猪驴子骡子，赶集似的越来越多，他们都是一台会直立行走的机器，有着旺盛的胃口和非凡的消化能力，这辆牛车大概就在这时进城了。

细细思量，这辆牛车像一条线索，清晰而单纯，一路串起了我的县城生活，牛哞声声仿佛响自我的体内。最初在沿河，这儿新开张了一家牛肉汤馆，离我家不远，出门向右穿河堤，过一座桥，往桥下走就是沿河边了。每天天还没亮，牛车会借着最后夜色的掩护，将牛卸到沿河边上的荒地，我没见过这辆牛车，因为我起不了这么早。待我循着沉沉牛哞找到它们时，它们或许已告别一生中最后一个黑夜，迎来了一生中最后一个黎明，朝阳正挣脱束缚一点一点地攀升，它们站在披头散发的柳树下，一动不动，仿佛被谁施了定身法，其实是一条食指粗的绳索穿过它们的鼻孔，又拴在了碗口粗的柳树上。它们只能在绳索的距离间动一动，干脆就不动了，这也符合它们隐忍内敛的性格。一眨眼工夫，朝阳已跳至固定高度，洒下万千道金光，镀亮了它们身上每一根牛毛，它们眼中圆睁着一个太阳，晶莹剔透，像泪珠，噙住了，久久地，不肯落下……

出门，到马路对面去，那时整条临山路尚未被蓝白相间的铁栏杆一隔为二，从我家到马路对面，没有红绿灯，也无斑马线，我只要瞅准空儿，躲开奔跑的汽车和摩托车，就能来到那家马家牛肉店。庆幸的是，我刚刚与一场杀戮或征服擦肩而过，身为庞然大物的牛，无论体格抑或重量看上去都比人强大，它手无寸铁，甚至不如一匹脚底钉着铁掌的马，偏偏就败于一柄铁器，准确地说，是败于人刀子似的心。我看见一人多高的铁架子上，并排挂着一个个钩子，钩子上穿着一大块一大块的肉，分别对应着牛不同的部位。一个牛头仍穿着牛皮，嘴巴点地地趴在那儿，像睡熟了一样；一张牛皮胡乱地堆砌到一起，粘连着血肉，却再也不能起身走和跑；牛蹄，一共四只，被齐膝剁下，仍裹着毛茸茸的绑腿……我躲得过杀戮或征服，却躲不开血腥的它们，我仍是一个不在场也无力还原真相的看客。

天天听见或看见上述这些，我想捂紧耳朵，紧闭眼睛，你也许会笑话我矫情，但我就是这样想的。从小我的小伙伴们在年关围观杀猪，那头猪被白刀子进去红刀子出来，一股血泉索命似的追随着刀子喷涌出来，然后它被刮得光溜溜的，惨白的肤色泛着不易察觉的青光，我却躲得远远的。我知道这辆牛车一路颠簸地拉来它们，只为了在县城的某个角落，在它们活蹦乱跳时，当众宰杀它们，人们只在乎它们新鲜与否，只关心它们渐渐凉却的体温，至于其他，都与他们无关。但叫我困惑的是，这座螺蛳壳里做道场的县城，咋就每天都有这么旺盛的消化能力，像一挂隆隆作响的履带，源源不断地将它们输送上餐桌，进入肠胃，新陈代谢掉呢？

这辆牛车追逐着我举家搬迁的路线图，或者说，是我家追随着它逐渐开辟的新路线，从城南到城北，又到城东，我始终逃不脱那声牛哞，躲不开那些血腥。我应该感谢黑夜，是黑夜，给这辆牛车和车上的它们，披上了一件硕大无朋的黑斗篷，又赶在黎明到来之前，结束了对它们的杀戮或征服。

终于有一天，在县医院路边，我不可避免地遇见了这辆牛车，我先闻到早晨的风吹送来牛粪味儿和牛呼出的气息，然后看见这辆拉满牛的车子，这是一辆四周圈着铁栏杆的敞篷货车，铁栏杆有半人多高，粗壮的钢铁臂膀亲热地挽在一起，这样的高度和密度叫任何一头牛都无法中途跳车逃脱。此刻，它们摩肩接踵，并排站在车厢里，看上去秩序井然，天真无知，像一群儿童。这辆牛车每天都会拉走它们的同伴，一直是有去无回，今天轮到它们了，明天将是它们的同伴，谁都别庆幸，都会有那一天。它们看得多了，都已习惯了，也没怎么多想，踩着倾斜的木板，乖乖地就上了车，仿佛是到一个陌生的地方旅行一样。有的清楚是要赴一个死亡之约，却当作是自己与生俱来的宿命，一声不吭，兜住眼泪不叫它砸下来。这儿是人民的医院，不是它们的医院，与医院比邻的还有所谓天堂公司，同样不是它们的天堂公司，它们也用不着。我不清楚这辆牛车进城后不去它该去的地方，为何逗留在了这儿，是驾车的人病了，还是它们集体病了？

我这样想时，它们齐刷刷地低头哞哞叫了一声，又齐刷刷地抬头望了我一眼，湿润的眼睛里映出许多个不一样的我，我听见一面镜子掉到地上，碎成了许多块……

选自《活在尘世中》民主与建设出版社

益母草

刘汉斌

北风刮了一夜，风掠过屋脊上的瓦花，吹出了细细长长的哨音，我睡不踏实，起了几趟夜。一个梦就被截成了几个片段，每一个片段都恰到好处地接在了一起，依稀中觉得这个梦像是益母草盛开的花，被一根细细长长的褐色的秆子穿起来，褐色的茎秆分成几节，每一节都打开着一把淡紫色的伞。我在梦境里就顺着它褐色的秆子一节一节地往上爬。猛然惊醒，已是清晨，我分不清是在梦里还是醒来之后，听到有人喊了一声我的乳名。撩起窗帘，风小了，还没有偃息，窗外看不到人，对面田埂上的益母草，在风中左顾右盼，一定是它们在呼唤去年落进土里没了音信的种子，却把我从清晨的睡梦中唤醒了。

盛花期的益母草是九层塔，每一层都开着花，色泽艳丽，花下叶细而长，平展地伸开，叶面向阳，叶背朝地，托着盛开的花，花穗是一座悬空的塔，塔上的花儿都向阳怒放着，昨夜的北风，把一地的花儿全都赶进了秋天。

田埂上还有其他野草，每一种野草都有名字，母亲带着我上山劳作时，都一一给我指认过。母亲指着开花的益母草对我说，它叫“笼床秆子”，笼床秆子这一称谓，似乎经不起推敲，开花时，一层一层的花序形似蒸馒头的笼床吗？还是它暗褐色的茎秆色泽近于笼床上那些在日子里变得陈旧的笼齿。许多人和事物的命名都是约定俗成的，爷爷辈的人这么叫着，传到父亲辈，再传到了我们这一辈，都这么叫着，没人对此产生过怀疑。

益母草是药书上的名称，我一直觉得给益母草取名者，一定是一个深谙其药理作用，又颇具深厚的母性崇拜情结的人，益母草的性味功用有利尿消肿、收缩子宫的作用，是历代医家用来治疗妇科病的药草，益母草是人对它的尊称。

我记住益母草，绝不是它的名称或者药理作用，而是另有其因。烙饼、馒头是我们生活中必不可少的面食，这种吃食是用面粉勾兑酵母发酵后制作的，制作过程中必须要用到食用碱，那时人人都清贫，凡是能在山野里找到的东西，就不愿意花钱去购买。母亲把益母草的茎秆砍来，晾干后点燃，益母草在燃烧的时候火头很硬，火的边缘不断有油一样的液体浸出，在火中吱吱作响，浓烈的碱味弥散开来，不敢多闻，闻多了熏得人头疼。益母草把香气锁在茎叶中，你不烧它，它就不好好释放。火熄灭之后，留下的灰烬就是草木灰，我们用草木灰代替食用碱。当然不是把这种灰直接兑水掺进面粉里，而是兑水化成溶液，等不溶于水的灰渣沉淀后，再撇去漂浮在上面的浮尘，用棉布过滤一遍，溶液就变得清澈了，再用清澈的溶液调解面粉的酸碱度。我出生的时候胃就不好，如果烙下的饼子碱放不到位，吃上就一口一口地吐酸水。益母草平衡了饼子和馒头里的酸碱度，也就治好了我一到清秋时节，吃了酸馍馍就反酸的病。

益母草生在田埂上只是野草，粉身碎骨，千熬万煮之后才是药。在那个偌大的村庄只有一个赤脚医生的年代，母亲们的“月子病”或者妇科疾病，都离不开益母草。那时候，益母草无论生长在哪里，都会被人像收割庄稼那样收割回去，精心晾晒，悉心保管，若是有人需要时，就拿出去给需要的人。益母草在乡里乡亲的交替借用中，传下些许佳话。

秋日山野水汽氤氲时，益母草汗涔涔地立在人间，它们像是我身边极为亲近的一些人历经长途跋涉，终于浑身湿漉漉地站在你面前，对着你微笑，你也禁不住对着它们微笑，相视一笑间，人与草便各自获得了活着的从容和自在。秋风清浅，风过山野，就带着益母草的芬芳，益母草通过秋风捎来花香，但我却掠不走它，益母草的香粘在了我的身上依然是益母草的香。赠人玫瑰是高雅，赠给亲近的人益母草并不显得落俗，赠予者和被赠者从益母草那里得到了香的熏染；染霜的益母草叶片和花儿从茎秆上败落，在秋风中跌落的种子，落入泥土不见了。深秋时节的秋风寒凉，掠过益母草光秃秃的茎秆，发出低沉的声息，似是益母草在低声呼唤着它们在季节里遗失的种子，又似备好晚餐的母亲擎着两只面手，依门张望着，一遍遍念叨着儿女的名字。

选自《人民日报》2020 年 9 月 16 日

蹄印如花

王淑萍

一

我写下蹄印如花，突然觉得自己好虚伪。那些散落在村里村外、院里院外的各种各样的足印，和那个偏僻的村庄一样，曾经无数次让我产生逃离的冲动。

我曾经极不情愿地放了一下午的马，那本是三哥的活计。那天，三哥吃坏了肚子，我临时上阵，接过父亲递过来的缰绳，牵马而行。马的蹄印叠在我的脚印上，像琉球马兜铃的花筒。我走，马走。我停，马停。我不认为那是马的乖巧，反而觉得马是在戏弄我。马被拴在沟边吃草，马蹄陷进泥里，留下深深的蹄印。蚊子在马身上肆意叮咬，马不停地甩动着鬃毛。蚊子也在我的胳膊上留下一个又一个红肿的包，被我挠得渗出了血。蚂蚁在草丛里穿行，拖一粒重重的草籽，一阵风吹来却不翼而飞，打乱了所有的计划。

我孤独而茫然。我不知道明天会是怎样的天气，不知道那座破旧的院落将来会有怎样的改变，不知道自己的未来会是怎样，是否也和村里的姑娘一样，从这个村嫁到另一个村，踩着牛羊的蹄印，从春走到冬。

草丛中，马的蹄印里积了一汪水。我看见了自己孤独的影子，而马的眼神清澈如水。

因为年少，我不会挥镰割麦，不会淌水撒肥。大人们忙不过来的时候，就把家里的一群羊交给我。在四面庄稼地环绕的草滩里放羊，是对羊的考验，也是对羊把式的考验。相对于碱蒿、芦草，小麦、玉米对羊的诱惑力更大。往往刚把觊觎东边小麦的羊赶回羊群，另几只羊又奔向西边的玉米地，羊走，我追，汗流浃背。田野之上，我的脚印叠在羊的蹄印上，像开满大地的荆花。多年后，我听到“野果香，山花俏，狗儿跳，羊儿跑，举起鞭儿轻轻摇，小曲满山飘”这样轻快明丽的歌词，竟然觉得有点难过。

父亲套牛的时候不说话，只和牛对视一眼。牛尾巴一甩一甩，扫扫身上的蚊蝇，耳朵扑扇一下，仿佛在听风。父亲把缰绳拴好，套上犁铧，父亲的脚印与牛的蹄印不断重合，仿若一片盛开的荷包牡丹。父亲的汗滴落在泥土里，牛的汗滴在阳光下盈动。牛与父亲一步一步，在生命的旷野里来回奔走。脚下，土地传来花开的声音。一个季节的丰盈，由此展开。

多年后，当我和儿子走在乡村小路上，教他如何辨别牛马羊的蹄印时，他看我的眼神像看外星人。他说，妈，没想到你对牲畜的蹄印还挺有研究。我笑了，城里的孩子，永远无法想象乡村人的脚印，如何重重叠叠在牛马羊的蹄印之上。

二

回村的小路蜿蜒曲折，离家越近，蹄印越多。我每次看见那些凌乱的蹄印，就像是看见了奔跑着扑过来的侄女侄儿，顿时心生无限怜爱。这是盖在村庄大地上的印章，是涂在村庄大地上的花，为晨曦揭开面纱，为晚霞合拢裙裾，为少年生动成一生忘不了的记忆。

永丰村，离山远，离河远，离城市更远。这里的人与植物与动物，共同承受着寂寞的重量，却又是一个完整的世界。多年以来，这里始终保留着乡村的生活状态，住平房大院，养鸡鸭牛羊，以一种宁静安然的姿态，与村外的纷繁对立抗衡。

当打踪这个词没来由地从头脑里蹦出来的时候，就想起了久远的一件事。

一个秋日的上午，村里三三两两的人聚在一起，都在说一件事：穆萨家的八只羊丢了。

那天的风刮得很大。穆萨的爹晨起出门，习惯性地先去羊圈，发现羊圈门开着，八只羊都不见了。穆萨的妈知道了，抹着眼泪，腿软得站不起来：“一家人的日子就指望着这八只羊呢，羊丢了，叫人咋活？”穆萨的爹不声不响，低着头出门，在圈棚里转一圈，走出院门，顺着羊的蹄印边走边看。一块土坷垃上有新鲜的羊粪，草滩的芦草上挂着几缕羊毛，沟坡上有细碎的羊蹄印……看着，穆萨的爹甚至能想象出这一群羊迎风夜跑的样子。他停下，四下打量一番，折返回来，对穆萨的妈说羊是自己冲开圈门跑了，向县城的方向走了，不碍事，没走多远，能找回来。

我不懂穆萨爹的自信，丢了的羊怎么还能找回来。问哥说羊要是被别人赶回去怎么办？哥说不是自家的羊，谁会往回赶？

穆萨一家顺着羊蹄印，一路走一路问。终于在第二天的中午，在离县城不远的一处草滩上，发现了八只夜奔的羊。

一天一夜，一场说走就走的旅行。八只羊一路穿村过渠，吃草撒欢，毫发无伤，悠然自得，像是走在自己的村自己的家。这应该是乡村固有的包容、良善才能给予的安然与踏实。

三

牛羊马的蹄印如花，开在永丰村的圈棚、院落和田野里，开在村里人的眸子里。有牲口的地方才叫农村，就像有庄稼的地方才叫田地一样，那是一个村庄的魂。

一头毛驴的头上别着大红的花，被主人牵过来牵过去陪着游客拍照、溜达，它绕着半圆的圈一遍遍走，地上重复着它月牙般饱满的蹄印；水潭里悠然自得的鸭子被我的贸然闯入惊得“嘎嘎”乱叫，远处锄地的农人抬起头，目光锐利地盯着我；马是动物界的谦谦君子，无论快跑还是慢走，都带着骨子里的优雅，嘚嘚的马蹄像是敲击着键盘，在地上留下一串串“U”形的蹄印；牛的眼睛湿漉漉的，藏着终生都无法遮掩的忧伤。两头公牛角撞击在一起，发出金属的声响，心形的牛蹄印杂乱地交错，浑厚而深刻，大地上留下一枚枚霸气的印章；母牛站在不远处，羞涩地看着这场因它而起的角斗，哞的一声，像是在为胜利者助威呐喊……我周身变得柔软多情，像紧贴着乡村的脉搏，微弱而持久——在平罗之南的千里之外，我窥探到了曾经属于永丰村的秘密。

蹄印如花，想起这样的比喻，惊喜莫名。

这是别人的乡村，而我却一点都不觉得陌生。

四

我站在村口，看法图麦的父亲赶三只羊过来。羊一边慢悠悠地走路，一边用充满研究的目光打量着我。它们几乎长得一模一样，通体绵密的卷毛，尾尖上翻，鼻梁隆起，应该是来自同一个基因。正是傍晚时分，唯一的村庄道路上，羊的蹄印在大地上涂鸦，如一朵朵盛开的荆花。这花是有气息的。有原野上青草的馨气，有羊身上的土腥气，有庄稼的清香气。

可是，当我伸手想要抓住什么时，心中却被一种落寞瞬间溢满——因为少了村庄的烟火气。

零星的几家灯火，弱弱的几缕炊烟。马的身影已经多年不见；牛咀嚼着人工饲料，躲在牛棚里很少走动，它们恐怕已经忘了自己蹄印的模样。偶尔有几只羊从野外归来，如花的蹄印也因稀疏而显得单薄无力。

世世代代和庄稼人相依为命的牛马羊，和村庄一起落寞了下去。当我想起那些印在大地上的荆花，琉球马兜铃以及荷包牡丹，而返回村庄寻觅时，它们的蹄印再也不会与我的脚印叠加。曾经如花的蹄印，那些牛羊马盖在村庄大地上的印章，如今只变成了心中的一种念想。侄儿侄女都已长大成人，落户城里，村庄的小路上，不再有蹒跚的步履奔向我，惊喜地喊一声姑姑……大把大把的光阴被落在了身后。

自古印章都是光阴的信物，有信誓不渝的力量。动物们将蹄印盖在村庄的大地上。治印者会离开这个世界，印章也会散落大地，但那些没说完的话，没讲完的故事，终会在物是人非的时空变迁中，成为对乡村、乡情、乡思最好的回应。

选自《朔方》2020 年第 8 期

风机房里有棵树

刘惠春

荒原四野空旷，只有风机房里长着一棵高高的树，像个传奇。

这棵树是我童年的秘密。

很小的时候，一个人站在荒原的山水沟边，看到天地间的第一个难忘的事物，就是这棵树。偌大的荒原上，只有这一棵树，它安静地站在那里，让我无法不注意到它。这棵树打破了整个荒原的单调和平庸。它是我幻想的源头，最重要的是，它敢于独自站在那里，不需要任何同伴。

每天黄昏，我都会来到山水沟边，看那棵树，树在，我就会觉得安心。树是唯一懂得我的，正如我是唯一懂得它的。在白天，在夜里，树的根须用力咬着荒原，神秘的力量在它身体里滋长，酝酿，我能听见它生长的声音。

我和树遥遥相望，隔着山水沟，隔着荒原。树背后的落日，一日一日地，照着我，照着它。

山水沟是荒原上发山水时冲出的一条大沟，是荒原和矿山人家居住地的分界线。

我家房子紧挨着这条沟，穿过这条沟向西走，就进入到一望无际没有遮拦的荒原。沟里只有夏天下暴雨的时候才会有水，平日里，沟底是干涸的，裸露着尖硬的石头和细碎沙石。

风机房孤零零地矗立在荒原上，风机房的背后，是更大的一片荒野，再远一点的地方，就是乌兰布和沙漠。常常能看到有工人从荒原上叫三上山、四上山的采煤区走下来，黑色的工作服，黑色的矿帽，在阔大的荒原上，像一株黑色的草。

风机房的机器一刻不停歇地响着，它必须要随时把井下的有害气体抽到荒原上来。白天还好，夜里，那嗡嗡的声音像是巨大的受伤的野兽，整夜地哀号着。

黄昏的时候，西边的荒原一览无余，没有任何遮挡。骆驼刺，蒙古扁桃，沙冬青，矮矮的一片。

风浩荡而来，太阳向西边跌落下去，沙丘静静地浮在远处，金子般纯粹。

那棵树立在风机房里。

周围大片的空旷，使这棵树像帝王一样，俯瞰一切，神秘，但也孤独。

这是一棵什么树呢？杨树？榆树？还是别的我不认识的树？

天还没有完全黑下来，东边的甘德尔山上已经挂上了一道细长的月牙，银子一样。风机房里的树变成了墨的黑，像舞台上的剪影。背后灰蓝色的天空是刚拉开的大幕，晚霞在幕布上舞蹈，时而紫红，时而亮蓝，不停翻腾涌动，闪耀着难以言说的光芒。树不为所动，固守着自己的黑，任那些抽象艳异的色块在它身后轮番汹涌。树的冷漠让晚霞收起了喧闹和调戏，慢慢淡去，最后消失。

天空与树同归于黑暗，只留下目瞪口呆的我。

那一刻，树神秘的声音到达我的心上，无论如何热闹，一切终必成空。

夜色充满了荒原，然后漫过土坯房，整片天空都暗了下来。风从荒原上吹过来，路上走的人挣扎在大风中，像纸片一样在倾斜着。晦暗的光线里，那棵树变成了深不可测的怪物。

风机房的灯就在那时候亮了起来。在昏暗的天地之间，那灯光近在咫尺，看上去就像一场召唤，单薄，萧瑟，却让人感觉温暖。那棵在夜色中变得巨大无比的树，越过荒原，伸到我面前，枝叶闪光。我浮在夜的海上，树是我乘坐的孤舟，我被莫名的想象驱使着，漂向未知。

风机房的灯光召唤着我，那棵树召唤着我，让我心神不宁。我一定要去看那棵树。我被这念头折磨着，可是荒原那么大，路那么远，我一个人不敢走进去。

有一天我和几个孩子开始了远行，目标就是风机房。他们对那棵树不感兴趣，他们兴奋的是换了一条进入荒原的路线。

到了跟前，才知道风机房的那堵墙很高，站在墙下，根本看不见里面的树。生锈的铁门紧紧关着，我跑上去推这扇门，突然一个男人走出来，恼怒地看着我们，大声喊着，干什么？其他孩子都噤了声，我壮着胆子问他，叔叔，里面有一棵树吗？他挥着大手，烦躁地说，去，去，什么树不树的，离这里远点。然后进了院子，铁门哐当一声关上了。

我的童年，早已习惯被大人这样粗暴对待，可是他的话还是让我感到绝望和伤心，我离那棵树这么近了，可是我依然看不到它。

小伙伴们过来拉我离开，有一个还嬉笑着说，走吧走吧，什么树不树的。

我抽抽噎噎的，他们不停地安慰我，骂着那个大人，他们根本不知道，我是在为我的树难过。

那里面真的有一棵树吗？

仿佛是为了安慰我，当我再次来到山水沟边，它默默地立在那儿，还有一颗星星挂在树的枝叶间，闪闪烁烁，像是树的眼睛，满含同情地看着我。我再次感受到了树传递给我的亲密气息。

我向认识的每个人说起风机房里的树，说起它的时候，树已经不见了，风机房也消失了。那些人都是疑惑的样子，是吗？然后恍然大悟地说，山上好像是有棵树。那语气更像是在安慰我。我终于不再和人说起那棵树。

它就站在那里，可是为什么没有人看到它？

也许，风机房的那棵树，只是我童年的一个幻觉，抑或是一种幻想的满足，我无法分辨。它存在的唯一理由，似乎只是为了让我看见。

此后经年，在夜深的时候，在热闹之处，在喧嚣街道，在我的生活摇摇欲坠的时候，我的心就会回到荒原，寻找风机房里的那棵树。我能听到大风之中，那些孤独的叶片噼啪作响的声音。我知道那棵树一直都在，在我需要的时候，就伸长了它的胳膊，越过所有的时间、空间，拥抱我。

风机房里的树，世界之外的树，一棵只属于我的树，幻影一般，安静地站在荒原上。从童年的时候，树就传递给我独有的神秘的讯息，让我只可能爱上那些沉默的孤独的事物。

选自《草原》2020 年第 8 期

花香满径

周华诚

花香满径——我是说，田埂上美好的事物太多了。

金银花是攀爬状，在灌木丛中开出袅袅娜娜的双色花朵。水芹的白色小花细密而整齐，从水沟里举起花束。盛大的柚子花香已然落幕，在与这个季节擦肩而过时居然还留下了一丝余香，如同用了好闻香水的女人，走后很久，房间里依然有令人恍惚的暗香。天地之间，田野之上，此刻是草木们的大房间，我要赞颂它们的丰富与精彩。

两位朋友来乡野看我，我把他们带到了田埂上。我用这样的方式会客，端出大自然的果盘——蓬蘽（土话叫作“妙妙”）红彤彤的，却并不多了，只有少数几颗藏掖在叶片底下。无疑这是村庄里的孩子们巡查好几遍之后遗漏下的。我们如获至宝，摘下丢进口中，尝到了童年的滋味。酸模（土话叫“酸咪咪”）正在结它的果实，其果实薄片状，一串一串，好看极了，仿佛是直立的枝头挂满风铃。揪来一根酸模，把茎放进口中细嚼，能嚼出酸溜溜的味道，可惜它已经很老了。野燕麦（土话叫什么，我忘了），高出别的杂草一尺两尺，弯腰垂挂它的果实，这种燕麦仿佛是一种粮食，居然迫不及待在这时候率先奔赴成熟之途。我揪下野燕麦的果实，放进嘴里嚼，能嚼出甜丝丝的混合了青草汁水的味道。它的米浆像奶一样白，尚没有凝固。朋友揪了几把野燕麦扎成一束，可以用作插花的好素材。

桑葚也快要成熟了——我们在田头发现一棵桑树，上面结满果实，可惜想象中的黑紫色果实一颗都没有出现，大部分都只是有点猩红，果子口感偏酸。一只蚂蚁在桑葚枝上勤勉来回，探头探脑，我认为它已经把每一颗果实的成熟日期都编排好了。没有谁能比它更了解这些桑葚了。尽管如此，我还是霸道地摘了几颗桑葚来吃——跟对待任何美好的事物一样，除了尽可能多地打开感官去感受，你别无办法。

这是五月二日傍晚的稻田。朋友驻足细细聆听鸟语。鸟们的音色极为丰富，长的短的，低声部和高声部，转调，奏鸣曲，小夜曲……毫无疑问，这是一场盛大的演出。这么多种类、如此繁复而长时间、这般阵容庞大的演出，很显然已经让我亲爱的朋友们震撼了。我问他们，对于鸟语乐团的演出有什么看法。他们认真思考，字斟句酌地说：天哪，没想到，稻田里真的有这么多鸟鸣，而且，这么清晰。是的，他们曾在我的微信里听到过鸟鸣，那是我用手机录的《十二秒鸟鸣》，很多人也听过了；但是，一旦置身于真正的原生态艺术现场，那纤毫毕现、纯洁无瑕的音色之美，足以感动他们。

我可以负责任地说，用任何摄录设备记录、存储、传输这些鸟鸣，都会使鸟鸣的美好损耗过半，每一只鸟儿对于自己声音细微之处的处理，有它自己独到的见解，每一次发声都融入了它的半生经验。而用手机摄录和传输是对美好声音的轻慢。此时的寂静之声，唯有闭上眼睛，用耳朵来细细聆听，用心灵来触摸感动。

我叫不出那些鸟儿的名字。如果我能像我的朋友阿乐那样，是一位鸟类摄影高手；或者像钱江源国家公园古田山保护区的陈声文那样，是一位植物或鸟类的专家——那么我只要远远地打量一下那些鸟儿，就能很容易地报出它们的名号，事情就会变得有趣得多。白鹭两三只，从我们的眼皮底下展翅起飞，过一会儿又有两只从田间起飞，一会儿又有一只起飞，随后又降落。灰头麦鸡、须浮鸥、四声杜鹃、雨燕、树鹨、山鹨、灰山椒鸟、白头鹎等等，这些鸟，一定都是我们稻田里的常客，它们就在这个黄昏，就在我眼前这片尚未翻耕的稻田里起起落落，而我无能为力。我无法言说，无法让鸟儿感受或相信我的热切，并且（令人感到失望的是）它们似乎对我的态度毫不在意。在这一点上，我发现自己确实有一点一厢情愿。

这是五月二日傍晚在田埂上发生的一切。我还可以告诉你，后来我的两位朋友，就在田埂上蹲下身来，他们在鸟鸣声中，在花香与果实的诱惑下，把草茎子或别的什么塞进口中咀嚼；或者把头探到草丛中间去；或者有一刻，甚至直接趴到野燕麦丛里。我不知道他们在那里干了些什么。

但是，田埂上的傍晚让我想起了里尔克的话。里尔克说："创造者必须自己是一个完整的世界，在自身和自身所连接的自然界里得到一切。"这个絮絮叨叨的诗人，我相信他此刻就站在我们的田埂上自言自语："然后你接近自然。你要像一个原人似的练习去说你所见、所体验、所爱，以及所遗失的事物。"这是一个很好的建议，当我们来到这片稻田，就会回归到天真如孩童的状态——"无论如何，你的生活将从此寻得自己的道路，并且那该是良好、丰富、广阔的道路，我所愿望于你的比我所能说出的多得多。"

选自《青年作家》2020 年第 4 期

生命的麦田

熊红久

八月的夕阳，顺着彩霞的阶梯，渐渐地卸下了燥热的温度，使得整个天空舒展开来，就像所有迟暮的老人一样，显露出了风雨过后的慈祥和宁静。日出和日落是时间给大地画出的一个圆，它填充着季节的起始，又模仿着人生的轮回。

从城市到乡野，其实并不遥远，只是更多的时候，它的存在被我们忽略了。即使从乡间穿过，也只是透过车窗毫无心绪地倏然一瞥，根本没有阅及田野所呈现的真实内容，没有上心的背景，自然不会留有深刻的印记。所以，真正遥远的不是距离，而是漠视。

这个秋日，终于静下心来，走进麦田，独坐在田埂之上。我已经很久没有认真地坐在田头了，这使得我的身体与土地接触的部分有了陌生感。这种陌生，是在臀部一接触到凹凸不平的土质便深感不适后，向我提出的质疑，而它们曾经是多么熟知的啊！就像一把铁锹了解的泥土，一枚叶子熟读的秋风。我想起了自己十几岁时，扛一把锹，跟在大人的后面，去平整土地，打埂或者挖渠的情形。泥土会抚摸到我所有的肌肤，它们的颜色如此相似，看上去尘土更像是身体的一部分。歇息时，坐在土地之上，举目四野，一下便觉出了自己的渺小，像一蓬成长的作物，在催熟着秋天。

后来，我离开了土地，被季节攥紧的日子似乎一下松垮了下来，二十多个秋日，便悄无声息地散落在了身后，直到我的眼里，蓄满了秋风。

随便走进一块田野，你都站在了秋天的中心。这时，可以聆听到身边作物成长的声音，这种从根须里蔓延上来的音乐，像一种酒醉，从体内慢慢向外蒸腾。这时天空掠过了一群鸽子，悠扬的哨音使晴朗的心情深邃而辽阔。这是一个季节最具风韵的时刻，年初孕育的希望现在变成了遥遥可及的收成，飘散的花香结成了累累炫目的硕果，田野便成了一座硕大的展厅。

麦子显然走在了成熟的前列，它用金穗把秋天最特质的肤色描绘给了田野，没有看到麦子收割的过程，在我到来之前，它已经颗粒归仓了，只留下了一片空旷。不少倒伏的麦秆和堆放的麦秸，使得这片麦收前看上去整齐划一的土地，显得有些衣冠不整甚至丧魂落魄，就像弄丢了自己孩子的母亲。曾经被它哺育的血脉，已经走远了，或许正走在另一种价值的路上。我想，麦子和麦茬一定会互相思念的，它们曾经一起经历风雨，一起感受阳光，整个成长过程供奉着一个信念——让自己成熟。

时间的秋天，其实更像一座腾空的粮仓，它虚位以待，等待所有的收成屯居其上。与其他季节相比，秋天似乎更多了些兼收并蓄的秉性。

麦田离开了麦子，让自己的存在成为一种虚无。没有虚无的是远处麦地里散落的一些牛羊，它们散漫的行为，让时间忽然迟缓下来。牲畜们在寻找一些遗落的麦穗，那是一些不愿离开土地，依恋情结极重的麦子，它们倒在了麦茬的旁边。牛羊的行为把我极快地推入了时间的背面，我看见了瘦小的自己穿着旧布鞋，挎着破柳筐，和奶奶一起沿着收割过的麦田逡巡，并不时地单腿站立，磕掉落进鞋里的土坷垃，而后继续低头寻觅，期待更多的收获，来弥补食不果腹的口粮。出门时，我总会将母亲交给我的大筐悄悄调换成小号的，似乎给自己一种在相对空间里捡得更多的假象。拾麦穗的任务持续了很多年，这让我对我所生活的村庄的麦田了如指掌，轻易就能判断出哪些麦田是白天收割的，哪些是夜晚，甚至依据遗落的麦穗，就能判断出收割机手的责任心。我们总能碰到许多拾麦穗的熟人，就像我们总也躲不开的那些贫困。现在的人们，终于不用再目的明确地去麦地了，而更多的牲畜们，把进入麦地显然也当成了一种休闲，它们用舒缓的节奏，把自己描绘成田园的一部分。经过这么多年的奋斗，粮食终于不再掐住我们生存的咽喉了。所以，人们温饱以后，提供温饱的田野，便淡出了更多人的视线。

鸽子的出现似乎有些意外，刚才它们还用飞翔擦拭着天空，此时，却像被一道圣谕发配了民间。几步之遥，那群鸽子无所顾忌地投入到紧张繁忙的觅食之中，竟无视我的存在。它们一定把一动不动的我当成仍在生长的作物了，故而心无旁骛且专心致志。

鸽子是灰色的，或许是夕阳落去之后，天气暗淡下来的缘故，使得这群灰色多了层凝重，但依然能分辨出它们勤勉啄食的粉色嘴唇和不停挪动的暗红小爪。从吃相上看，鸽子对这块土地应该是熟悉的，它们就像在自家的壁橱里拿取食物，轻车熟路又津津有味。这些精灵的到来，让整块沉静的原野，豁然间灵动了起来。

我知道要不了多久，这块麦地就会被犁铧翻过，所有的麦茬将成为土地的养料被深埋地下，像落英化作春泥那般，去滋养另一个季节的收成。这个过程很像人类的父母，熬干了自己最后的营养，来哺育下一代的成长。

我丢了一块小石子，鸽子们被惊飞起来，它们在空中盘旋了几圈，落在不远处的电线杆上，头冲着我和这片麦地。可以感到它们一定睁大了惊恐的眼睛，对它们而言，我显然是突然闯入的不速之客。

暮色将我和鸽子对视的距离调和得越来越模糊了，整个田野也像有墨汁在慢慢注入。我存在的标志因为夜色的来临而逐渐被淡化了，使我慢慢洇成了原野的一部分，就像被微风吹起的麦秸秆的草香是阳光的一部分那样，弥漫在天空里，无法散去。

选自《伊犁河》2020年第1期

声在树间

于　兰

父亲育苗的温床

当我们在城里闻到烤地瓜的香味，馋得要流口水时，从来没有关心过地瓜这样平凡的东西是怎么长出来的，反正就是农民在田里种出来的。

在我的记忆里，有那么一季的地瓜花，开得绚烂而美丽，在我人生中像开放的烟火一样艳丽夺目。

父亲在我们村子里是少数喜欢“琢磨事”的人。比如，他会做空心挂面，就是《舌尖上的中国》曾经记录的那位老汉做的那种很细但空心的面。有一年，他还召集起一些人来家里帮忙，偌大的院子像工厂一样，他们做起了地瓜粉条。父亲做的空心挂面和地瓜粉条都非常好吃，原生态，那时候只懂传统的手工艺，根本不懂添加剂一类的东西。

有一年，他琢磨着育地瓜苗，育苗的时间是春分，过一个月后，这些育好的地瓜苗会被移栽到大田里去。

不懂育苗的人就要到集市上买人家育好的苗，父亲觉得这个可以赚点钱，于是就育起了地瓜苗。育地瓜苗要先垒起像土炕一样的温床，盘起的炕像冬天人们住的土炕一样，有一个烧火的地方，有火经过的通道，以及火冒出的通道。我只记得父亲偶尔让我去烧育苗床，柴火燃烧起来，热气就在整个的育苗床上流动，烟从对面的出口出去。我曾掀开育苗床上的草苫子，那时候父亲已经将地瓜种在土下，一个又一个地瓜，每个地瓜上可以发很多个芽，这些芽慢慢长大就成了苗。刚出来绿油油的苗很好看的，下面烧火是为了保持温度让地瓜以为春天来了可以发芽了，盖上草苫子既保暖又通风，确保那些小苗不会疯长干尖，也就是最上面的叶子发蔫发干。每天还要有一定的时间把草苫子掀开通光通风，但一天中哪个时间掀开草苫子，掀开多长时间，这些我都忘了。

那些挨挨挤挤的地瓜苗，它们提前享受着春天般的温暖，它们跟着温度一起走，它们鼓励着自己，努力地冒出芽并生长着，它们是一群那么有爱心的小天使，是它们召唤真正的春天到来。

当地瓜苗长到拃把长的时候就可以从炕上不停地提苗了。从长得最密的地方把地瓜苗拔出来，剩下的地瓜苗会因为有了空间长得更好更快。每二十或每十个苗为一小捆。到集市上卖的时候就是一捆多少钱。当然我们自己大田里种地瓜，也用自己育的苗。大田里耕种施肥起垄之后，每个高垄上按行间距铲些小坑（我们那里是沙土地，最适宜地瓜生长，但也会缺水缺肥等），然后把小苗放进去，浇上水，水干之后，再往小苗的土窝里再倒一遍水，等一会儿就将小苗扶正，周围的干土堆进去摁结实就好了。第一天如果天太晴的话这些小苗都会低着头，叶子也发蔫。但是三四天后这些小苗就适应大田的环境了，地瓜是最容易生根的庄稼，所以它们的根也很快就会在土壤里扎下并开始生长了。

看上去很简单吧？但就像我上中专时在农校里，这些所有的农民会干的活都是技术活，每一堂课会给你讲如何让这些庄稼长好。书读起来不如父亲教我们干活那么好学，觉得很枯燥，想起小时候大人吩咐干的活，每一项都很单调，但又不能不做。夏天地瓜秧已经爬满了整块地，雨量大的时候，地瓜秧的每一节都能长出虚根然后扎进土壤里，这样就要不停地到田里一垄一垄地翻地瓜秧，就是怕它们扎下的虚根时间长了成了实根，很难拽起来，这样田里只长地瓜秧，结的地瓜就小了，因为那样养分大多都分散了。我想，这些可能是农学专业的我在书里见不到的。

原来很多传统品种的地瓜很少开花，花朵也不显眼。后来种上了一种产量高的新品种地瓜，初秋时地瓜田里开了很多地瓜花，下面筒状的是白色的，颜色较浅，上面越来越深，变成粉色和浅紫色的了。

终于，我们等到了地瓜的开花季，那一季的花开得太美好，以至于到现在都会想到它们。

那一季的地瓜花

就像春天在不经意之间到来一样，那一年种的地瓜都开花了，大人们都已经麻木了，只有我们这些小孩子才会注意到这个初秋的不同。我们去田里翻地瓜秧，累得手臂酸痛，想说这地瓜秧生命力太顽强，在每一个节点它都能长出根来扎进土壤中。也因此，无论是田野里这样的庄稼还是大自然里生长的野藤类植物，我都对它们有着敬畏之心。一只被人们遗弃在野外的葫芦，因为形态不太美，冬天藤条和叶子枯萎了，它才露出来。因为接近地面，它的身上沾满了泥土，又因为寒冷，它被冻僵了，我把它拿回家，在有暖气的房间里，它迅速干了，最底下在泥土里有些腐烂的地方出了黑白色的霉点，原本圆形的地方凹陷下去，瘪瘪的，一点也不美。有人会问，你怎么还留着它，这么难看。我说我也不知道为何留着它，这只饱经风霜的丑葫芦。

在离老家不远的一块菜园里，每个季节有不同的菜，黄瓜就太平常了，长老了的，继续让它长着，变成黄色的大大的黄瓜，用它做来年的种子。那一畦黄瓜到了生命的最后，藤快干枯了，叶子发黄了，每棵黄瓜秧上都会结出最后一根黄瓜。它非常瘦小而且弯曲着，因为黄瓜秧已经没有多少养分供应了，但到最后，这根黄瓜藤会用尽最后一丝力量，让这根弯曲的小黄瓜尽量长大一点。这时候去田里，可以看到生命在田野里最后挣扎的痕迹，遍地的干藤和发蔫的黄色叶子，在风中凋零的样子，还有尚在藤上的那一个个小小的弯曲的黄瓜。在以前人们肯定早已丢弃了，这两年，我亲戚做蔬菜生意，有时从田里收购来的这些弯曲的小黄瓜很快被抢购一空。我想，可能人们觉得这黄瓜长得肥肥大大时，肥水充足，但会用农药，而这最后的小黄瓜，一棵黄瓜用尽最后力量长出的，更加有机吧。很多家庭都会把它们腌制好，说这小黄瓜更香更有味道。

就在地瓜开花的那一季，我们在田里遇到了成燕，一个邻村的女孩子，她比我们大，但不知大多少岁。相对于她，我们只是黄毛丫头，对她的敬仰是因为在乡村很少有这么漂亮的姑娘，到田里干活怎么也晒不黑的白皙皮肤，美美的大眼睛。因为她家的地离我们的很近，那天她像仙女一样来到我们翻地瓜秧的田里，她告诉我们，把带着花的地瓜叶从叶茎部掰下来，细长的茎很脆，然后再掰，掰成指甲长的一段一段的，但中间有叶茎的皮连着，就如同手链一样，这样就做成了耳环的样子，将一头挂在耳朵上，就像是戴着漂亮的耳环一样。她给我们示范着，我们很快也做成了耳环，戴着感觉特别美。而她穿着小碎花的黄色上衣，戴着两只开着花的耳环走了，她奔跑的样子真美啊！

后来我们上高中上中专，直到好多年后回家看到已经不那么美的成燕，问起来，人们讲述着她的经历，说她当年谁也不肯嫁，一心想找个城里的工人，到城市里生活，不要在这乡村里整天跟庄稼打交道了。眼看着她错过了一个又一个好小伙子，同龄人都结婚有孩子了，她还在坚持着自己的“高标准”。直到有一天，她迷上了我们村的一位赤脚医生，但他已经有妻儿了，怎么办呢？她那时就偷偷当了人家的“小三”。那个时候，还没有“小三”这个词，但是她就是这么一个人，最后，赤脚医生离婚娶了她。村里人不停地议论她，离她远远的，仿佛她可以当任何人的“小三”，可以让任何男人休了自己的老婆来娶她，她就是狐狸精。对，这个词人们用得太好了，她就是这么一个人，生就了美丽成精成妖的女人。

这些年是那么漫长但又好像只是一瞬间，我们又见到了成燕，她得了绝症，骨瘦如柴，在病床上弯曲地躺着，我们要为她捐款，但她拒绝，也拒绝治疗。我们知道谁也改变不了她的决定，她说她不会在生命的最后把家里的钱全都用光，她会安然离开这个世界，不让自己的家庭和孩子跟着过穷日子，她过了一辈子穷日子了，要说她还有力量的话，这是她唯一的力量了。

生命垂危之际的成燕让我想到那只葫芦和那些弯曲的小黄瓜，她并没有多么了不起，但我总能想起她戴着两只开着地瓜花的耳环漂亮奔跑的样子。

那一季的地瓜花啊，在阳光洒落的日子里，在雨滴敲打着屋檐的日子里，那绚丽多彩的地瓜花像希望像梦想一样美丽。

选自《文学报》2020 年 1 月 16 日

对花两无言

王国华

红纸扇

作为花朵，红纸扇有点怪异。椭圆形，与绿叶一模一样。婴儿手掌般大小。红得彻底。两片叶子挨着，如果像素不是太高，拍出来就是一摊红，无法分清层次。细瞅，上面还有一朵极小的小花，状类五角星，浅黄色。这才是真正的花朵。大红的叶片实为保护花朵的花萼。若走马观花，一般都会认为红叶即花朵。

喧宾夺主，夺了也就夺了。

那红叶颇似纸扇，故名。手感如绵纸，稍显毛茸茸，不带一点潮湿气。上面的纹理，有点像二十世纪八十年代流行的一种叫作“条绒”的布料。

整株的红纸扇，连枝带叶半人高，修剪成缸状，一坨坨站在公园里。花朵红艳艳，一片片耷拉下来，透着慵懒。

以貌取人，以貌取物，虽偏执而人常用之。人说，这个人不像好人，那个人不像坏人，等等。而红纸扇，似乎就像是用来观赏的。仅此一径。其他的任何用途，对它而言都是多余。

别以为能被人长久端详是个简单的事、幸福的事。也需要功夫。魏晋士子卫玠，风神秀异，一时无两。京都人闻其姿容，观者如堵。卫玠劳疾遂甚，永嘉六年卒，年仅二十七岁，时人谓卫玠被人“看杀”。

想想，这普普通通的红纸扇，顶了多大压力！

风雨兰

台风来了，空气里游荡着一种奇怪的轰鸣。所谓鬼哭狼嚎，大致如此。树枝“咔嚓咔嚓”一根接一根折断。塑料袋满天飞。雨骑着风，上不去也下不来，在空中横了起来。天地间一片漆黑，忽然又亮一下，刺眼。

一夜过后，风平浪静。地上断枝狼藉，还有广告牌，车牌，圆形的方便面盒，倒扣着的垃圾箱。全都一动不动，听不到一声呻吟。仿佛和最亲的人吵了一场漫长的、最伤感情的架，再也不肯张嘴。

此时，路边郁郁葱葱的草地上，几百只白蝴蝶做振翅起飞状，然后定格。即为风雨兰。

花片六瓣，稍显尖锐。白色，内有黄色的花蕊，略作点缀。茎细而软，匍匐于地。如同乱发一堆，明显的一根和一根，但扶不起来，全部趴着。此时阳光正热，钢针扎万物。针头都在热水里烫过。

人说，风雨兰在风雨过后开得最好。雨大也不怕，风大也不怕。

昨晚是怎么熬过来的？它们没被刮走，胳膊腿都还健全，气场也没散，似乎没在这场全民鏖战中消耗一点能量。

劫后余生的世界里，只有它自己的声音悄悄在回荡。那是吹着口哨的小曲。

重瓣臭茉莉

重瓣臭茉莉，半人高，大叶，心形，一片叠着一片。从下至上，密不透风。叶子上一个一个小虫眼。没看见虫子，看到星星点点的虫子屎落在地上。经常遭受虫害的植物，都比较善良。它们给虫子提供居所，还舍身饲之。然后，自己的伤痛自己疗。

最上面，一堆小花。每一个放大，就是一朵活生生的白茉莉。十来个一元硬币大小的茉莉，组合成一个大的花瓣。远望，是一朵花浮在绿色的水面上，始终那样漂着，水涨船高，沉不下去。

见了被称为臭的植物，我总忍不住去闻一闻。追腥逐臭或是人类的暗意识。臭与臭有所不同：骚臭、腥臭、恶臭、微臭……多数都相近，因为闻的人不会特别区分其差别。鼻子凑近，噢，臭，赶紧挪开。

重瓣臭茉莉整体散发出一种不太好闻的味道，但离“臭”还有一定距离。命名者二元对立，非香即臭，扣一帽子，被命名者无以解释，只好戴着。异味似来自叶子。闻那花朵，有一股浓郁的甜香，遮不住异味，但真的是香。仿佛在贫寒的家境里，出息了一个好孩子。

鸡冠花

深圳宝安国际机场，航站楼登机口处，一排排花坛，菱形，齐腰高，里面种满了鸡冠花。叶子长条形，尖细。花朵紫红色，扁平状，形状略似鸡冠。要我说，其实更像举起的拳头，被砖头砸得扭曲，皱皱巴巴。鸡冠之喻更平和些、人道些。

但公鸡的冠子实际长什么样子，也说不好。幼时从没走近过公鸡。那家伙特别敏感，见人来，叽叽咕咕躲得远远。若侵入者是小孩子，便以迅雷不及掩耳响叮当之势，狠狠啄你胳膊一下。真疼啊。别问我是怎么知道的。不想回忆那么惨痛的往事。

恹恹的黄昏之光。积满了尘土的院子，四周扎着篱笆。不知道属于谁家的公鸡。不被疼爱。无望的未来。组成了我见到鸡冠花时的瞬间反应。这里是城市，再也不用担心回到那个农村了。我这样安慰自己。

这个假的鸡冠子，容得下我反复抚摸。其有别于其他花草者，可能就是手感。毛茸茸的，像条绒布，有点硬，不带一点水汽。或许是刚刚下过雨，叶片上还滚动着水滴，但花朵如口含避水珠，干燥如初。

出行者擦肩而过，手里拎着箱包，匆匆忙忙地往前走。他们少了好多不必要的烦忧。没有一个人停下脚步看一看这么鲜艳的事物，也不担心鸡冠下面有张尖利的嘴。

玫红四季海棠

玫红四季海棠可以很好看。一朵挨着一朵。鲜红的小花，四瓣儿。两瓣儿大的，铜钱一般，对称。两瓣儿小的，也对称，夹在另两瓣儿中间。黄色的花蕊，很鲜亮，坐落于正中间。

茎略粗，肉乎乎的，含水量大。叶子有点像塑料，摸上去无体温。

一坨又一坨的玫红四季海棠拥挤在一起，杂沓纷纭。

但找一株彻底干净的玫红，并不容易。它们好像总是处在损坏和被损坏中。

叶子上时不时出现一个窟窿，不规则，有圆有方有三角，有大有小。边缘多数逃离绿色，偷偷变黄，裂开，锯齿一般。茎要么枯萎了一半，要么东倒西歪，醉酒状。花朵更是，总有一两瓣莫名其妙变黑，腐烂。损一伤百，致所有花朵都不完整。

它们很少被种在大地上。与其多次遇到，基本都是在各种各样的花坛里。它们像是邋遢的姑娘，底子本不错，长得怜人。但不修边幅，对自己毫无要求。衣来伸手饭来张口。

花坛里居然还有两个烟头。如果是个有要求的，应该飞起一脚，把烟头踢出去。如果吸烟者也在旁边，就连他一起踢走。

米　兰

花朵极像小米粒。不是像，简直就是。

这么多的小米粒儿也能凑成一朵花，造物主多么富有想象力。或两两对称着罗列于茎，或团簇于顶端。叶似芭蕉扇，以绿衬出小米粒的金黄。这种带香味的植物叫作米兰，确是名副其实。

能够从小米粒中看到花，亦是观望者的造化。万物之形，生于目而成于心。

大到极致令人瞠目，小到极致让人生怜。米兰选择了后者。其实它也想长大。米兰亲口告诉我的。在花坛边，六月的风带着湿气。我和它们对视，它们说我听。看似特立独行的它们，一辈子的努力，就是像其他花朵一样，平静而庸常。（它当下的平静里潜伏着躁动。）有大朵的花瓣，不论颜色，红黄白粉蓝，随意。有花蕊，多多少少无所谓。风吹时，雨淋时，可以装模作样地颤颤巍巍。

远处的花朵就是这个样子。

米兰们用自己的香味儿结成一条绳子，慢慢爬向对方。或许要从那里汲取能量，或许是套套近乎，或许什么都不为。但爬到一半的时候，路人从中间穿过，路人的气息太重了，刀子一样将其割裂。

那些黄色的米粒儿，用手轻轻一碰就掉。我碰了两个，不敢再碰了。它们在枝上待着，总还有希望。掉下来就是另一个方向。

我为米兰祈祷。看它们走在悬崖边上，一边是削尖的峰峦，一边是深不见底的深渊。越小越安全。远处传来隐约的歌声。

六月雪

法场上，窦娥哭叹：“地也，你不分好歹何为地。天也，你错勘贤愚枉做天！”遂发下誓言，刀过处头落，一腔热血无半点儿沾在地下，都飞在挂起的白练上。另一桩，六月三伏，天降三尺雪，只为遮掩了窦娥尸首。

窦娥还活着。几百年几千年前的屈死鬼，平反没平反的，报仇没报仇的，都还活着，活在植物里。通过一个个分子的转化，延续至今。重新组合的事物里，故事的情节并无变化。我在深圳石鼓山公园，一个远离原著的城市里，见到了六月雪。

这是灌木之一种。枝蔓细而硬，叶片半个手指盖大小，革质，边缘呈灰白色。花朵大小略同。形似雪片，六瓣，白色。一簇簇站成路边的隔离带，已被园丁削得四四方方，整整齐齐。因六月里开得正盛，故名。

这花，你说是假的雪。它自己说是真的，不是替身。也许当年的山阳县法场上，旁边就种了一亩地的六月雪。它们从天而降，扮演了窦娥任命的角色，辅助她一语成谶。它们一直飘着，飘着，如果转化为另外一种物质，还需另外的契机。

我随手扒拉一下，星星点点的叶子纷纷落下，像挠头时飞起的头皮屑。

六月即便有雪，也很快就融化。名为六月雪的植物将其固定住。可以凋零，决不融化。

蓝花丹

蓝花丹一元硬币大小，无味，五瓣儿，浅蓝色，十几朵团簇在一起，呈半圆状。叶片卵形，与花朵差不多大。

花瓣儿绵纸一样薄，手触上去柔若没有。阳光极辣，似一万条钢针从天而降。花朵无一发蔫和褪色，更无退出者，反集体跳起舞来。体内水分几近于零，便无把柄可捏。细察任一花瓣儿，都放松、轻快、开朗。滥竽充数者，并非能力不行，是不开心。而这么多蓝花丹，全部是开心的孩子。

风吹来，花朵上下左右摇摆，稍显笨拙。神若精细化管理，就该在每朵花下面安一小轴承，迎风转动，风车一样。想象一下那画面，无数的花朵可以选择以自己为轴心转圈，多么惬意。将此想法告诉一女孩儿。女孩儿说，可惜神不会这么做。我说，会的，他还没来到这里。

几株蓝花丹开在一家名为“粤文”的幼儿园里。几个小朋友排成四排，站在门口的阴凉处，穿着表演服正认真排练。她们就是神派来打前站的。

香彩雀

天上的鸟儿没有彩色的。已经长大的它们，知道黑灰白足矣。太艳丽，容易挨枪子，或者弹弓。人类的武器多着呢，突破底线的话，可以拿大炮轰。其他天敌的招数也无穷无尽。实在爱美，可以躲到山里去，毛鲜羽艳，和周围的花花草草混在一起，以假乱真，保全性命。城里的鸟儿，飞不远，又爱美，就落在地上，成了香彩雀。

深南大道的隔离带中，站着一片香彩雀。茎一拇指粗，直立，约半米高，摸上去毛茸茸的，稍有黏性。叶片窄而长。六片花瓣围成一朵小花，中间凹进去，像一个微型山洞。一朵一朵绕枝而生，远望如花秆一根。旁边还有白色的，米粒儿大小的花苞，向着已开的紫色小花奔跑。

名为香彩雀，却无雀鸟之形。获此命名，它们被赋予了灵气，一枝一叶都显示随时可以生出翅膀，一飞冲天。

但它们现在是花，确定无疑的花，需要雨水，阳光和泥土。这样，它们才能保住身上的彩色，不被神剥下，拿走。爱美的动物，根须紧紧捏住土地，仿佛激流中抓住稻草的溺水者。

深夜时分，出租车停在路边休息，小区的灯一盏一盏熄灭。路灯变暗。它们集体脱离地面，悄然飞向天空，展开翅膀，慢悠悠地翱翔。好亲切啊。那是它们的出生之地，亲人都在那里。身上的彩色被黑夜遮住，这已不重要。亲人们，那些身披灰黑白的鸟儿们，爱怜地在它们身边默默绕飞。

半夜走在路上的你，一抬头，看见满天的花和鸟。

灯芯草

每一种植物都揣着一个故事。灯芯草对我讲的故事跟严监生有关。

严监生临终前，说不出话，空空伸着两根手指。大侄子问他，莫不是还有两个亲人不曾见面？二侄子问他，莫不是还有两笔银子找不到？均被否决。妻子赵氏说，你是为那盏灯里点的是两茎灯草，不放心，恐费了油；我如今挑掉一茎就是了。严监生点一点头，方才断气。

灯芯草长在山边，鹤立于矮草之上。茎硬且直，绿，圆柱形，高约三拃。无枝无蔓，干干净净。中间如打了结一样开出几朵小花。黄色，花瓣极微，状似小蝴蝶。农耕社会，基本生活多就地取材。民间将灯芯草的白色髓心煮透，作为油灯的点火绳，一头浸油中，一头在外。两千年，广袤的大地上，赖此照明。

灯芯草见惯了晚上的事。

监生的哥哥是个贡生。严贡生乃不折不扣恶棍一头。霸占邻家的猪，向没有拿到本金的贷款者强收利息，巴结权贵，欺压寡妇弟媳。被后代当成吝啬鬼典范的严监生，却是毫不犹豫地掏钱替兄解了官司。他家妻妾和睦，省吃俭用，对人大方。离世前的灯草一指，堪为一生问心无愧，万事都无挂碍地没事找事之指。而笑话严监生的人多，痛恨严贡生的人少。又没被他坑过，坏又怎么样。事不关己高高挂起。

灯芯草一代代繁衍至今，不再用来照明。原先只看晚上的事，现在看尽白天的事。两千年，它们都闭着嘴，有话只是对我说说，都知道我无害。

五星花

雨后天空明朗。路边的五星花经过水洗，格外清澈。

谁开了一枪，炸裂出这么多的小花。一朵挨一朵，放射式伸向四周。粉红，花瓣儿长约一两厘米，中白。叶片稍大，脉络清晰，托得住花。

五瓣，形似五星的花朵，不计其数，唯它得“五星花”之名，皆因看上去最像。什么像什么，是个很奇怪的东西。其他的花呈五星状的同时，可能还像点别的什么，削弱了其唯一性。五星花只像五星，具不可替代性，可为“最”。另，人说，此人像好人，彼人不像好人。哪儿像，哪儿不像，说不出一二，结论大家又都同意，想来冥冥之中都有既定的指向。

无边的虚空仿佛一面巨大的背景，万物走马灯般来来去去。从哪个角度看，五星花都像是钉在了墙上。一个小时前，有人拿锤子往上钉，砸得火星直冒，砰砰作响。五星花与背后的空气，关系就此固定。风来，其他花朵摇曳作态。五星花也动，但动与动又不同。它的尖锐，使其每一次动摇都留下深深印迹。

脚下的运动鞋里灌入了积水，我全然不顾。此刻我蹲下身，急迫地想查看一下五星花的往昔。

我看见，它们自身干干净净，周围布满粉色的划痕，粉色的疤痕。

选自《芒种》2020 年第 4 期

谷 雨

刘伟林

古历三月二十三日，为谷雨。

《月令七十二候集解》载：“三月中，自雨水后，土膏脉动，今又雨其谷于水也。”即“雨生自谷”，故此得名。春季的花正逐渐凋零，有些枝头还留有一抹残红，依然闹嚷嚷的模样。这时节结实的都已结实，春日花性急，亦开得早，架子端得紧，然几日明媚，转眼在枝头暴出了核。这样率然的场景，不拘束，不做作，令我心底无端生出感慨。

谷雨已至，它是这季节中一次华丽的转身，裙裾曳地，香气冲天。夜未央，风雨忽来，我坐在这季节的怀抱，愿聚散依依，愿所有的事物都没终点与起点，愿风随雨动，雨随心至。我不需要任何的理由，只愿在季节的深处徘徊、低吟，我更愿意这些事物回到各自的终点，比如雨回到谷里，它黄金一样的容颜熠熠生辉；一朵花回到枝条的裂缝中，它的味道被风吹得远远的（我是否能从一朵花中看到它骨骼一样的光芒）；风回到寺院的那头，它不知道该向左还是向右；黑暗回到光明的顶部，它收拢翅膀，如倦怠的鸟立着……夜里，就着那盏灯火，父亲在院中修理犁耙。谷雨水响，犁耙下田。父亲要就着晴好的天气，把水田翻耕一遍。对于土地，父亲珍惜，总说要把一块土地种熟，不是一两年的事情，得数年，千万不能撂荒。乡下，人都往城里涌，那些荒芜的土地太多，父亲每每又顾不上，只好摇头叹气。万物周转的秩序正被打破，但天道的节气不会变，不以人的意志发生移位，或者跌落到时间的背面。

天气暖得实在，雨却明显地多了，也大了起来，从屋顶湍急地走过，在屋檐形成瀑布样的水帘。天色昏暗，除了雨声，就什么声音也听不到。斜眼望去，雨水疾驰而至，从对面的山上往下推，如一首自天庭而降的玄妙乐曲，地面溅起的雨点是跳跃的音符。

记得清明节后，我与母亲去茶园中采摘茶叶。早晨的露水已干，茶树碧绿一片，晃得眼前幽绿丛丛。若我能抹几页工笔，定让风光落在薄宣上，把自己也定在薄宣的某处，让旧梦之人聚神寻找。他要找的又不一定是我，而是谷雨汩汩的流水声。谷雨路遥遥，春色嫿已尽，我慢慢地收拾着，把它揽在怀中。是否就此春色年年不同，是否我还是那个镜里的人？小楼昨夜又东风，故园沐在谷雨中。每年的谷雨节，母亲都要去茶园摘茶，做“谷雨尖”。茶叶摘回，放在锅里炒焙，锅只要烧热就行，万不可烧过了，母亲用手慢慢揉搓，就形成了谷粒大小的尖叶，曰“谷雨尖”。置热水浸泡，茶叶舒展，纤毫毕现，柔如银针，根根直立杯中，若是玻璃杯，可以看得一清二楚。对于茶道，我不懂，亦不善饮，惹得母亲每每说我“牛饮”，茶不是这样喝的，要细细地尝，你就没尝到别的味道？母亲擅长此道，但也不至于讲究到有泡茶的工夫，只是说热茶慢喝，不能冷却，可治咳嗽、伤风、感冒。每年，趁着谷雨刚到，即便是下雨，母亲也要去园中摘茶，说是再过了几天，就不是春茶了，该称为夏茶。逢年过节，母亲就拿出这些茶叶招待客人，礼仪隆重。谷雨这个词，就从母亲嘴中吐出，像是节气的痕迹还刻在时间的深处。母亲一遍遍地念着，这是谷雨尖，是谷雨茶。

风和日丽，春光踏遍，母亲手指如蝶，翻飞于茶树上，数声杜鹃从茶园的上空响起。连空气中也弥散着茶的清香，软软地流着。这些茶树历冬经夏，沐霜浴雪，把四季的阳光、土地的肥沃一点点地汲取，它的每一茎脉里，就藏有一个季节的秘密。这样美好的事物让我为之流泪，为之“爱而不见，搔首踟蹰”。每年，母亲总是雷打不动在那几日去采茶，时日既不会早，也不会迟，一定要在那几日把茶叶采回。问母亲，看不出要如此费心，像是茶就成了另一种味道。这些物事透出隔世的美，清晰而迷蒙，就像年年美好的曾经，而生命的河流总是匆忙就旋入岁月的深处。

谷雨已起身，节气不饶人。春天最后的一个节气居然是谷雨，是谁在用这样的词语，标明天道的更迭。我坐在阳台上，在这个午后，这个寂静的时分，手中握着茶杯，杯里泡着谷雨尖，探嘴品咂一下，似乎这是春天最后的味道，似乎这是我抵达梦境的一个暗示。

晚上，我还是静坐在阳台上，独拥天籁。不远的田野上传来阵阵蛙鸣，蛙鸣成了这个节气的和声，扰乱了这个节气的动与静。这样的夜晚，父亲肯定要失眠，规划着明天的农事。农事堆积在那里，把父亲拽向节气的深处。蛙鸣半夜时分停止了，夜空浩瀚无边，村庄安详而朴素。谷雨的金黄正在广袤的天底呈现，再过三个月，谷子该成熟了。虽然它们还没移植到水田中，但它们的青苗正在垄间茁壮。然后，它们发蔸、抽穗、扬花、结实，被阳光烤熟，接着收割、晾晒、净秕、入仓，滋养着我们的肠胃。

谚语言：“谷雨阴沉沉，立夏雨淋淋。”看着这样的天色，父亲说今年又会有好年成。谷雨阴天，立夏就会落雨，立夏落了雨，小满也会落雨。父亲的意思是说，节气都是融会贯通的，它们互相联结得紧，若是立夏不落雨，小满就不会下雨。年景就是旱年，那些置在高坡处的田就用不着去种植，即便种了，也会旱死。父亲的话，就像谷雨的光芒照亮我的眼眸，照亮这个节气中最精粹的部分，既吻合了我的想象，又超出了我的想象。它们神秘、玄妙，但透过日常生活，荡漾在时间的平面，似乎是为了证实生活的美好，辟出一条道路，让人们去寻找它的佳趣。节气同样是声色并行的，需要用眼睛与心灵去感应，去发现，去瞻望。虽然生活始终尖锐、拖沓、脆弱、尘垢满布，但节气却带着我的身体投奔远方，用以省察我内心的敏锐，并构筑了我内心的慈善与仁厚。节气随河水流动，像这个季节的花朵亮出了它骨骼中的光芒，向天空与大地标出了时间的履历。它越过山峦，越过原野，越过我心灵柔软的部位，也越过我的猜测与臆想，抵达每一重季节之门……

第二日，天空真的在落雨。母亲一早打着雨伞去园中摘菜，黄瓜已上架。父亲在屋檐下，锯着一段木头，修理犁柄。雨水很好，不徐不疾地下着，亮着白翅的鸟，从我眼前飞过。院角杂草丛生，里面长出一种细碎的黄花，暗香微散，须夜间才可闻见。我不明白，这花为何夜间才可闻香，白昼不能？听母亲说，是一种草药，可以清脑醒目，茎、叶、花、根都有用处：茎可治脚疾；叶可泡水喝，只是味道很苦；根晒干熬水，夏日涂在蚊虫叮咬处，可消肿止痛。母亲每年都要挖出一部分根，留余一部分来年新长。我每年见着，竟懒得去查一查书，看看到底是什么药草。

院子里有两棵树，一棵为银杏，一棵为杨梅。银杏的叶子呈绿茶色，雨的光斑滑过，绿色更浓；而杨梅树已挂果，只是还没熟透，得过些时日。

我嗅着谷雨的芬芳，静立在那里，就让这些青草丽花永存于记忆，目光所及处，“独吟池塘自碧，细咽枣锢飞燕”，于谷雨的光影中，我保持住——对这个季节最后的沉默。

选自《广州文艺》2020 年第 1 期

几棵树

付春生

在我家院子里，栽了几棵树。一棵桃树，一棵杨树，一棵梧桐树，还有两棵苹果树和两棵楸树。

树都是刚盖上新房时栽的。开始都不大，和姥姥的拐杖差不多，插在院子里，瘦瘦弱弱的，称不上葳蕤。尤其是夏天，阳光猛猛的，欺负着树，叶子蔫蔫的。树，没有一点办法，隐忍着，低到尘埃里。

贾平凹先生曾说过，植物刚出土的时候都是两片叶子，样子基本相同，但长着长着就出现了分歧。几棵树也是这样，尤其是那棵梧桐树，长得噌噌的，几个月不见就是一大截。阳光，再不敢肆无忌惮了，轻轻地洒在叶子上，锐利的棱角磨成了一副光秃秃的模样。

我曾问母亲，为什么梧桐树长得这么快？母亲总是说，梧桐树空啊！内心虚无总膨胀着，你看那实实在在的枣木，身子压得多低，多少年还长不了一两米呢。和梧桐树相对的是一棵杨树，长得也特别快，几年就长到了碗口粗。兴许是庆幸自己的位置长得好，正好在猪圈外的粪场里，整天不愁吃，不愁喝，迎着朝阳，噌噌地生长。

我最钟情于那两棵苹果树和一棵桃树了，因为到时候就能吃到苹果和桃子。黑黝黝的夜，星星挂满梦的上空。我经常感到树上挂满了红彤彤的苹果，鲜嫩嫩的桃子，像孙悟空到了花果山。但梦醒时分，一切皆是流水，苹果树还是那么低，病恹恹的，挂不上几个果。桃树也不像梦中那样，比核桃大不了多少，倒是挺甜，尤其是秋天到来的时候，一个个隐在叶间，香甜清脆，摘上几颗，驱走了不少馋涎欲滴的口水。

孤零零的，我最不屑那两棵楸树了，长在院子的最外沿，像一个人，被边缘化了。记得那两棵树是父亲后来栽的，松垮垮地用麻绳绑在自行车上，从那个土坡上推上来。刚栽时，小得可怜，根本不能遮阳。来了人，怯生生的，像见了风，总是躲躲闪闪。亲戚们来了，先看看这几棵杨树、桃树、梧桐树、苹果树，然后说，你们的院子里好清凉啊！其实他们根本没看到这两棵楸树。

楸树在我们那里是最昂贵的树种，因其材质细密轻软，花纹色泽美观，不翘不裂，耐水耐腐，是人们打家具的首选。但长势缓慢，一般人根本舍不得用，一代人栽下去，往往要等到下一代，甚至再下一代。人死了，若能用上一口好楸木棺材，那是最大的福分。贾思勰在《齐民要术》中记载了楸木的用途：车板、盘盒、乐器，所在任用；以为棺材，胜于松柏。想营造个好去处，无不垂青于楸木。姥姥在世时，总是指着小房里那口棺材说，俺这副棺材是楸木做的呢，四寸哩。得意的姥姥，像风中摇曳不已的楸树。

我家的房子是劈山建的，半个身子都坐在山的尾巴上。院子基本上垫的都是劈下来的山石和碎土。苹果树大概不愿意待在这里，长得一点也不带杀气，尤其是那棵梧桐树和那棵杨树长大了，更是挡住苹果树的阳光，叶子皱巴巴的，像憋了一肚子气。虫子在上面横行霸道，撒欢跳舞，咬得叶子豁豁牙牙，像专门找木工画过，形成一圈圈窗花花。父亲呢，也专门找人修剪过，但并不管用。没有好环境，后天修补又有何用呢！但苹果树好像并不气馁。有一年，靠院边沿的一棵苹果树结了一个大大的果子，兴许是从树缝中够着了不少阳光，有一面长得特别红。我敢说，那个大苹果一点也不亚于大果园里的红富士。可惜那个大苹果，我们谁也没有尝到鲜。一天夜里，被一个小偷给报销了。

四面楚歌，苹果树显得越来越力不从心了，它再也难以振作起来。尽管它偷偷地想从土里多吸纳些养分，借些阳光，但由于大树的遮蔽和土地的贫瘠，苹果树没有那么强的生命力。每年春暖花开，总是结几个小瘪三，不到长大都一个个掉光了。我和母亲看着树下那萎缩变形的苹果，开始为它们的未来担心，又在默默为它们祈祷，何时能振奋阳刚起来呢？父亲没有等下去。一天清晨，树上还挂着露珠，父亲便匆匆拿起斧子，咚咚将东边的那棵苹果树砍了。躺在地上的树枝，虚弱地盯着西边的那棵苹果树。接着，父亲又拿起斧子，将西边的那棵苹果树也砍掉了。两棵树的叶子交汇在一起，瘫在地上，相互叠压，相互哀怜。

桃子虽小，但并不在意土地的贫瘠和阳光的多少，每年结得特别多。我敢说，在我的印象中，那棵树给予我的礼遇最多。每天干活回来，家里的饭还没做好，饥肠辘辘的虫子在肚里左右翻腾，让我饥不择食。先摘几颗桃子顶一顶，那味道胜过现在最好的佳肴。可惜，桃树的寿命并不长，十多年后，那棵桃树就显出了老态模样，许多树枝像大车轱辘碾过，叶子也不似以前光鲜明亮了。春天，桃之夭夭，现在却成了老人的牙齿，稀不零星的，没有了几颗。越是美丽，越是昙花一现，父亲将那些桃木堆在柴垛上，烧火做饭，投进桃木，红彤彤的火焰上下乱飞，舔舐着灶台，也照亮了天上的晚霞。

梧桐树是做琴和吉他的好材料，但在我们家很难听到这种悠扬的乐曲，只能听到母亲呱嗒呱嗒的拉风箱声。我上大学那年，家里那个风箱实在不行了，换了好几次鸡毛，还是不行，就再也听不到它长长的叹息了。父亲说，把那棵梧桐树打了吧，正好是上佳的好原料。十多年间，梧桐树已蹿到一二十米高，比水桶还粗哩。那时，打风箱的还是村里的香饽饽。父亲找了个木匠，把那棵梧桐树锯倒后，拉板、烘烤、制件、组装，一个好端端的风箱就出现在了我家的屋檐下。母亲说，农民可以没有琴棋书画，但不能没有锅碗瓢盆，也不能没有做饭的风箱。有了它们，就有了饭食，有了炊烟，有了游子对家乡的眷恋，有了挥之不去魂牵梦绕的乡愁。

像一根绳拉着。母亲总是说，紧紧紧，再等两年吧。当年家里确实穷，实在舍不得用好料，屋顶的水泥少得擒不住沙子。后来房子已经漏得不成个样子了。姥姥总是催，迟是盖，早是盖，还不如早盖了完事。但母亲考虑供我们弟兄几个上学，总是往后推。一年，两年。一场大雨，一场风，一个墙角的椽子已经垂危，化为腐朽，突然坍塌了下来，差一点砸在父母睡觉的炕头上。这次，父母实在是不能再拖了，再累饥荒捅窟窿也要盖。

农村盖房子堪比窜天猴，一家比着一家，一家摞着一家。谁家的房子好，谁家就有面子，就好娶媳妇，否则，连媒人也不肯蹬门边。我家为了给弟弟娶上媳妇，自然也不甘落后，把那个老房子拆掉后，又按流行趋势，将房子拓宽了一米多，房子两边又盖上了厢房。哥俩，一边是洗澡的小屋，一边是做饭的小屋，大房子再也不用受原来的烟熏火燎了。

鸠占鹊巢。原来的猪圈和粪场又派上了新用场，成了东厢房的位置。那两棵杨树福禄已尽，就再也待不下去了。多可惜啊，谁见了都这样说。已长到了房柱粗了，再长几年就能打好几根柱子，比现在用处大多了。这让我想到了另一棵树，也是一棵杨树，长在离家很远的一个小河边，由于水分足，长得特别快，现在已蹿到几十米高。当年盖第一座房子的时候，由于太小，母亲舍不得用。到盖第二座房子的时候，村里盖房已不兴用木头，全部改用空心板，那棵树又留了下来。母亲说，现在商人只给五百多元，不卖，任它性子去，长风景。

新房子加宽后，院子也自然加宽了。我家门前原来是一块小玉米地。说是地，其实是一条宽水道。记得我小时候，遇到伏天发大水，还经常看到水从上面漫延而过。我们曾在里面捞蛤蟆，挽起腿，在玉米上掰蘑菇。到后来，水越来越小，几乎绝迹了。父亲换下了那块地，用石头垒起来，填上土，成了我家院子的新媳妇。幸运的是那两棵楸树再也不用占据边角的位置，正好充到当中央，东西边各一棵，成为院子里的新寨主。

有资料上显示，楸树在前十年长得特别慢，以后就快速地生长起来。这让我想起那些大器晚成的人们。每次回家，我都能感到树的生长。尤其是夏天，绿荫遮蔽，将院子罩得严严实实。母亲坐在院子里，不再纳鞋底，每天将院子打扫得干干净净，与人聊聊天，看看花，享受着阳光雨露带来的快乐。

大楸树每天直挺挺地立着，不喜亦不惧。偶尔晃动几下，亦是有风的时候，但很快就静止了。我经常看到树在沉思。隐隐的，那力量坚韧而沉重，一缕一缕像经文一样传送过来，淹没我所有的虚浮。刹那间，感到莫名的充实和平静。

选自《散文百家》2020 年第 5 期

日常记吃

半 文

晨起，烧白米粥三碗，一家三口，一人一碗，以咸鸭蛋沽之，很落胃。洗净碗筷，去地里摘嫩南瓜一个，洗净，去籽，准备萝卜干一把。南瓜切半指厚小块，加萝卜干，加水，可蒸汤。去菜市场，买小龙虾两斤，清水浴之，备洋葱一个、土豆一个。好，午饭食材齐备。可读书。

书是可以反复读的，不在于读多少，翻翻就好。《徒然草》第一百二十三段说：吃、穿、住。人生在世，大事不过这三件了。不饥，不寒，不受风雨侵袭，能够清净度日就是人间乐事。我是不饥不寒不受风雨，还能偶尔翻翻书，那是比乐还乐，人间至乐。

吉田兼好是日本镰仓末期随笔家，当时，日本以武士道治国，像吉田这样的文人，本无多少大用场大作为的，不过，其心淡然，自云："徒然无味，闲坐砚前，心中感悟颇多，随笔写来，有些事想起来觉得既怪又狂。"写下来的，便是《徒然草》。书中，没见着什么"怪"或"狂"的，徒然的意味是有的，不过，更多是闲味，一种日常的味道。一休比吉田稍后到日本，儿时看《聪明的一休》，发现脑子比武力好使，现在看《徒然草》，仍作此想。心境闲淡，非武力可得，亦非武力可夺。

看书至午，烧午饭。过去烧饭，是在镬中，下面烧饭，上面蒸汤，一镬即可。现在，我反过来，下面煮汤，上面蒸饭，也是一锅即可。仅一眼灶，分先后，汤饭既熟，移至一边，烧小龙虾。小龙虾一般撕下尾部中间一瓣，扯出虾肠，用力淘洗干净即可下锅。烧时，油至热，加姜蒜，下小龙虾，爆炒，至浑身通红，放土豆块，放洋葱片，浇绍兴黄酒，浇海天酱油，浇水，盖锅盖，滚出，小火，十分钟。开盖，加小葱段，加孜然粉，加焦盐，可起锅，一大盆。本可加辣味，加十三香。家人不吃，便都不加。

龙虾红，南瓜黄，米饭白。三人，一菜一汤即可，若加一两腻粟烧，更好。梅雨，天闷，三个人围在桌前，吃得“嗞嗞”有声。我不耐热，转眼满头大汗，很是舒爽。我喜欢这样简单的饮食，简单中有富足感。吉田说，还有第四个：医。吃、穿、住、医，这四件如果不缺，就是富有。边吃边想，如此，我算是富有之人。或者，我身边多为富有之人。

网上说，小龙虾不能吃。吃了有肠胃发炎挂盐水的，有得横纹肌溶解综合征的。我不去想这些，要想这些，青菜瓜果有农药，鱼虾鸡鸭有抗生素，黄鳝加了避孕药，牛奶添了三聚氰胺，还有苏丹红、地沟油，什么能吃？这些年，网络很好，不停地告诉我们什么不能吃了，什么又不能吃了，什么再不能吃了。好像没告诉我们什么是能吃的。

这世间事，有些规则容易让人茫然。告诉人不该干什么，却不告诉人该干什么。要是什么都不能吃，那如何活着？如何取乐？如果你告诉人可干什么，不告诉人不可干什么，也不行。要什么都能干，亦不是人间。

我是不怕小龙虾的，那些标题党都是很会吓人的，仔细查查，发现横纹肌溶解综合征致病原因复杂：专家称，全世界的“哈夫病”病例数只有 1000 多，这是 80 多年内叠加出来的病例。如果统计下，算个比例和概率，这个比吃饭噎死、喝酒醉死、走路摔死、得艾滋病死的概率要小得多。更不用说癌症、心脏病。所以，想吃就吃，不要想太多。吃时，养清、洗净、烧熟即可。很多吃了出问题的，都是不干净没烧熟留的祸根。河豚、蝎子都有人吃，小龙虾怕什么？

对于吃，我个人喜欢简单，随性。一盆菜，一盆汤，够吃就行。前日，和儿子一起爬玉皇山，山脚有八卦田，山腰有紫来洞，山顶有福星观，很好的风景。山脚到山顶，239 米，1200 余级台阶，出了上万滴汗，在梅雨天里这样出汗是很爽气的。到山顶，肚饥。正遇观中开饭，斋饭 15 元一客。我与儿子一人一只大碗，先装饭，再装菜。菜有清炒豇豆、油爆茄子、凉拌空心菜，吃多少，盛多少。“呼噜呼噜”吃完，用此碗再装两勺汤。汤是冬瓜番茄汤。冬瓜片薄而透，番茄已不可见，不过，汤里有番茄的色，番茄的味，跑不了。简单吃完，上山的累就散了，上山的汗也收了，可四处看看。饭厅有窗，越过窗，可观景。南有江，是钱塘江。北有湖，是西湖。又是江景又是湖景，比楼外楼景致好。

在家中，午饭毕，看窗前，无景可赏，取《人一生要去的100个地方》来读：永恒之城罗马，东方艺术明珠莫高窟，艺术之都巴黎，好，转眼千里万里，一刹千年万年，比窗外好，比玉皇山福星观之景致要好。于是，吉田说的富足感又浮上来，浮上来。

雨打窗前雨棚，“嗒嗒”作响。想起郑板桥名句：芭蕉叶叶为多情，一叶才舒一叶生。雨声是要和芭蕉搭配的，那就当作它落在芭蕉上吧，就伴着这诗人眷恋的芭蕉雨声，稍息片刻，去梦一枕江南。

选自《浙江散文》2020年第1期

编后记

这本 2020 年度中国精短散文选编本，就要付梓。

我们依然是延续上一年年选选稿的时间段：从 2019 年 10 月到 2020 年 10 月。

根据全部所选作品内容，依次划分：情感类，历史文化类，自然地理类。

期待尽量做到，题材多样，丰富，饱满，开阔。

一篇好文，就像一封写给我们的密信。

一本书，在编后赘述，以此说明编者综意。是为记。

编者　2020 年 11 月 27 日

2020 年选系列封面绘图画家介绍

曹力 江苏南京人，中国美术家协会会员。1954 年 2 月生于贵州贵阳。1982 年毕业于中央美术学院油画系壁画研究室，现任该院壁画系教授、系主任，承担素描、油画、色彩重构、线构成等课程的教学工作。代表作品:《马与楼道》组画、《牧童》(中国美术馆收藏)、《牧牛图》(钓鱼台国宾馆收藏)、《原野》、《村女》、《最后的歌》、《打开的乐谱》、《金色的天空》、《鸟之舞》、《玩纸鸟的少年》、《童声合唱》、《都市喧嚣》组画、《月光》、《盛夏》、《琴声如诉》等。

吹箫女　曹力　60cm × 50cm　亚麻布油画　1993 年

曹力画作短评

曹力无疑是一位极富诗人和音乐家气质的画家，他给 20 世纪的中国画坛留下了一系列充满着神奇与客观，梦幻与真实，过去、现在与未来纠缠不清的奇诡瑰丽的抒情叙事组诗，其间跃动着艺术家超人的想象与创造的精灵……这肯定得益于到处生长着神话与传说之树的艺术家童年的故乡贵州山区。

——苏旅（著名美术评论家、策展人、出版人）